LES DOSSIERS INCROYABLES

Pierre Bellemare est né en 1929.
Dès l'âge de dix-huit ans, son beau-frère Pierre Hiegel lui ayant communiqué la passion de la radio, il travaille comme assistant à des programmes destinés à R.T.L.
Désirant bien maîtriser la technique, il se consacre ensuite à l'enregistrement et à la prise de son, puis à la mise en ondes. C'est Jacques Antoine qui lui donne sa chance en 1955 avec l'émission *Vous êtes formidables*.
Parallèlement, André Gillois lui confie l'émission *Télé-Match*.
À partir de ce moment, les émissions vont se succéder, tant à la radio qu'à la télévision.
Pierre Bellemare ayant le souci d'apparaître dans des genres différents, rappelons pour mémoire :
Dans le domaine des jeux : *La Tête et les Jambes. Pas une seconde à perdre, Déjeuner Show, Le Sisco, Le Tricolore, Pièces à conviction, Les Paris de TF 1, La Grande Corbeille.*
Dans le domaine journalistique : *10 millions d'auditeurs* à R.T.L. ; *Il y a sûrement quelque chose à faire* sur Europe 1 ; *Vous pouvez compter sur nous* sur TF 1 et Europe 1.
Les variétés avec : *Pleins Feux*, sur la première chaîne.
Interviews avec : *Témoins*, sur la deuxième chaîne.
Les émissions où il est conteur, et c'est peut-être le genre qu'il préfère : *C'est arrivé un jour*, puis *Suspens* sur TF 1 ; sur Europe 1 *Les Dossiers extraordinaires, Les Dossiers d'Interpol, Histoires vraies, Dossiers secrets, Au nom de l'amour, Les assassins sont parmi nous, Par tous les moyens, Quand les femmes tuent, Les 1 000 histoires, Les Grands Crimes de l'histoire, Les Tueurs diaboliques, Marqués par la gloire*, puis *Crimes de sang, Crimes passionnels, Nuits d'angoisse, La Peur derrière la porte.* Enfin, un roman, *La Fourmilière.*
Jacques Antoine est né le 14 mars 1924 à Paris, fils d'André-Paul Antoine, auteur dramatique, et petit-fils d'André Antoine, fondateur du Théâtre-Libre.
Animateur depuis 1949 de sociétés de production de programmes de radio et de télévision, et directeur des programmes de Télé-Monte-Carlo, Jacques Antoine est, avant tout, un créateur. Il est donc impossible d'énumérer les programmes dont il est l'inventeur, seul ou en collaboration. Trois genres. Les jeux : de *La Tête et les Jambes* au *Schmiblic*, du *Tirlipot* à *La Bourse aux idées*, du *Tiercé de la chanson* à *Seul contre tous, Les Incollables, La Course autour du monde, Le Francophonissime, La Chasse aux trésors*, etc.
Les émissions d'un style très personnel et n'entrant dans aucune catégorie définie, comme *Le Club des rescapés, Monsieur B. court toujours, C.Q.F.D., Vous êtes formidables, Il y a sûrement quelque chose à faire, Vous pouvez compter sur nous...*

Enfin, les émissions qui requièrent les qualités d'un écrivain : soit pour des feuilletons à un personnage *(Peter Gay, Les tyrans sont parmi nous, Paola Pazzi)*, soit destinées à un conteur tel que Pierre Bellemare (*Histoires vraies, Les Contes du pot de terre contre le pot de fer, Les Dossiers extraordinaires, Les Aventuriers, Les Nouveaux Dossiers extraordinaires, Les Dossiers d'Interpol, Dossiers Secrets* sur Europe 1, *Quand les femmes tuent, Les Assassins sont parmi nous.*)

PIERRE BELLEMARE
JACQUES ANTOINE

Les Dossiers incroyables

ÉDITION°1 / FAYARD

Paru dans Le Livre de Poche :

P. Bellemare

C'est arrivé un jour (2 vol.)

Suspens (4 vol.)

L'Année criminelle (4 vol.)

P. Bellemare et J. Antoine

Les Dossiers d'Interpol (2 vol.)

Les Aventuriers

Histoires vraies (5 vol.)

Dossiers secrets (2 vol.)

Les assassins sont parmi nous (2 vol.)

Les Nouveaux Dossiers incroyables

Quand les femmes tuent

P. Bellemare et M.-T. Cuny

Marqués par la gloire

P. Bellemare et J.-F. Nahmias

Les Grands Crimes de l'histoire (2 vol.)

Les Tueurs diaboliques

P. Bellemare, M.-T. Cuny,
J.-M. Epinoux et J.-F. Nahmias

Instinct mortel (2 vol.)

FINI JIJI

Le monde moderne est devenu un monde d'objets. Nous sommes environnés d'objets. Ce ne sont plus des outils de survie, ce sont des instruments utilitaires, de confort, de rapidité, de facilité d'exécution. Ils ont changé nos vies. Ils changent aussi le crime et la folie de certains.

Un téléphone par exemple. Objet noir sur le bureau du docteur Enzo Limiti à New York. Objet pratique, indispensable, porteur de nouvelles et véhicule d'informations, il peut devenir objet d'angoisse. Objet maléfique.

Tout dépend qui est à l'autre bout. Anonyme.

– Allô ! Docteur Limiti ?

Une voix d'homme rapide qui attend tout juste la confirmation : « Oui », répondit machinalement le docteur Limiti.

– Ne quittez pas.

Enzo Limiti est médecin anesthésiste. Sa journée est terminée, il est vingt heures, heure à laquelle à New York les hommes provisoirement seuls comme lui se demandent s'ils vont commander une pizza par téléphone ou sortir avaler un hamburger dans un bar ou encore extirper un plat surgelé du congélateur et le réchauffer deux minutes au micro-ondes.

Madame Limiti est en voyage à Chicago, elle a pris l'avion ce matin pour aller voir sa mère. La femme de ménage a emmené leur fils, Jiji, cinq ans, chez son beau-frère. Enzo Limiti est donc seul. Américain d'origine italienne, la quarantaine, cheveux gris, dents blanches, teint mat et joues creuses, Enzo Limiti est un bel homme, et un anesthésiste de renom. Un mari et un père sans problèmes extraordinaires.

Il entend dans l'appareil la voix de l'homme dire en s'éloignant légèrement :

– Parle... c'est ton papa.

À l'autre bout l'écouteur change de main et le docteur entend la petite voix claire de son fils :

– Allô ! Papa ? Bonjour, papa...

Le fait que la voix précédente est inconnue et que cette voix a dit « ne quittez pas » fait pâlir brusquement le père.

– Jiji ? Où es-tu ?

– Tu m'entends, papa ?

L'objet téléphone pour un petit garçon de cinq ans des années quatre-vingt est un objet familier, sans magie particulière, et Jiji, comme tous les gosses de son âge, l'utilise déjà avec aisance, pour peu qu'on lui fasse le numéro.

– Bonjour, papa... tu m'entends, papa ?

– Oui, je t'entends, Jiji, réponds-moi, où es-tu ?

L'écouteur change à nouveau de main. La voix d'homme, calme, froide, un peu traînante, parle à nouveau :

– Ne vous inquiétez pas, docteur. Pour le moment votre fils est avec nous, dans de bonnes mains...

Il y a un court silence voulu, pour accentuer l'expression « bonnes mains ».

– Il vous sera rendu très vite si vous faites ce qu'on vous demande.

Le docteur Limiti a compris. Un kidnapping. Cette chose qui arrive toujours aux autres lui arrive à lui. Il a compris, mais n'analyse pas encore.

La stupéfaction, l'angoisse, l'incrédulité se mélangent dans son cerveau. Aucun son ne peut sortir de sa bouche.

– Allô ! Vous êtes là, docteur ?

– Oui, je suis là... Je suis là, j'écoute.

– Bien. Écoutez. Brice Hamilton est actuellement dans votre hôpital ?

– Oui.

– Il doit être opéré demain?
– Oui.
– Vous allez vous débrouiller pour qu'il meure, et votre fils vous sera rendu.

Un déclic, quelques secondes de silence grésillant, puis le docteur entend la tonalité dans l'appareil. On a raccroché sans autre détail. Sur cet ordre abrupt et complètement fou. Enzo Limiti, lui, met un moment avant de reposer le combiné qu'il contemple machinalement, comme si l'objet noir pouvait lui en apprendre plus. D'où vient l'appel? Qui est cet homme? Où est son fils?... Hélas, les objets n'ont pas d'âme et sont limités à leur fonction. Le téléphone noir a transmis, un point c'est tout.

Le docteur repose enfin l'appareil. Comme foudroyé. Puis une série de jurons le libère un peu. Un instant il essaie de croire à la mauvaise plaisanterie: la blague idiote, horrible. Mais il a les mains moites, et une boule au creux du ventre. La secousse met du temps à parcourir son corps, les phrases à s'imprimer dans sa tête. Ce n'est pas une blague. On ne lui demande pas d'argent, on lui demande de tuer un patient, Brice Hamilton. Pourquoi lui, pourquoi ce malade en particulier? Comment peut-on oser se servir d'un gosse de cinq ans pour exiger un crime? Qui a parlé? Un fou?

Et que faire? Que fait-on dans ces cas-là? On appelle la police? Non, d'abord vérifier. Appeler chez son beau-frère. Il a deux fils, des adolescents nourris de télévision et de cinéma, ce sont eux peut-être qui ont inventé cette sale blague... Pourtant il n'a pas reconnu leurs voix.

Enzo Limiti hésite devant l'objet noir quelques secondes encore, afin de retrouver un peu de calme, et la sonnerie de l'appareil le fait sursauter. Il décroche avidement:
– Oui?
– Docteur Limiti?
– C'est moi, oui, oui...

Il reconnaît la voix froide un peu traînante.
– Excusez cette interruption, nous avons dû chan-

ger de cabine téléphonique. Mais je n'ai pas grand-chose de plus à vous dire en fait. Ai-je été assez clair ?

Les idées se bousculent dans le cerveau du médecin. Que faut-il dire ? Comment réagir ? Garder son calme ou exploser ? Menacer ou supplier ?

– Vous m'écoutez, docteur ?

– Oui, je vous écoute. Qui êtes-vous ?

Il y a un court éclat de rire dans l'appareil.

– Ne soyez pas idiot, docteur. Et ne vous occupez pas de savoir qui je suis. Vous allez vous contenter de faire ce qu'on vous demande. C'est facile pour vous. Très facile. Demain Brice Hamilton doit être opéré d'une valvule mitrale déficiente... Vous voyez, je connais le diagnostic... C'est vous qui devez l'anesthésier. Il ne doit pas se réveiller. C'est facile. Simple. Et c'est tout.

Le docteur Limiti cherche désespérément à reconnaître cette voix, à mettre un visage ou un nom dessus. Ce qu'on lui demande est tellement dingue. Mais cette voix lui est totalement inconnue. L'homme n'essaie même pas de la transformer, de parler dans un mouchoir, ou de se pincer le nez.

– C'est tout, docteur Limiti.

– Ce que vous demandez est impossible ! Je ne peux pas !

La voix traînante se fait hypocrite, insinuante :

– Bien sûr que si, vous pouvez... C'est parfaitement possible. Ce genre d'incident arrive tous les jours, n'est-ce pas ?

– Écoutez, si c'est une blague... elle est absurde. Qu'est-ce que vous cherchez à me faire dire ? Vous faites une enquête ? Vous êtes journaliste ? Je ne sais pas, moi... tout ça est ridicule, on ne demande pas à un médecin de tuer un malade !

– On peut. Si on a son enfant entre les mains. Et ce n'est pas une blague, docteur. Ça s'est passé il y a moins d'une heure. Votre femme de ménage a conduit votre fils chez son oncle. Une... disons une « collaboratrice » l'a intercepté, en se faisant passer pour la nouvelle bonne de votre beau-frère. Et votre fils nous a suivis gentiment. Nous lui avons promis de lui montrer une collection de robots, il est fasciné par Goldorak, votre fils. Je lui ai dit qu'il en aurait un très beau, super... si son papa qui l'aime beaucoup faisait ce qu'on lui demande...

– Vous êtes complètement fou ! C'est un kidnapping ! Vous savez ce que vous risquez ?

– Moi, rien. C'est Brice Hamilton qui doit mourir demain sur la table d'opération. Demain matin. C'est très court, docteur.

– C'est impossible, les assistants surveillent l'anesthésie, le chirurgien aussi...

– Vous connaissez trop bien votre métier pour ne pas trouver le moyen d'agir sans que les assistants s'en aperçoivent.

– Et après ? Il y aurait une enquête, il y en a toujours en cas de décès opératoire.

– Et alors ? Un accident... au pire une faute professionnelle... évidemment c'est ennuyeux pour votre carrière, mais il faut choisir. Vous aimez mieux votre carrière ou votre fils ?

– Vous êtes monstrueux et complètement fou !

– Si demain Brice Hamilton ressort vivant de la salle d'opération, vous ne reverrez plus votre fils, docteur... votre petit Jiji... Fini Jiji... plus de Jiji... Compris ?

Enzo Limiti cherche un argument, impossible à imaginer d'ailleurs. Que pourrait-il dire de plus à ce fou ?

– Compris, docteur ? Il vaudrait mieux que je l'entende...

– Compris.

Dans la maison déserte, un nouveau déclic qui résonne à l'oreille du médecin. Un nouveau silence grésillant, suivi de la tonalité stupide...

Le téléphone à la main, Enzo Limiti ferme les yeux d'impuissance, de désespoir, de colère. Il voudrait bien reprendre le contrôle de lui-même, réfléchir. Quel moyen utiliser ? La police ? Comment pourrait-elle retrouver son fils quelque part dans New York d'ici demain matin ? New York illuminée dans la nuit, immense jungle terrifiante qui a avalé Jiji. Giuliano... Jiji... tout petit, dans les mains d'un fou. Il faut gagner du temps avec les fous. Se raccrocher à quelqu'un, mais pas la police pour l'instant. Qui ? Doug, le directeur de l'hôpital. C'est avec lui qu'il faut parler maintenant, tout de suite, pour trouver une idée. Mais il ne faut pas mettre la vie de Jiji en danger...

Le téléphone noir à la main, le docteur Limiti réfléchit très vite à présent... Gagner du temps, c'est la seule issue immédiate.

La tonalité stupide n'a pas cessé. Enzo Limiti raccroche le combiné, deux secondes, le temps de mémoriser le numéro de Doug. Et la sonnerie résonne à nouveau.

– Allô docteur ? Vous téléphoniez... ce n'est pas intelligent. Qui que ce soit, vous allez le rappeler pour lui raconter n'importe quoi sauf la vérité... d'accord ? Ne rien dire à personne... Vous l'aviez compris de vous-même, non ? J'avais oublié de le préciser.

– Mais je n'ai appelé personne... J'avais oublié de raccrocher, c'est tout...

– J'espère pour vous. Nous verrons bien. Dites-vous que je serai informé, heure par heure, que je serai au courant de tous vos gestes.

La voix traînante va raccrocher, le médecin le sent, s'affole. En perdant à nouveau le contact, il va peut-être laisser passer une chance.

– Attendez... ne raccrochez pas... ou alors rappelez-moi très vite...

Si l'homme craint de se faire repérer, s'il veut changer de cabine à chaque fois, il doit regarder sa montre. Et c'est idiot, car Enzo Limiti n'a pas eu le temps matériel de prévenir la police, et s'il l'avait fait en l'espace de quelques minutes, aucune table d'écoute n'aurait pu être installée si rapidement. L'homme joue au kidnappeur professionnel.

La voix froide et traînante, sur un ton légèrement prétentieux, accorde la demande :

– Nous pouvons parler encore quelques secondes...

– Vous dites que vous êtes informé, vous devez donc savoir que l'opération de Brice Hamilton n'est pas obligatoirement pour demain.

– Qu'est-ce que vous me racontez ! La salle d'opération a été retenue et le personnel convoqué !

– Oui. Mais je crains que tous les examens n'aient pas été faits. Je n'aurai confirmation que vers vingt-deux heures, le chirurgien doit m'appeler.

– Docteur... si vous cherchez à gagner du temps, c'est maladroit.

– Je vous assure que non. Nous avons parfois ce genre de problème...

– Vous prenez un grand risque, docteur. Je vais me renseigner !

Le déclic. Le silence, la tonalité... cette fois le docteur Limiti ne perd pas une seconde. Ses doigts volent sur les touches :

– Doug ? Allô ! Doug ? C'est moi, Enzo. Écoute, l'opération de demain matin, la valvule mitrale... il faut absolument la remettre.

– Qu'est-ce qui se passe ?

– Je t'en prie, ne me pose pas de questions. C'est une question de vie ou de mort... Surtout n'en parle à personne... Non, non je ne peux rien te dire, Doug... Je t'expliquerai plus tard. Il faut que tu préviennes l'hôpital maintenant, il faut que la décision ait l'air de venir de toi, et de toi seul. On n'est pas à deux jours près pour ce malade... Fais ça pour moi, Doug, je t'en prie, je vais raccrocher maintenant... Okay ?

– Okay.

– Merci.

Clic. Le front en sueur, Enzo Limiti décolle sa main de l'appareil noir. Objet maudit, infernal. Il est devenu son obsession. Il faut aller vite, cette saloperie d'appareil doit obéir, trouver les gens qu'il cherche.

– Allô ! Je voudrais parler au lieutenant Jung. Alexandre Jung, c'est urgent, le docteur Limiti à l'appareil.

Jung... il l'a connu il y a quelques années, à la suite d'une enquête que le lieutenant de police menait à l'hôpital. Un drôle de type, mondain, le chauve élégant, assez riche... des ressources un peu obscures, un cynisme souvent gênant.

Enzo Limiti et sa femme l'appelaient « le fétide ». Ils

ne l'aimaient pas au début. Enzo disait « le fétide a fait ça », ou « le fétide a dit ceci... » « le fétide a téléphoné ». Et puis il s'est lié d'amitié avec lui. Finalement « le fétide » ne l'était pas tant que ça. Il était flic dans l'âme, malin, méfiant et rapide. Le métier dans le sang. Son cynisme était parfois drôle, parfois cruel, mais souvent juste. Et ce soir « le fétide » peut rendre service. L'ami peut porter secours.

– Alexandre ? Enzo Limiti...

« Le fétide » vient de s'arracher aux délices d'un dîner mondain et snob, où il écoutait pérorer un ancien truand devenu écrivain et une milliardaire vieillissante et mécène. Il est surpris par le ton.

– Qu'est-ce qu'il y a ? On dirait que vous venez de marcher sur la lune !

– Alexandre, il faut que je vous voie maintenant. Pas une seconde à perdre. Pas chez vous, et pas chez moi. Vous connaissez l'adresse de mon beau-frère ?

– Oui. On n'a pas le temps de parler avant ?

– Non. S'il vous plaît... Nous n'aurons qu'un quart d'heure, une demi-heure au maximum.

– J'arrive.

Clic. Le téléphone noir redevient silencieux. Objet inanimé. Mais toujours menaçant. Il faut le quitter, s'absenter pour agir. Et c'est affreux pour le père de rompre le seul lien qui le relie à son fils.

Enzo Limiti attrape son pardessus et file au garage. La maison est encore plus déserte, meublée de tous ces objets en attente. Les jouets de Jiji dans la chambre, son lit, le robot sur la commode. Son peignoir minuscule dans la salle de bains, tout bleu avec un lapin brodé dessus, accroché entre le rose de sa mère, et le blanc de son père.

Et le téléphone noir, muet, silencieux sur le bureau. Qui attend son heure.

Enzo Limiti est arrivé chez son beau-frère deux minutes avant le lieutenant, qui écoute, attentif, sans poser de questions, l'exposé de la situation. Puis il remarque :

– J'admire votre présence d'esprit. Le plus important était de gagner du temps en effet.

– J'ai fait en sorte que la décision de retarder l'opération vienne de Doug, de la direction elle-même, mais j'ai l'impression que le kidnappeur est au courant de ce qui se passe dans l'hôpital.

– Il y aurait travaillé ?

– Pas l'air d'un toubib. D'un infirmier non plus. À mon avis il n'appartient pas au corps médical, ni de près ni de loin, mais il est renseigné par quelqu'un qui travaille avec nous.

– Renseignement précieux. Quoi d'autre ?

– Rien, sinon que ce type est fou.

– Tous les kidnappeurs sont un peu fous. Il n'a pas dit pourquoi il voulait la mort d'Hamilton ?

– Je n'ai pas pensé une seconde à le demander. C'est idiot.

– Il n'aurait pas forcément répondu, mais s'il rappelle, et il va rappeler, essayez de lui tirer les vers du nez là-dessus. Retenez-le au maximum, évidemment.

– Ça ne marchera pas. Il change de cabine. Il a appelé déjà trois fois, et ça n'a pas duré plus de deux minutes à chaque fois.

– Essayez quand même, c'est parfois une question de seconde pour repérer un appel, ou localiser au moins un quartier. Moi, je vais voir les fiches du personnel à l'hôpital.

– Et si vous ne trouvez rien ?

– Il faudra repousser l'opération à nouveau.

– On ne peut pas le faire indéfiniment... Quelle raison invoquer ? Auprès du malade, du personnel surtout ?

– Il faudra en trouver une, docteur... n'importe quoi, s'il le faut, vous serez renversé par une voiture au dernier moment... Okay ?

– Okay.

– Rentrez chez vous.

New York, la nuit. Des milliards de lumières, des milliards de zones d'ombre. Jiji est là quelque part. La voiture du docteur Limiti retrouve son garage. Il est dans l'ascenseur, dans le couloir, il ouvre la porte de l'appartement désert, où trône le téléphone noir. Muet.

Il le reste toute la nuit. Noir, muet et stupide. À force de regarder cet objet stupide, Enzo en devient malade. Une envie de le casser, de le briser en miettes, de le pulvériser. Détruire ce symbole d'angoisse. Plus jamais il ne pourra regarder un téléphone de la même façon. Il n'avait jamais regardé un téléphone avant cette nuit. Il s'en servait, le méprisait plus ou moins. « Appelez-moi », ou « je vous rappelle », ou « vous avez eu untel au téléphone ? »

Et voilà que cet objet a le droit de se taire ou de parler. Droit de vie ou de mort. Cette boîte de bakélite ridicule, au design prétentieux. Ce noir de laque faussement chinois. Il trône. L'important c'est lui pour l'instant.

Et il se tait jusqu'au lendemain à treize heures trente.

– Docteur Limiti ?

La voix traînante, toujours calme, froide.

– L'opération n'a pas eu lieu...

– Non. Je vous avais prévenu. Le chirurgien l'a annulée hier soir.

– Pourquoi ?

– Il avait besoin d'une radio de contrôle, elle n'avait pas été faite la veille, et...

La voix interrompt le médecin, mauvaise :

– Je n'aime pas ça, et ne parlez pas tant. Je sais que l'opération a été remise à demain. J'espère qu'elle aura lieu. Pour vous, pour Jiji... sinon fini Jiji... plus de Jiji...

Clic.

Tout un après-midi. Toute une nuit devant cet appareil, sans rien d'autre que ce dernier clic.

Mardi matin, sept heures. Dans la maison déserte, les reliefs d'un repas en conserve, dans la cuisine. Un lit dont le docteur n'a même pas tiré la couverture. Il a dormi, un peu, par intervalles, sur le canapé de cuir. Près de la table basse, où il a posé le téléphone noir...

Enzo Limiti a mal dans la nuque, mal dans le dos, les jambes en coton. Il s'habille, prend sa sacoche, ouvre la porte, appelle l'ascenseur, se retrouve au garage, monte dans sa voiture, met le contact. Tout cela mécaniquement, en se servant de tous ces objets sans les voir. Il roule. S'arrête devant un drugstore, traverse la rue, achète des cigarettes, en allume une, retraverse, et une moto freine trop tard devant lui, il tombe. On le ramène chez lui. On l'installe sur son canapé. Une foulure, ce n'est pas grand-chose. Il reste devant le téléphone noir.

Le reste de la matinée dans le silence noir. Tout l'après-midi. Et la nuit. Avec ce bandage stupide du coude au poignet.

Mercredi matin, huit heures.

– Docteur Limiti... je vous passe votre fils.

– Allô ! Papa ? Tu m'entends, papa ? C'est Jiji, papa...

– Je t'entends, mon fils... comment vas-tu ? Tu vas bien ?

La voix enrouée du docteur Limiti s'efforce de ne pas inquiéter l'enfant.

– Je vais bien, papa... Je m'ennuie, dis... Le monsieur il a dit que tu devais faire ce qu'il te demande. Il a dit que c'est la dernière fois. Tu es là, papa ?

L'appareil change de main avant que le docteur ait pu répondre à son fils. La voix traînante se fait menaçante, le débit rapide :

– C'est la dernière fois. Votre accident, j'y crois pas du tout. Alors attention, si demain Brice Hamilton est mort, on retrouvera Jiji quelque part dans New York, vers midi. Mais si l'opération n'a pas lieu, ou qu'il en sort vivant, vous retrouverez Jiji quelque part dans la flotte. Je n'appellerai plus.

Clic. L'appareil noir devient inutile. Le docteur Enzo Limiti n'a plus de délais. L'hôpital a programmé l'opération pour demain matin. Il doit se reposer, dormir, se contrôler, se relaxer. Demain sera le jour le plus difficile de sa vie. Le plus long. Celui qu'il n'oubliera jamais. La petite voix de Jiji résonne encore à son oreille : « Il a dit que c'est la dernière fois, tu es là, papa ? »

– C'est toi, mon chéri ?

Ludmilla appelle de Chicago. Elle ignore tout. Ce maudit téléphone se mêle à nouveau de la vie des gens.

– Tout va bien ? Je n'ai pas pu appeler hier soir, il était trop tard... Comment va Jiji ?

– Bien, tout va bien... Pardonne-moi, chérie, je suis en retard ce matin...

– Tu es sûr que ça va ? Tu as l'air enrhumé ?

– Un peu, rien de grave... Ludmilla ? Écoute, j'ai un travail fou jusqu'à demain soir... et un remplacement cette nuit...

– Encore ?

– On se rappelle demain soir, d'accord ? Il faut que j'y aille... Je t'embrasse.

Clic.

On se rappelle demain soir. Comment sera la vie demain soir ?

Le docteur Limiti avale un comprimé, un verre d'eau. Il s'allonge. Il doit être calme, il le faut jusqu'à demain matin. Et demain matin aussi. Il répète dans sa tête les gestes, les produits. Il doit réussir. Tout doit être parfait. Insoupçonnable. Un jeu dangereux.

Jeudi matin. Huit heures.

Brice Hamilton est amené sur une civière dans la salle d'opération. Le docteur Enzo Limiti, en blouse verte, calotte verte, prend la tension du malade. Trois électrodes reliées à l'électrocardiogramme ont été placées la veille, l'une dans le dos du malade, les deux autres sur sa poitrine. Tout est prêt, le chirurgien attend, les mains tendues devant lui, dans les gants de plastique si fins que l'on voit au travers les poils sur les phalanges. Les assistants se taisent. L'anesthésiste se met au travail avec précision, calme et rapidité.

Le patient est déjà à moitié endormi par une prémédication. Qui est ce Brice Hamilton ?

On le dit très riche. Il a des hôtels un peu partout dans le pays, mais ici tout le monde s'en moque. Ici ce n'est qu'un homme velu et gras, à la chair blanche sur une ossature de bûcheron, massive. Un corps qu'il faut opérer à cœur ouvert, d'une valvule mitrale déficiente. C'est tout. Une question de technique et d'efficacité.

Dans la salle d'opération silencieuse, on n'entend que le bruit des appareils et des instruments qui s'entrechoquent. Les objets, les outils du progrès médical. La pointe de la recherche.

Enzo Limiti prend une seringue intraveineuse de Penthiobarbital, applique un masque à oxygène, plus oxyde nitreux, plus fluotane. Le masque est relié à l'appareil d'anesthésie par un tube de caoutchouc noir et flexible.

Enzo Limiti prend une autre seringue, emplie de Flaxedil, une drogue paralysante. Une seringue est un objet inquiétant, un objet de vie ou de mort.

Le docteur Limiti introduit la seringue dans la même veine utilisée pour le Penthiobarbital. Il injecte.

L'effet se fait sentir presque aussitôt. La respiration du malade s'arrête. Ses muscles se paralysent. L'anesthésiste ouvre la bouche du patient pour insérer profondément dans la trachée un tube de respiration. Il s'assure avec un stéthoscope que le tube est bien placé, puis le relie au tuyau noir et souple, après avoir retiré le masque. Il s'écarte.

– À vous... dit-il au chirurgien.

Son intervention personnelle n'a pas duré cinq minutes.

Le chirurgien opère, et l'anesthésiste contrôle ses appareils en permanence. Concentré, l'esprit vidé de tout ce qui ne concerne pas directement son travail. Tout se passe bien. L'opération terminée, le chirurgien-chef s'étire, recule, et laisse son premier assistant recoudre l'incision de la poitrine. Puis il s'en va.

Dans le couloir, Alexandre Jung, le lieutenant « fétide », dit simplement :

– Toujours rien. On a encore besoin d'une demi-journée.

Dans la salle d'opération, brusquement, le cœur du malade commence à présenter des anomalies. Le bip-bip calme et régulier s'est transformé en un son faible, un bêlement triste, plat et continu. Sur l'écran, un tracé plat et rectiligne. Arrêt cardiaque.

Toute l'équipe se met aussitôt en action. Le docteur Limiti met en place un fibrillateur électrique, son assistant envoie les premières secousses. Le corps de Brice Hamilton se convulse, une fois, deux fois, rien. On attend. On recommence. Nouvelles secousses, nouvelle attente. Rien. Encore et toujours rien.

– Pas de respiration... dit un assistant.

Le docteur Limiti fait une autre piqûre, tente une autre méthode de réanimation. Rien.

Enfin il redresse ses épaules fatiguées dans la blouse verte, visage pâle, transpirant. Il annonce :

– Nous l'avons perdu.

Les assistants effondrés, les infirmières reculent devant ce corps inerte.

Enzo Limiti demande d'une voix éteinte, enrouée :

– Que quelqu'un prévienne la morgue.

Une heure plus tard, aux environs de midi trente, dans la cohue d'une rue de New York, un taxi, en attente près d'une station de métro, est abordé par un homme en imperméable, aux cheveux longs et poisseux. Au regard invisible sous des lunettes noires. Il installe un petit garçon de cinq ans sur la banquette. L'enfant tient dans ses mains un énorme Goldorak rutilant. L'homme tend de l'argent au conducteur qui demande :

– Je l'emmène où ?

– L'adresse est sur le papier.

Et l'homme en imperméable disparaît aussitôt dans l'escalier du métro.

Le petit garçon sourit au chauffeur, qui déchiffre l'adresse et compte les dollars.

– Tu as vu mon Goldorax ?

– On dit Goldorak...

– Il est beau mon Goldorax, hein ?

Jeudi. Dix-sept heures.

Le docteur Enzo Limiti regarde son fils Jiji jouer avec son Goldorak... Il ne semble pas avoir souffert de sa détention. Le monsieur l'a gardé pendant que maman était à Chicago. Inutile de le traumatiser avec des questions pour l'instant. Même s'il pouvait décrire son kidnappeur avec précision, la police n'a plus besoin de son témoignage.

Le lieutenant Jung « le fétide » investit avec ses hommes l'appartement de Franck Neel. Un homme à la voix traînante, aux cheveux poisseux et trop longs. Fils bâtard de Brice Hamilton, non reconnu, paranoïaque, interné à plusieurs reprises, il a voué à son père une haine mortelle. Une haine qui s'est cristallisée depuis le suicide de sa mère. Une haine qu'il n'avouait pas à sa demi-sœur, Mary, infirmière à l'hôpital. Elle le renseignait innocemment sur l'état du malade : diagnostic, opération, jour et heure.

Après l'intervention, elle est allée retrouver son frère pour déjeuner avec lui, ainsi qu'ils en étaient convenus tous les deux.

Mary, enfant légitime, avait pitié de son demi-frère bâtard. Elle devinait bien l'obsession qui le tourmentait, sans penser qu'elle irait si loin, bien entendu.

C'est ainsi qu'elle a annoncé à Franck Neel :

– Tu vas peut-être te sentir soulagé. Ton père est mort.

Franck s'est levé aussitôt, il est allé libérer Jiji, enfermé dans une remise sur le toit du building.

« Le fétide » lui annonce :

– Ton père n'est pas mort, salopard. Mais comme t'es pas son fils, tu t'en tapes, non ? On t'a réservé une jolie cellule... bien capitonnée... tu verras.

Devant les journalistes, le docteur Enzo Limiti a fait le soir même la déclaration suivante :

– À la fin de l'opération, j'ai attendu que le dernier point de suture soit achevé, et j'ai injecté au malade le reste du Flaxedil. C'est un produit paralysant. La respiration s'arrête en apparence, avec un effet légèrement retardé. Puis j'ai retiré l'électrode placée dans le dos du malade. Personne n'a rien vu. C'était le seul moment dangereux pour moi. Le tracé est devenu plat, comme si le cœur s'était arrêté. Ensuite j'ai utilisé une technique appelée « ADO ». Oxygénation par diffusion apnéique : si l'on donne de l'oxygène sous pression suffisante, il passe dans le flux sanguin par les poumons, même si ces derniers ne respirent pas. C'est-à-dire sans participation apparente du patient. Donc, malgré les apparences, le cœur battait toujours, et le sang oxygéné irriguait le cerveau. Les piqûres que j'ai pratiquées n'étaient qu'une solution saline, et le défibrillateur était sans effet, à sa plus basse intensité. Quand je me suis retrouvé seul dans la salle d'opération, en attendant soi-disant la morgue, j'ai injecté un antidote au Flaxedil. Il ne restait plus qu'à attendre le réveil du malade. Que nous avons isolé jusqu'à la libération de mon fils. Tout ceci n'a été possible qu'avec l'aide du lieutenant Jung. Il avait besoin de temps pour localiser celui ou celle qui renseignait le kidnappeur à l'extérieur.

Fin de cauchemar.

Maman appelle de Chicago, affolée, soulagée, sur les nerfs, elle emplit le téléphone noir d'un flot de questions sur Jiji.

Jiji dort avec son Goldorak.

SOUS LE SOLEIL DE MINUIT

L'Esquimau est un mangeur de poisson cru. C'est ce que veut dire son nom, et c'est à peu près ainsi que se résumait l'intérêt des Européens, au dix-neuvième siècle, pour cet habitant étrange de l'Arctique, des rivages de la baie de Baffin au cap de Glace. De savants ethnologues avaient décidé de les classer, de loin, car ils s'en approchaient avec prudence, dans la race mongole, et décrivaient ainsi leur physique :

« Les hommes sont de taille au-dessous de la moyenne, ils ont les yeux noirs, petits et perçants, les pommettes saillantes et le teint cuivré. Les femmes ont les yeux noirs, relevés à la chinoise, leur figure est douce et parfois jolie. Ils se ressemblent tous… »

Qu'en termes succincts ces choses-là furent dites !

En réalité, les habitants du Groenland, qu'ils soient Esquimaux ou Indiens, ont une culture remarquable, et à l'époque où les dignes représentants de l'ethnologie du dix-neuvième siècle les considéraient comme une race « naïve et inférieure » (sic), ces gens-là avaient déjà institué chez eux la régulation des naissances et l'avortement, découvert un médicament contre les maladies pulmonaires, utilisaient le sauna et pratiquaient volontiers l'union libre.

Nous sommes en 1964, dans les territoires du Nord-Ouest canadien.

Forêts immenses, marécages, rivières tumultueuses,

torrents déchaînés, un paysage de rocailles stériles et de toundras, parsemé de lacs, entouré de hautes montagnes, ou de côtes découpées, orné de prairies parfois, où l'herbe ondule sous le vent glacial. La terre et la mer sont si intimement mêlées qu'il est difficile de déterminer la côte. Trois millions et demi environ de kilomètres carrés...

C'est là que la police montée canadienne assure l'ordre, mais aussi l'assistance.

Sur l'une des îles de l'océan Glacial Arctique, la terre de Baffin, longue de 1 600 kilomètres, ils sont cent vingt policiers pour surveiller ce territoire immense du Nord-Ouest canadien.

Le 30 décembre 1964, une patrouille de deux traîneaux, tirés par des chiens, progresse lentement en direction de Iglukjuak. C'est le plein hiver, la période la plus rude, les hommes sont en route depuis des jours, et leurs visages sont marqués par les brûlures du froid. Le sergent Van Norman dirige cette patrouille, et il est inquiet. Sa mission n'est pas celle d'un policier ordinaire. Elle consiste habituellement à apporter aux habitants isolés secours, médicaments, aide administrative, allocations familiales, études sur la densité du gibier de chasse, courrier, offres d'emploi... et une multitude de choses qui seraient normalement du ressort d'une dizaine d'administrations différentes. Le sergent Van Norman, comme ses hommes d'ailleurs, doit se transformer en médecin, en notaire, en facteur, en percepteur, en garde-chasse et garde-pêche, en saint Louis sous son igloo, ou en père fouettard. Il est le seul intermédiaire entre le gouvernement canadien et la plupart de ces tribus, qui ne parlent pas le même langage : il est donc considéré. Être détaché dans le Nord, pour un policier canadien, constitue un privilège car le choix est sévère. Il faut des qualités morales et physiques exceptionnelles. Car il faut des hommes d'exception pour faire face à toutes les situations qu'une société humaine peut engendrer sur un territoire qui ne pardonne aucune faiblesse.

Le sergent est donc un homme d'exception. Et il est inquiet pour l'un de ses ressortissants et ami le chef

Kolitalikk, qu'il n'a pas vu depuis l'été dernier. Or, l'été dernier, Kolitalikk était malade. Il est rare que les Esquimaux et les Indiens contractent des maladies contagieuses. Leur isolement les protège, et les microbes ne résistent pas aux glaces. Mais, l'été dernier, Kolitalikk a attrapé la rougeole. Une maladie bénigne en Occident, réservée en principe aux enfants, mais dont le vieux chef a eu du mal à guérir. Sa solide carcasse de chasseur, de voyageur infatigable, s'en est trouvée amoindrie. Le sergent a du respect pour cet homme intelligent, devenu très tôt le chef de sa tribu. Il a l'art du commandement. D'ailleurs, sur ce territoire, les mensonges et les faux-semblants ne sont pas de mise. Un chef est un chef parce qu'il a l'âme d'un chef, parce que les hommes sont confrontés en permanence à la difficulté de survivre, aux conditions extrêmes, et qu'ils choisissent toujours le meilleur d'entre eux pour les diriger. La civilisation arctique devrait servir de modèle à nos démocraties souvent hasardeuses…

Kolitalikk a près de soixante-dix ans. Et au nord de la terre de Baffin, il est estimé des Blancs comme des Esquimaux.

Si le sergent est inquiet, c'est que la saison de chasse a été mauvaise, que les vivres pourraient bien manquer déjà à la tribu, et qu'il n'est pas sûr que l'état de santé de son ami soit aussi bon qu'il voulait bien le laisser entendre à la fin de l'été : « Innuk Pinngnoertsotit… Tu as guéri l'homme », avait souri le chef.

La nuit est permanente en hiver. Les deux traîneaux franchissent les derniers kilomètres, au grand soulagement des trois hommes et des huit chiens. Iglukjuak est en vue. C'est un ensemble d'igloos que l'on devine à peine sous l'énorme manteau de neige qui recouvre uniformément la banquise et la terre ferme. Il y règne un calme et un silence insolites. De rares aboiements de chiens, personne ne vient à la rencontre du sergent Van Norman et de ses deux hommes de patrouille. C'est d'autant plus curieux que l'hospitalité est sacrée chez les Esquimaux et que d'habitude ils sont accueillis avec enthousiasme.

Ce silence est anormal. Les trois policiers attachent les chiens et font le tour des igloos. Quelques visages se montrent aux ouvertures basses, puis disparaissent aussitôt.

Le sergent parle le dialecte de la tribu, et d'autres encore. La police montée n'a pas d'école pour cela, mais les hommes apprennent sur le terrain.

Il se penche aux portes des igloos et demande où se trouve le chef, son ami Kolitalikk. La plupart des habitants, qui le connaissent depuis longtemps, disparaissent alors comme des serpents de fourrure, dans leurs igloos, sans répondre à la question.

Une femme parle enfin. Elle est vieille, le sergent la connaît depuis bien des hivers, il se souvient même que voulant prendre un jour sa petite-fille en photo, une enfant ravissante, la vieille a refusé en lui disant :

– Elle est trop belle, si tu la montres à ton président du Canada, il voudra l'épouser…

Et elle était sérieuse…

– Où se trouve mon ami Kolitalikk ?

– Il est mort.

Le sergent s'apprête à demander des détails sur cette nouvelle affligeante pour lui, et surtout pour la tribu, lorsqu'un homme se présente. Il parle avec assurance et semble se considérer comme le successeur de Kolitalikk.

– Il est mort ce matin.

Le sergent observe l'homme. Son visage impassible, aux petits yeux noirs, n'a pas d'expression particulière.

– Où est son fils Amah ? demande le sergent.

– Amah est parti.

Et le nouveau chef montre, d'un geste du bras, la trace de deux traîneaux, à la sortie du village.

Deux traîneaux, cela signifie qu'Amah n'est pas parti seul.

– Qui est avec lui ?

– Avinga et Nangalik…

Le sergent réfléchit un instant. Il a l'impression de quelque chose de bizarre, d'anormal. Un mystère… Pourquoi le fils du chef défunt a-t-il quitté le village alors que son père vient de mourir ? La tradition exige le contraire. Et pourquoi deux hommes avec lui ? Le sergent les connaît ; Avinga a vingt et un ans, Nangalik vingt-trois, des jeunes gens. Alors que le fils du chef, Amah, est un adulte de quarante-six ans.

Le sergent ordonne à ses deux compagnons d'examiner les traces des deux traîneaux. Elles sont fraîches.

– Une heure à peine, Sergent... Qu'est-ce qu'on fait ? On les rattrape ?

– Non. Je veux d'abord savoir ce qui se passe.

Le sergent doit aussi s'incliner devant la dépouille de son ami. Il en demande l'autorisation au nouveau chef, qui semble hésiter. Mais il ne peut pas refuser cela au policier, il le sait.

Le sergent avance donc en sa compagnie jusqu'à l'igloo de Kolitalikk. L'entrée n'a pas encore été murée par des pavés de glace. La mort doit être récente. Traditionnellement, l'igloo du défunt doit lui servir de tombeau provisoire et conserver le corps jusqu'à l'été. Il est ensuite inhumé sous un tumulus de pierres.

Le sergent doit se mettre à quatre pattes pour pénétrer dans l'igloo, par le tunnel de glace. Dans la pièce unique, à la lueur d'une lampe à huile de phoque qui empeste l'atmosphère, il distingue le cadavre du chef.

Cette lampe à huile représente l'unique source de lumière et de chaleur. La température intérieure est en dessous de zéro. Le sergent se sert de sa propre lampe électrique pour éclairer le défunt. Il détaille d'abord une théière, une tasse de thé vide, un mégot de cigarette dans le couvercle d'une boîte de fer. Puis le visage de son ami.

Du sang, gelé, a coulé de plusieurs blessures à la face. Le sergent se penche, étonné et ému. Il s'attendait à retrouver le visage tranquille de son vieil ami philosophe, calme dans la mort comme dans la vie. Mort de maladie, ou d'usure.

Or il s'agit de blessures par balles. Et la lampe électrique permet au sergent d'apercevoir, appuyé contre la paroi de l'igloo, un petit fusil de 22 mm. L'arme du crime, de toute évidence.

Qui a bien pu assassiner le chef Kolitalikk ? Et pourquoi ? Un homme si vénéré, si respecté. Pourquoi une telle boucherie ? Plusieurs balles ont été tirées, de si près qu'il est impossible au sergent de déterminer les points d'impact, et donc impossible de savoir avec précision combien de coups ont causé la mort. Le visage de Kolitalikk est un masque de sang et de glace coagulés. Une vision horrible.

Le sergent l'examine encore de plus près, et parvient à repérer trois sorties de balles. Une par le nez, une autre par la joue, une dernière qui semble avoir traversé le cou pour ressortir par la base du crâne. D'autres projectiles ont dû endommager le cerveau.

Le sergent ne perd pas de temps à jouer plus longtemps au médecin légiste. Il a compris. Trois hommes ont quitté le village, il y a moins d'une heure, puisque les traces sont fraîches. Cela veut dire deux choses. Comme le village est situé sur un promontoire, les habitants ont vu arriver, de très loin, la patrouille, ils ont entendu les chiens, et les trois hommes se sont enfuis, parce que la police montée arrivait. Donc ils étaient coupables.

Il faut reprendre la route et les poursuivre. Le sergent se glisse à nouveau dans le tunnel de glace et ressort, face au nouveau chef :

– Tu as quelque chose à dire ?

Il sait bien que l'homme ne dira rien de plus qu'une banalité de circonstance :

– Nous sommes très malheureux que Kolitalikk soit mort. C'était un grand chef. Mais où il est, il est en paix, et tu ne le feras pas revivre.

Le sergent donne l'ordre à ses hommes d'atteler les chiens, sans perdre un instant. La tribu est à présent dehors, visages emmitouflés de fourrure de phoques, petits yeux noirs empreints de mystère. Le sergent s'adresse au nouveau chef, à voix haute et forte, afin que tous entendent :

– Vous êtes des Inuit, mais vous êtes canadiens. Et il y a une loi pour les Canadiens. Tous les Canadiens, qu'ils soient blancs, indiens, ou esquimaux.

La longue lanière de cuir claque devant l'attelage des chiens, l'animal de tête tire sur le harnais, pour dessouder les patins du traîneau de la glace qui les a déjà recouverts. Le sergent est furieux. Furieux d'être arrivé trop tard, furieux de ce crime abominable. Kolitalikk était un allié inappréciable. Et la chasse à l'homme ne sera pas simple. Les chiens sont fatigués, les hommes aussi. Alors que les fuyards ont dû partir frais et dispos. Mais ils seront rattrapés. Car ils n'ont pris ni vivres ni matériel dans leur précipitation. Les traces de leurs traîneaux sont trop légères sur la glace. Ils ne tiendront pas une longue course et, de toute façon, ils n'ont qu'une heure d'avance. Le sergent Van Norman connaît aussi bien qu'eux la conduite des traîneaux de chiens. Ils ne pourront pas s'arrêter pour chasser, leurs traces sont parfaitement visibles, il les rattrapera.

Deux heures plus tard, en effet, au sommet d'une falaise, sur une piste étroite, le sergent montre à ses hommes, au loin, un point minuscule, en bas, sur la rive.

Dans la lumière étrange de ce paysage crépusculaire, il repère à la jumelle les silhouettes de trois hommes et deux traîneaux. Ils sont arrêtés. Ils scrutent la falaise au-dessus d'eux, immobiles près de leurs chiens. Dans cette immensité blanche, aux lueurs noires du soleil de minuit, poursuivants et poursuivis s'observent. Les policiers ont l'avantage des jumelles. Le sergent comprend, à la direction des traîneaux, que les fuyards s'apprêtaient à quitter le rivage pour la banquise. Ils hésitaient, pesant le pour et le contre, et les chiens essoufflés s'étaient assis. Mais ils ont vu, là-haut sur la piste, les traîneaux de la police montée. Ils font voltiger leurs longs fouets de cuir pour réveiller l'attelage. Les chiens rechignent, aboient, se mordent entre eux, ou bâillent en secouant mollement le givre de leur fourrure. Ils se croient à la chasse, et les hommes s'énervent. Finalement les traîneaux s'ébranlent et glissent brutalement sur la neige, en prenant trop rapidement de la vitesse, sous les hurlements des conducteurs.

Le sergent, lui aussi, lance ses deux attelages et, pour gagner du temps, choisit un champ de neige qui descend abruptement de la falaise.

La distance qui sépare les deux convois se réduit de

minute en minute car les fuyards se sont engagés sur un mauvais terrain et décident de faire virer les traîneaux. Ils frappent, démêlent les traits, accrochent de leurs fouets les chiens de tête, les forcent à tirer de côté. Peu habitués à ce traitement brutal, les chiens renâclent, puis bondissent pour un demi-tour trop rapide. L'un des traîneaux est déséquilibré, il va basculer. L'un des hommes le retient d'une voltige acrobatique, qui n'empêche pas le léger chargement de choir dans la neige. Ils sont presque rejoints par les policiers, le nez du chien de tête du sergent vient frôler le pantalon en peau d'un homme qui court désespérément derrière son traîneau, après l'avoir remis d'aplomb sur ses patins. Il bondit enfin dessus et le choc fait courber l'échine des chiens. C'est un vacarme de hurlements, de coups de fouets, d'appels dans le grand silence de la banquise. La course folle se poursuit, le terrain est à présent meilleur, mais les chiens des fuyards sont tout à coup indomptables. Le poil hérissé, le museau écumant de fatigue, le sang à la bouche, ils hurlent comme des loups et n'avancent plus que sous la menace.

Malmener son attelage est une faute grave. L'homme et son traîneau ne peuvent compter que sur les chiens. Or ces chiens ont un caractère particulier, ils s'entretuent parfois pour un os, ils se haïssent, et si on les assemble à la hâte, sans tenir compte du chef habituel, de ses femelles, si on frappe trop, si on punit au lieu d'encourager, c'est le désastre.

À quelques centaines de mètres, devant la police montée, les fuyards l'ont compris. Et le sergent les voit s'arrêter, se concerter un instant, et s'asseoir. Ils attendent. Le sergent est tout près, ils auraient été rejoints de toute façon. La fuite est devenue non seulement impossible, mais inutile.

Le sergent Van Norman vérifie l'armement de son fusil avant de stopper son traîneau à quelques mètres des trois hommes. Il les connaît, il sait leur honnêteté et leur droiture. Jusqu'ici il leur faisait une confiance totale, mais ce sont probablement des assassins. Tout change.

Le crime est rare chez les Esquimaux. Il n'existait quasiment pas avant l'intégration obligatoire, le mélange des races, le démantèlement des tribus et des familles. En 1964, le crime est encore exceptionnel. Et le sergent trouve la mort de son ami Kolitalikk assez inexplicable.

Amah, le fils du vieillard assassiné, est assis sur le premier traîneau. Les deux autres en arrière, sur le second, discutent encore. Amah a agi en chef, c'est lui qui a décidé d'abandonner la course. La sagesse lui est donc revenue. Il a posé son arme bien en évidence à ses pieds, dans une attitude pacifique. Et les autres sont bien obligés de l'imiter.

Le sergent approche, mètre par mètre, s'arrête au niveau d'Amah. Ses deux compagnons restent en arrière.

– Amah, tu t'es enfui à mon approche. Est-ce que je dois t'accuser du meurtre de ton père Kolitalikk ?

Amah relève la tête, non comme un coupable, le regard en dessous, mais comme un homme fier, qui regarde son adversaire en face.

– Je n'ai rien fait de mal. Tu es blanc. Et les Blancs, je le sais, ont des idées différentes sur les choses que nous décidons de faire ou de ne pas faire. J'ai espéré que tu ne poursuivrais pas le fils de ton ami. Mais tu l'as fait, alors je vais te dire la vérité.

– Sois prévenu, Amah. Tu vas me dire une vérité que je devine. Mais comme tu l'as dit je suis blanc, canadien, et policier. Je dois faire respecter la loi.

– C'est une loi qui n'est pas pour nous. Mais je l'accepte.

– Ce n'est pas moi qui te jugerai, Amah. Mais tu dois me suivre.

Lentement, les traîneaux se remettent en route vers le village. Deux heures de cheminement dans la nuit, vers les igloos du village, où le chef Kolitalikk est mort, assassiné, certes, mais d'une bien étrange façon.

On dirait, de nos jours, qu'il s'agit là du choc de deux cultures. Que les traditions d'un peuple sont respectables, mais qu'il est du devoir de la civilisation de condamner celles qui apparaissent comme inhumaines, basées sur la superstition et l'ignorance.

Comme des Occidentaux ne peuvent admettre la tradition de l'excision des petites filles dans certaines tribus africaines, ils ne peuvent admettre l'ancienne croyance qui a fait mourir le vieux chef Kolitalikk.

C'est au village, à la lueur des lampes à huile de phoque, dans l'igloo du nouveau chef, que le sergent Van Norman écoute le récit des trois hommes. Amah parle pour les autres. Il revendique cette parole, en tant que fils.

Il y a trois jours de cela, Kolitalikk était au plus mal. Il a fait venir les hommes dans son igloo et a parlé ainsi :

– Prions Dieu. J'ai été très malade, et je suis très vieux. Parce que certains deviennent très vieux, leur esprit devient très fort. Vous obéirez à mon esprit. Si vous ne le faites pas je serai très malheureux. Si vous m'obéissez, je serai très heureux et, du ciel, je pourrai vous aider. J'ai bu l'infusion de wissekapuka, qui ne m'a pas guéri. J'ai bu le bouillon de shaggamitir, fait des meilleurs poissons, il ne m'a pas guéri... J'ai la maladie qui se déplace de l'estomac à la tête, elle fait mourir les Inuit. Elle est sous mon épaule, aujourd'hui, demain elle sera dans mon cou, et demain encore dans ma tête. Mes souffrances sont grandes et ne me quittent pas. Je suis fatigué de souffrir. Je vais mourir. Autrefois, ils étaient rares ceux qui avaient peur de mourir. Et je n'ai pas peur. Mais je veux cesser de souffrir. Vous obéirez à mon esprit. Il est fort, et mon corps, lui, ne vaut plus rien. Quand je serai mort il ne sera plus ma demeure, je ne m'en servirai plus. Vous m'enterrerez auprès de la grosse pierre. Je vais prendre mon petit fusil avec moi, et je resterai seul. Je m'en servirai demain.

Amah dit qu'alors le père s'est tu car il souffrait beaucoup. Et les hommes ont pleuré, ils étaient tristes. Mais tous savaient que Kolitalikk allait se servir de son fusil pour mourir.

– Mon père disait toujours que ceux qui ont des enfants ont de la chance, car ceux qui n'en ont pas doivent demander le service de la mort à leurs amis, et ils peuvent refuser car ils n'y sont pas obligés. Mon père disait aussi que l'esprit fort, s'il le peut, doit se donner la mort lui-même, car nous avons maintenant des fusils.

Le sergent se doutait qu'il aurait un jour à arbitrer ce genre de drame. Chez les Esquimaux, la tradition ancienne voulait que lorsqu'un homme – ou une femme – était devenu trop vieux, et qu'il ne supportait plus de vivre, il ordonnait à ses enfants de l'étrangler. On plaçait alors le vieillard dans une fosse qui lui servirait de tombeau, il y demeurait un moment à parler à ses enfants, à fumer une pipe, ou à boire avec eux. Puis, deux d'entre eux l'étranglaient avec une lanière de cuir, en l'enroulant autour de son cou et en tirant chacun de leur côté. C'était ainsi que mouraient les vieillards. Ensuite on le recouvrait de terre, en saison d'été, et l'on plaçait sur sa tombe un monticule de pierre, appelé « cairn ».

Amah n'a pas eu à préparer la tombe ce jour-là car il fallait attendre la saison d'été et garder le père dans son igloo jusque-là. Cela voulait dire aussi que la police montée découvrirait sa mort. Mais avec un peu de chance, une fois l'igloo refermé, personne ne saurait que la tradition avait été respectée.

Ce que ne comprend pas le sergent, c'est pourquoi le chef a été littéralement troué de balles. Il est impossible qu'il ait fait cela lui-même.

Amah raconte alors l'horreur.

Ils sont allés chercher le fusil, et l'ont placé longtemps au-dessus de la lampe à huile, pour qu'il dégèle.

Puis Kolitalikk a dit :

– Je veux rester seul.

Les hommes sont allés dans l'igloo voisin et ont attendu. Avec tristesse et sans crainte. Car Kolitalikk allait rejoindre directement le ciel, d'où il aiderait ceux restés sur la terre. Le suicide n'est pas une chose effrayante pour eux. C'est une tradition morale. Quiconque devient une charge et ne peut plus exister de lui-même, que ce soit par l'âge ou la maladie, a l'obligation morale de se suicider.

Et les hommes du village d'Iglukjuak ont attendu, ce soir du 29 décembre 1964, le suicide de leur chef vénéré.

Ils ont attendu longtemps. Si longtemps que Amah, le fils, et ses amis, Avinga et Nangalik, sont allés voir.

Le vieillard avait essayé de charger l'arme, sans y parvenir, car il était trop faible. Il leur a donc demandé d'armer le fusil pour lui.

Un homme a mis une balle dans le canon, a fermé la culasse, et a rendu l'arme à Kolitalikk.

Puis ils sont ressortis. Ils se devaient de l'aider. Même si la tradition évolue, et qu'ils ne sont plus obligés d'étrangler, ils se doivent d'armer le fusil.

Un coup de feu a retenti, et deux hommes sont rentrés dans l'igloo.

Kolitalikk vivait encore. Il avait tiré sous le menton. Ce n'était pas suffisant.

Il a ordonné encore, de sa main trop faible, et un homme a rechargé le fusil. Puis ils sont ressortis, et ne sont revenus qu'après avoir entendu le deuxième coup de feu. Or, chose incroyable, Kolitalikk vivait encore. La deuxième balle avait suivi presque la même trajectoire que la première. Et Kolitalikk s'est ainsi tiré quatre balles dans le menton sans parvenir à se suicider.

Alors il a fait signe aux hommes de le tuer. Il a même dit : « Tuez-moi », dans un murmure.

Mais ils n'osaient pas. Ils n'osaient plus. Tout à coup, il semblait que la mort ne voulait pas du vieux chef, que ce n'était pas le moment. Qu'il avait encore à vivre.

Ou alors ils avaient peur, devant l'échec de cette tradition terrible.

Kolitalikk est resté sans bouger, sous sa couverture, un long moment. Puis il a bu une tasse de thé et fumé une cigarette. Enfin il est mort, de son suicide, le 30 décembre, quelques heures avant l'arrivée de la patrouille.

Amah, Avinga et Nangalik se savaient complices d'un crime interdit par la loi canadienne. S'ils n'avaient pas tué eux-mêmes, ils avaient aidé au suicide. Alors ils ont fui. Pris entre le piège du respect de leur culture et des volontés du chef, et de la civilisation qui arrivait sous les traits du sergent de la police montée.

Ils sont donc inculpés, par le sergent, selon l'article 212 du Code pénal, et seront jugés par le juge Sissons.

Le sergent Van Norman connaît bien le juge. Il est assez confiant. C'est un excellent juge pour ce pays. Il préfère condamner un jeune voleur esquimau de seize ans à habiter dans la famille d'un policier de la patrouille, plutôt que de le coller en prison pour trois mois.

C'est au mois d'avril, à la saison d'été, que le juge Sissons a écouté Amah (quarante-six ans), fils de chef, Avinga (vingt et un ans) et Nangalik (vingt-trois ans), chasseurs et pêcheurs de phoques, lui raconter le suicide de Kolitalikk.

– Vous plaidez coupables ou non coupables ?

– Non coupables.

Le juge a regardé l'avocat de la défense un instant, puis il a déclaré :

– Pas de plaidoyer pour la défense, Maître.

Et il a donné son verdict. Un an de prison avec sursis, pour chacun.

Quelque part sur la terre de Baffin, dans l'océan glacial Arctique, près d'un village nommé Iglukjuak, près du cap Thalbitzer, est un tumulus de pierres, un « cairn », où repose en paix le vieux chef Kolitalikk.

S'il surveille du haut du ciel son territoire menacé par la pollution des hommes étrangers, espérons qu'il lui vienne en aide.

IMMORTELLE SABRINA

Miss Sabrina est morte. C'est irréfutable. La jolie maison aux rideaux de cretonne et aux meubles cirés, les plantes vertes et les géraniums alanguis près des fenêtres à petits carreaux, le canapé Victoria, le grand tapis indien, et le chat sur les coussins de soie du Cachemire ont du mal à prendre le deuil. Tout était si vivant, si harmonieux, si anglais, que la mort ne semblait pas devoir faire partie un jour du décor. Miss Sabrina vivait, à quarante-cinq ans, une vie d'équilibre et de raison. Point trop d'amants, l'amour nuit à la santé. Point trop de gourmandises non plus. Un doigt de cherry, de temps à autre, suffisait au désordre nécessaire à une vie bien rangée. Ainsi se préservait la beauté pure et simple de Miss Sabrina, son teint translucide, à peine rosé, sa haute taille, sa chevelure d'une blondeur ensoleillée.

Toutes les Anglaises sont rousses, a dit un humoriste ; Miss Sabrina est blonde.

Et sur son lit de mort, en noyer du Sussex, cette chevelure étincelante est comme un défi par-delà la mort.

La famille veille ainsi qu'il était, jadis, convenable de le faire. Le frère de Miss Sabrina en a laissé le soin aux femmes, tantes et cousines, se réservant le salon, où il commence ce deuil avec l'ordonnateur des pompes funèbres. Un observateur discret aurait du mal à distinguer les deux gentlemen, en costume aussi sombre que la mine qu'ils arborent. Soames, le frère, hoche la tête en contemplant le portrait de sa sœur, jeune fille ravissante qu'aucun homme n'a su retenir.

– Elle était si belle, et d'une santé…

– Mes condoléances, monsieur Soames, c'était un accident stupide…

Pléonasme. Tous les accidents étant par essence d'une stupidité évidente.

– Elle sortait pour sa promenade… qui eût cru…

– La vie est faite de tant de hasards…

Autre évidence. Mais il fallait en effet un hasard redoutable pour qu'en ce jour de printemps la charrette du laitier et son cheval emballé rencontrent la promenade de Miss Sabrina.

– Il est arrivé dans un bruit d'enfer, elle n'a pas eu le temps de traverser, de se jeter de côté, le soleil l'aveuglait… elle qui l'aimait tant…

– L'homme n'a pas freiné, bien entendu…

– Trop tard. Le cheval l'a renversée, la roue s'est arrêtée sur elle...

– Quel drame... Si vous vouliez bien m'indiquer votre choix, monsieur Soames ? Érable ? Chêne rouvre, ébène ? Nous avons là le meilleur choix... Si je peux me permettre, feu votre grand-oncle avait une préférence pour l'érable...

Accroché au mur, figé pour l'éternité par la main d'un peintre local et conventionnel, le regard bleu de Miss Sabrina assiste au choix de son dernier repos.

Dans la chambre mortuaire, Miss Sabrina assiste également aux conversations à peine murmurées qui commentent sa disparition.

– C'est bien tôt pour mourir... Elle qui faisait tant attention, qui menait une vie saine...

– Quarante-cinq ans, ma chère, c'est la fleur de la vie d'une femme, elle ne se sera pas vue vieillir...

– Elle adorait la vie, la lumière...

– N'a-t-elle pas été fiancée à ce cher Edouard ?

– On le disait... avant qu'il ne parte aux Indes...

– Prendrez-vous du thé, cousine ?

– Dieu vous bénisse, je ne dis pas non... Le chagrin est une chose...

Mais l'heure du thé en est une autre. Non que la douleur familiale ne soit une réalité, mais l'Angleterre est un autre monde.

– Qu'a dit le médecin ?

– Mon Dieu, rien, ma chère... Que vouliez-vous qu'il dise ? Il a constaté le décès... Cette pauvre chère est morte sur le coup. Lorsqu'on l'a retirée de dessous la roue, elle ne bougeait plus...

Miss Sabrina a effectivement fait l'objet d'un examen classique de la part du médecin de famille, elle ne respirait plus, ne bougeait plus, ne parlait plus, bien entendu... Elle était donc aussi morte que possible. Le certificat de décès était une pénible formalité.

– La mort nous fait réfléchir, cousine... Que devient-on, mon Dieu ?...

– Dieu seul le sait...

– Peut-être nous entend-elle encore ? Peut-être nous voit-elle ?

Or, de ces deux suppositions entièrement gratuites, l'une est une réalité. Miss Sabrina entend. Elle n'a pas cessé d'exister en tant qu'entité spirituelle. Elle entend et comprend chaque mot que l'on prononce à côté de son prétendu cadavre. Mais son corps est prisonnier. Elle ne peut ni parler, ni faire un signe quelconque. Mais elle entend. Elle sait même qu'elle est morte un jeudi, que le digne gentleman en noir qui se penche sur elle en prenant discrètement des mesures prépare son enterrement pour le samedi, et samedi c'est demain. Que son frère, ce cher Soames, si guindé, a choisi évidemment un cercueil d'érable, des poignées de bronze et des écrous de bronze. Elle a également entendu que sa chère cousine avait décidé de la tenue mortuaire. Une lourde robe de satin parme, qu'elle n'a mise que deux fois, tant elle serre à la taille et empêche les poumons de respirer librement.

– Le parme lui allait si bien... Prenons-nous les gants de dentelle noire ?

La nuit est longue. Les veilleuses endormies. Parfois, une main pieuse vient redresser la bougie dans le candélabre d'argent. Miss Sabrina ne respire plus, et la robe n'est pas faite pour stimuler ce souffle au ralenti que personne ne perçoit. Pas même elle. Elle se dit donc, intérieurement, qu'elle est indubitablement morte. Que la mort ce doit être cette immobilité de pierre qui ne concerne que le corps, et que son esprit va errer éternellement dans cette prison, écoutant tout sans pouvoir y répondre.

Puis elle se dit, toujours intérieurement, qu'elle n'est peut-être pas morte... qui sait... Ce médecin stupide a-t-il fait tout le nécessaire ? Il a passé bien rapidement le miroir sous son nez. Il a soulevé bien vite une paupière trop lourde pour résister.

Et voici que le croque-mort, s'inclinant d'abord devant les vivants, afin de soutenir leur douleur discrète, s'approche du cadavre de Miss Sabrina. Il a un recul outré :

– Personne ne lui a fermé les yeux ?

Ce cher Soames, agacé, et qui déteste autant les enterrements que la cuisine française, s'exclame :

– Évidemment, voyons !

– Si vous le dites, monsieur Soames... Mais alors, ils se sont rouverts ?

Ce cher Soames est bien obligé de pencher une barbe pointue sur le cercueil d'érable, à fond de satin ivoire, où repose sa pauvre sœur. Quel désagrément, se dit-il... et il avance deux doigts écartés dans ses gants noirs, pour abaisser à nouveau les paupières de sa sœur bien-aimée, en un geste d'une rare élégance douloureuse. Puis il s'écarte et fait un geste, afin que ce croque-mort en finisse.

L'habit noir s'approche à nouveau, le tournevis à la main, et demeure une seconde en arrêt. Il n'ose... le dire, mais il le pense fortement : « Par saint Charles, quelle étrange défunte, elle a des paupières à ressort ! »

C'est qu'il a cru, vraiment, que les yeux grands ouverts le fixaient à nouveau. Va-t-il retarder la cérémonie pour un détail ? Il se souvient de défunts réfractaires, dont les mains refusaient de se joindre pour l'éternité, d'autres que l'on ne pouvait empêcher de sourire en montrant les dents... et il se souvient également que s'il n'active pas la cérémonie, il sera en retard pour le déjeuner. En regardant ailleurs, il ordonne à ses assistants de présenter le couvercle.

Mais ce cher Soames a remarqué son hésitation. Que diable, tout ne serait-il pas convenable ? Il importe que Sabrina soit inhumée décemment, que pas un détail ne vienne troubler la sérénité de ce visage. Il lève un gant, s'approche, regarde, et quelques secondes plus tard appelle le médecin de famille, présent aux obsèques.

– Venez voir... mais venez voir...

Enfin, se dit intérieurement Sabrina. Enfin... ce médecin stupide a enfin constaté que ses pupilles bougeaient faiblement. Mais qu'elles bougeaient. Le diable l'emporte...

C'est ainsi que quelques semaines après sa mort annoncée, et quasiment entérinée dans un cercueil d'érable à six pieds sous terre, Miss Sabrina se porte comme un charme. Elle est sortie de sa léthargie depuis longtemps, a remisé l'affreuse robe de satin parme dans un placard, et se sent, à quarante-cinq ans, plus séduisante que jamais. Le notaire qu'elle a convoqué lui en fait force compliments.

– Quelle mine superbe, ma chère...

– Maître... J'ai rédigé mon testament...

Miss Sabrina a devant elle, posée sur son secrétaire, une liasse de feuillets couverts d'une écriture serrée.

– Votre testament? Alors que vous revenez à la vie plus jeune que jamais?

– Vous en prendrez connaissance, il comporte plusieurs dispositions qui vous paraîtront sans doute étranges, mais je tiens expressément à ce qu'il en soit tenu compte...

– À votre gré, chère amie...

Et le notaire lit. Et relit, car la stupeur lui brouille les yeux, et il doit frotter son monocle à plusieurs reprises, pour être sûr de ce qu'il lit.

Il est dit qu'en cette année de grâce 1868, Miss Sabrina, soussignée, désire être allongée après sa mort dans un cercueil sans couvercle. À ses vêtements, qui devront être confortables, on aura soin d'accrocher des grelots, et soin également de disposer, à côté de sa main, une grosse cloche de cuivre, telle qu'en ont au cou les vaches du Sussex. Et à son cou à elle, une chaînette pourvue d'un sifflet.

Le caveau, qui ne sera pas familial, mais construit pour elle, ne sera pas fermé, il comportera au plafond une ouverture suffisant à une bonne aération du lieu.

Si elle émerge à nouveau d'une léthargie, elle sifflera six fois par minute. Ce signal est le S.O.S. des alpinistes.

Un domestique sera chargé de la surveiller, moyennant un salaire confortable, et ce durant une année. Il lui apportera chaque jour de la nourriture, et l'observera soigneusement afin de constater si elle présente ou non les signes visibles d'un retour à la vie.

Le notaire retire son monocle, pensif, et, de bon conseil:

– Chère amie, il serait éminemment étonnant qu'un si regrettable incident se reproduise. Vous pensez bien que les médecins et moi-même, nous serons particulièrement attentifs à constater, pardonnez-moi... la réalité de votre décès... qui n'est pas pour demain, votre mine florissante m'en persuade. D'autre part, je crains que dans le village ces dispositions peu habituelles ne posent quelques problèmes. Pensez au prêtre... La solennité d'une cérémonie d'enterrement en souffrirait.

Miss Sabrina, nantie d'un caractère autoritaire et d'un tempérament vif, lève les bras au ciel :

– Notaire, je me moque de la solennité. Et je sais mieux que vous ce que c'est que d'être morte... Je tiens absolument à ce que les choses se passent comme je l'ai prévu dans ce testament. Ce sont mes volontés. Débrouillez-vous pour lever les obstacles le moment venu !

Le notaire s'incline avec déférence. Miss Sabrina représente une certaine fortune et sa position l'autorise à certaines exigences. Elle règne sur cette immense propriété de Bircher Bower, quasiment comme la reine Victoria sur l'Angleterre. De plus, il faut la comprendre. Elle a vécu sa mort, si l'on peut dire. On a failli refermer sur elle, à tout jamais, le couvercle d'un cercueil, et qu'il soit d'érable et de satin ivoire ne change rien à la claustrophobie qu'il engendre.

Le notaire se dit également qu'elle n'est pas près de rendre l'âme, et qu'il aura bien le temps, s'il est lui-même encore de ce monde, d'envisager le problème.

Or il se trompe.

Deux années plus tard, Miss Sabrina, toujours en pleine forme à quarante-sept ans, reçoit en sa jolie maison des invités à déjeuner. La conversation roule sur la crise ouvrière qui occupe les esprits à Londres, et sur ce fameux droit de grève dont tout le monde parle dans les salons. Le déjeuner, fort délicieux au demeurant, est composé essentiellement d'un plat de champignons.

Dont l'assimilation s'avère impossible. Les quatre invités se traînent lamentablement en vomissant et hoquetant, jusque chez eux. Ils se rétabliront. Miss

Sabrina succombe à cet empoisonnement assez rapidement.

Et la voilà de nouveau allongée sur le grand lit de sombre noyer, dans la maison aux meubles cirés, aux plantes vertes, et aux géraniums aux fenêtres. Le chat fait triste mine sur les coussins du Cachemire, et le médecin de famille se penche sur la défunte avec circonspection. Pour plus de sécurité, il appelle à son secours deux confrères des environs. Il s'agit de ne pas se tromper. La morte est-elle morte ?

Quatre jours s'écoulent avant que l'Académie ne se décide à entériner le décès. Toutefois, la femme de chambre confie au médecin :

– Miss Sabrina est si belle, si fraîche... C'est étonnant après quatre jours...

– Nous sommes en hiver, et la chambre est glaciale, je l'ai recommandé... C'est tout à fait normal.

La cérémonie d'inhumation se passe donc selon les dernières volontés de la défunte. Une magnifique robe de dentelle souple, une chaîne et un sifflet, des grelots, une cloche à portée de main... et les fossoyeurs font lentement glisser le cercueil d'érable et de satin ivoire au fond du caveau à toit ouvrant...

Les visiteurs se pressent dans le cimetière durant plusieurs jours, chacun prêtant une oreille attentive à un éventuel son de grelot, ou un coup de sifflet. Une curiosité morbide attire irrésistiblement le public, toute la semaine qui suit la cérémonie.

Vient le deuxième dimanche après la mort indubitable de Miss Sabrina. Le gardien du cimetière, dont la maison jouxte les premières tombes, est un homme marié. Et, en tant que tel, il a deux fonctions à remplir. La surveillance de son cimetière et son devoir conjugal. La surveillance est quotidienne, diurne et nocturne, le devoir conjugal ne se remplit que le dimanche en matinée. Ce dimanche matin donc, remplissant son devoir conjugal, il se trouve dans la chambre conjugale, dont la fenêtre donne sur le cimetière. Est-ce la proximité de tous ces corps glacés pour l'éternité ? L'épouse semble glacée elle-même. Le regard fixe, exorbité, elle ne participe en aucune manière aux événements. Elle regarde devant elle le miroir de la chambre, ce dont l'époux s'inquiète avec une mâle consternation :

– Hélène... tu es ailleurs...

Hélène ne répond pas. Elle fixe toujours le miroir devant elle, en silence, ce qui coupe les effets du mari, et permet au gardien d'entendre comme un léger bruit de grelots. Suivant le regard effaré de sa femme, il se retourne, et voit ce qu'elle voit.

Dans le miroir, le reflet de la fenêtre, et par cette fenêtre, une image cauchemardesque. Une silhouette blonde, promenant au milieu des tombes une magnifique robe de dentelle froissée... un sifflet à la bouche, une énorme cloche à la main...

Le traumatisme conjugal est à la mesure de cette vision extraordinaire.

Et le récit du gardien court le village, au détriment de sa vie privée, sans doute, mais pour l'édification des foules. Si le malheureux homme était le seul témoin du prodige, on eût pu croire à un fantasme particulier.

Mais la chose est constatée, peu de temps après, en un lieu au-dessus de tout soupçon : l'église.

À Bircher Bower il existe une importante minorité catholique. Le dimanche suivant, après les génuflexions qui précèdent l'Élévation, l'abbé de la paroisse se retourne vers l'assemblée des fidèles, les yeux clos sur sa prière, et frémit légèrement en entendant la cloche de l'enfant de chœur. Elle n'a pas le son discret habituel, le tintement solennel adéquat. C'est une cloche désordonnée, bruyante...

L'abbé se promet de tancer le gamin et procède à l'Élévation du ciboire. Tous les fidèles devraient courber la tête devant le mystère du corps du Christ. Or, ils la lèvent au contraire, et se détournent ; un véritable sacrilège. L'abbé suit le regard de ses infidèles, droit devant lui dans l'allée centrale de la nef, et reste ainsi les bras levés, avec son ciboire, tremblant devant un tel spectacle.

Dans un bruit léger de grelots, un somptueux fantôme en robe de dentelle froissée se glisse dans l'église et avance lentement, un sifflet entre les lèvres et une cloche à la main...

La célébration de la messe s'en trouve considérablement perturbée. Puis le fantôme disparaît comme il est venu, par la porte semble-t-il, et le bruit de grelots s'éteint.

Vivante. Miss Sabrina est vivante. Elle est rentrée chez elle, après une léthargie mystérieuse, grelottant de tous ses grelots, passablement froissée et décoiffée, mais vivante une deuxième fois.

Tout le village cette fois en est traumatisé. La mort de Miss Sabrina devenant un feuilleton à épisodes, chacun envisage désormais sa propre mort d'une tout autre manière. À Bircher Bower on ne meurt pas comme ailleurs. Et il est décidé que chaque défunt sera l'objet d'examens réitérés de plusieurs médecins, avant d'être déclaré officiellement cadavre. Une exposition dudit cadavre est obligatoire durant un minimum de cinq jours. Et lorsque l'administration civile se résigne à entériner un décès, elle le fait en des termes qui dégagent son entière responsabilité. Du genre : en cas de mort ressuscité, l'état civil et le médecin constatant ne pourront être poursuivis, vu l'état de la science en la matière...

Miss Sabrina, elle, prend le taureau par les cornes et change de médecin. Complètement obsédée à l'idée qu'il lui faudra retourner un jour ou l'autre dans ce damné cimetière, dans un damné cercueil, elle se met en quête d'une perle rare, un homme de science, qu'elle institue son légataire universel, à condition qu'il remplisse très exactement les stipulations de son nouveau testament.

Car elle a eu du mal à s'extirper de son tombeau, Miss Sabrina. Rien n'est simple quand on est mort sans l'être.

L'homme de science, la perle rare, un gentleman anglais en bonne et due forme, à la David Niven, moustache fine et redingote tout en longueur, assure à sa patiente qu'il a trouvé la formule. Il est bien obligé d'affirmer quelque chose, s'il veut devenir l'héritier de Miss Sabrina.

Laquelle atteint la soixantaine gaillardement après deux morts ratées.

Elle exige de bénéficier de la paix éternelle, si Dieu la lui accorde un jour (et elle semble avoir le droit d'en douter) au-dessus de la surface de la terre.

Ressortir d'un caveau est une entreprise fatigante pour un défunt. En surface, la chose est plus aisée.

Bien entendu, son corps ne devra être ni incinéré, ni enterré de quelque manière que ce soit.

Elle le rappelle presque quotidiennement à son médecin :

– Mon héritage est à ce prix...

C'est compliqué. Si Miss Sabrina meurt, qu'il l'enterre rageusement, la surplombe de trois dalles de marbre par exemple, dans l'espoir de profiter de son héritage, et qu'elle en ressort malgré tout... c'est raté !

Si Miss Sabrina meurt, et qu'il la dépose à l'air libre, en respectant son désir, et qu'elle s'en sort à nouveau... c'est raté aussi...

L'homme de science affirme cependant avoir trouvé la solution, du moins être en passe de la trouver... il fera son office, Miss Sabrina peut en être certaine. Et le notaire aussi, qui a enregistré le nouveau testament.

Ni incinérée, ni enterrée de quelque manière que ce soit.

Pour l'instant, Miss Sabrina est alitée. Malade. Ce sont des choses qui arrivent à son âge, et la vieille dame autoritaire, plus obsédée que jamais, fait mander son notaire et son médecin. Il ne lui reste guère de famille, elle a enterré successivement ce cher Soames, ses cousins, ses cousines, après les avoir longuement examinés, on s'en doute.

– Je vais mourir...

– Mais non... dit le médecin, hypocrite... Vous savez bien que vous n'y arrivez jamais...

– Je suis malade et mes forces me quittent... La vieillesse est à ma porte, la porte s'ouvre devant la mort, je la vois venir...

Effectivement, la vieille dame décline. Et cette fois cela n'a rien d'accidentel : ni cheval emballé, ni champignons empoisonnés. La fin d'une vie, tout simplement.

Durant cinq jours, respectant les lois régionales, le cadavre de Miss Sabrina est exposé au public, après sa troisième mort, naturelle. Constatée, indubitable, effective, aux yeux de tout le village.

Et cette fois encore, on dit qu'elle est d'une fraîcheur insolite...

Et cette fois encore, elle ressuscite.

Un villageois affolé prétend l'avoir vue assise à sa fenêtre. Le facteur aussi. Il rameute la foule, et le village se presse aux portes de la grande et belle maison, où, par la fenêtre, encadrée de géraniums et de plantes vertes, Miss Sabrina contemple le monde.

Silencieuse, immobile, vêtue de sa plus belle robe de dentelle, impeccablement repassée, son regard bleu grand ouvert sur l'incrédulité humaine. Mais elle ne répond pas au salut. Et pour cause.

L'homme de science a effectivement trouvé la solution. Durant plusieurs jours, des spécialistes ont procédé à l'embaumement du corps de Miss Sabrina, à la manière des pharaons de l'Égypte ancienne.

Le seul désagrément est que l'Église a refusé de se prêter à cette cérémonie païenne. Mais qu'importe, elle a eu lieu en privé. On a installé Miss Sabrina dans un fauteuil roulant. Le visage n'a pas été touché par les embaumeurs, et il est d'une fraîcheur tout à fait impressionnante. Devant les familiers de la maison et les domestiques, le médecin a ainsi promené Miss Sabrina sur les parquets cirés afin de lui faire faire une dernière fois le tour du propriétaire. Puis il s'est arrêté devant une fenêtre, et y a disposé la momie, entre les rideaux grands ouverts. Miss Sabrina peut ainsi contempler la place du village, et les toits des maisons des mortels.

Trois années après cette mort officielle, elle n'a pas changé. Le visage, certes, s'est un peu émacié, desséché, et il a fallu placer des yeux de verre dans les orbites, mais, de loin, l'effet est toujours aussi impressionnant. À tel point que les habitants du village, au lieu de s'accoutumer à cette présence, d'être enfin sûrs que la morte est bien morte, la voient vivante dans tous les coins. Les apparitions sont de plus en plus fréquentes, de plus en plus effrayantes. Miss Sabrina surgit dans l'imagination des villageois à tout moment.

Même les animaux refusent de fréquenter certains endroits de la ville. Lors du marché au bétail annuel, par exemple, les taureaux et les vaches refusent de traverser la place. Et si on les y oblige, ils se mettent à mugir, à se débattre et s'enfuient en arrachant leurs chaînes. Un jour même, on retrouva plusieurs bêtes affolées, réfugiées dans le grenier d'une maison ! Il fallut utiliser des palans et des poulies pour les faire redescendre par le trou d'un mur.

Miss Sabrina est devenue le loup-garou. On dit aux enfants de Bircher Bower :

– Si tu n'es pas sage, elle viendra te prendre.

La femme empaillée, comme l'appellent les habitants, ne fascine plus. Elle fait peur, et elle gêne. Les autorités du village convoquent donc le médecin, héritier de la fortune et de la maison de Miss Sabrina, comme de sa momie :

– Elle est morte ?

– Je vous l'assure...

– Alors enlevez-la... Trois ans d'exposition c'est suffisant. Nous avons de sérieux problèmes... Une femme se plaint d'avoir fait une fausse couche à cause d'elle, une autre l'accuse de lui avoir pris son mari au cimetière pour le faire revivre, elle le voit toutes les nuits... Les chiens hurlent à la mort, et les enfants sont terrorisés au moindre courant d'air qui agite les rideaux de la fenêtre...

– Mais je ne peux pas l'enterrer... encore moins l'incinérer...

– Docteur, nous avons des pétitions. Miss Sabrina doit quitter le village.

Placé devant cet ultimatum, l'héritier trouve une autre solution. Il installe Miss Sabrina, baptisée la « momie européenne », dans un musée, où durant plusieurs années elle verra défiler les curieux. Jusqu'en 1930, semble-t-il, si l'on en croit le très sérieux *Man-*

chester Guardian qui rapporte le prodige. C'est à cette époque de modernisme échevelé où naissent le jazz, le nazisme, et toutes ces sortes de choses qui bouleverseront le monde, que Miss Sabrina est enfin enterrée.

Car l'Église a eu le dernier mot. Grâce à l'intervention de l'abbé du village de Bircher Bower, convaincu que ses ouailles ne trouveraient la paix, et Sabrina la vie éternelle, que lorsqu'elle serait là où Dieu le veut : en terre. Afin de poussière redevenir, ainsi qu'il est de bon ton et de bon usage sur cette planète provisoire.

Miss Sabrina fut donc enterrée en grande pompe, un matin d'été, devant la foule des villageois rassemblés, et un reporter du *Manchester Guardian*.

Il existe une tombe où « ci-gît, pour l'éternité, Sabrina Beswick ». Trois fois morte et enterrée.

Une croix surplombe le caveau de marbre cimenté, inviolable.

Un poète disait en ce temps-là : « Il est des morts qu'il faut qu'on tue. »

Qu'en pense Miss Sabrina ?...

LA VOIX DE LUCY

Les aborigènes d'Australie étaient environ 350 000 en 1788, lorsque l'Angleterre décida de mettre le pied chez eux et de les exterminer systématiquement. Parmi les quelque 80 000 qui survivaient en 1950, certains, comme Tuga, sont métis de Blanc et de Tasmanien. Il n'y a plus de Tasmaniens. Plus du tout. La dernière représentante de la race s'est éteinte en 1877. C'était une femme du nom de Truganina.

Tuga est balayeur dans un garage de Sydney. Quelque part en lui, il porte les gènes du premier homme du monde, un Australopithecus, qui mesurait 1,25 m, et avait une capacité cérébrale de 600 cm^3, disent les ethnologues. C'est-à-dire à peu près celle d'un gorille.

L'homme actuel dispose de 1 600 cm^3, au mieux de sa forme.

Henry Foster, par exemple, Australien blanc, d'origine anglaise. Sa maison est en face du garage où balaie Tuga.

Henry Foster est un inventeur génial et reconnu. Plusieurs de ses inventions ont servi aux Anglais et aux Australiens pour des essais atomiques communs sur la base de Woomera. Il s'est spécialisé dans les robots. Henry Foster est un homme riche, heureux, qui poursuit ses recherches scientifiques dans son propre laboratoire privé à Sydney. Juste en face du garage où balaie Tuga. Qui lui n'a rien inventé. Ses ancêtres étaient chasseurs, cueilleurs ; ils ne sont plus. Ceux qui restent, les aborigènes, ont de nos jours un quotient intellectuel égal à celui des Blancs, disent encore les ethnologues. À niveau de vie égal, bien sûr, ce qui est extrêmement rare. Tuga, par exemple, ne peut prétendre au même quotient intellectuel qu'Henry Foster. Il est pauvre, inculte, un traîne-misère sur sa propre terre, dont il est devenu le sous-développé balayeur.

Tuga s'appuie sur son balai et dresse l'oreille. Il renifle aussi, et gratte sa chevelure laineuse avec perplexité. En face, la jolie maison de brique des Foster sent le feu. Et il perçoit une explosion.

Un panache de fumée s'élève, et Tuga, comme les autres employés du garage, se précipite au-dehors. Quelqu'un appelle les pompiers. Les sirènes de police hurlent, l'ambulance s'arrête devant Tuga.

Le descendant du plus ancien des hommes regarde passer sur une civière le représentant des plus évolués des hommes. Un homme mince, grand, aux tempes argentées, au visage finement dessiné sous un front immense et bombé, couvert de sang.

– C'est le savant, dit-il à un policier.

– Écarte-toi de là... Allez, du vent... Laisse passer.

C'est le savant qui passe. Sa femme à ses côtés lui

tient la main. Lucy, une grande femme blonde aux yeux bleus, le type même de l'Australienne actuelle, dirait encore un ethnologue. Ils s'aiment depuis vingt ans, ces deux-là. Lucy est la collaboratrice attentive et fidèle de son savant de mari. Ils n'ont pas eu d'enfants, mais tant de robots...

Un policier demande à Tuga :

– T'as vu ce qui s'est passé ?

On craint un attentat peut-être, une vengeance, une histoire d'espionnage.

Tuga répond :

– Boum... fumée...

Et il retourne à son balai. Il n'est pas savant mais détenteur d'une sagesse ancestrale qui lui recommande de se tenir éloigné de la folie des Blancs.

Dans l'ambulance, Lucy a du mal à contenir son angoisse. Les blessures sont graves, Henry est dans le coma. Touché à la tête. Le médecin aussi est inquiet. Que s'est-il passé ?

– Il travaillait sur une fusion, j'ignore laquelle. Le laboratoire a explosé alors que j'étais dans le jardin. Mon Dieu ça devait arriver un jour ou l'autre...

C'est ce que rapporte la presse dès le lendemain. Un jour ou l'autre, Henry Foster irait trop loin. Installer un laboratoire privé dans sa maison, en plein centre de Sydney, c'était le privilège de l'homme riche, du chercheur reconnu, mais c'était dangereux. À force de travailler seul, Henry Foster négligeait certaines règles de sécurité.

À l'hôpital, le médecin-chef qui donne chaque jour à la presse un bulletin de santé est pessimiste. On craint sérieusement pour sa vie.

Des mois durant, Lucy demeure à son chevet. Infatigable. Il vivra. En partie grâce à elle, à son obstination, à son amour. Il sort du coma, il retrouve la parole, peu à peu. Accroché au regard de sa femme, il retrouve son intelligence, ses fonctions cérébrales et physiques.

Mais quelques mois après l'accident, alors qu'il semble avoir récupéré complètement, il se met à souffrir de névralgies faciales, de maux de tête insupportables, qui l'obligent, souvent pendant plusieurs jours, à rester cloîtré dans une chambre obscure, à demi fou de douleur.

Lucy a peur. Henry n'est redevenu normal qu'en apparence. Il a subi une commotion profonde, dont elle ignore les conséquences, que les médecins ne peuvent eux-mêmes déterminer. Une fêlure, dans ce formidable cerveau. Laquelle ?

Henry Foster reprend ses travaux. Mais il perd l'ouïe. Lentement d'abord. Il se contente de faire répéter certaines phrases. Puis le processus s'accélère, et il doit se rendre à l'évidence : il est devenu pratiquement sourd. Au point que même en utilisant les appareils les plus perfectionnés il éprouve la même difficulté à percevoir la voix humaine. Les spécialistes ne comprennent pas. Nous sommes en 1950 et, en trente ans, d'énormes progrès ont été faits dans ce domaine. Mais il semble bien, de toute façon, que l'infirmité d'Henry Foster ne relève pas d'un problème mécanique auditif. Lucy s'en est aperçue la première.

Un matin, Henry sort de son laboratoire pour demander :

– Lucy, tu as commandé les barres de vanadium ?

Le vanadium est un métal réputé pour sa dureté.

– Oui, on les recevra à la fin du mois.

– Parfait...

– Henry Foster retourne dans son laboratoire, reconstruit, où il passe les trois quarts de ses journées. Puis il s'arrête sur le pas de la porte.

– Lucy... Toi, je t'entends. Mal, mais je t'entends. Je n'ai pas besoin d'appareil, je n'ai même pas besoin de suivre le mouvement de tes lèvres...

– Je sais, j'ai remarqué...

– C'est extraordinaire...

– Je crois que si tu faisais attention, tu entendrais aussi les autres. Non ?

Henry Foster s'énerve.

– Tu ne comprends pas. Je te dis que j'ai observé le phénomène depuis des jours. Je suis tout de même capable de faire une analyse de la situation. Je n'entends et je ne perçois que ta voix... la tienne, pas une autre.

– J'ai du mal à le croire... Comment expliquer ça ?

– J'ai une explication possible. Un phénomène purement physique de fréquence. La fréquence de ta voix doit être la seule accordée à mon entendement.

Lucy aime son mari, elle éprouve non seulement de l'admiration pour le savant, mais une tendresse profonde pour l'homme. Elle lui a consacré sa vie. Sans prétendre devenir une collaboratrice scientifique, ou même une assistante, elle l'a toujours aidé de son mieux, dans ses recherches. Secrétaire, archiviste, régisseur, elle gère le laboratoire avec efficacité depuis leur mariage. Elle avait dix-neuf ans, et lui vingt-six lorsqu'ils se sont connus. Et rien ne les a jamais séparés. Pas même une dispute.

Alors Lucy est d'abord heureuse de ce phénomène insolite. Elle le considère comme un début de guérison, au moins d'amélioration. Elle le met sur le compte de leur entente profonde, et de tous ces mois épuisants passés au chevet d'Henry, à lui parler, parler... pour le réveiller, pour l'aider à retrouver sa lucidité, sa motricité, sa santé. Elle y est parvenue. Sa voix est donc devenue un lien précieux. Henry ne cesse de répéter que cette voix lui donne le courage de persévérer, de continuer à vivre et à travailler. Et Lucy trouve la force de supporter la situation que cette exception engendre. Une situation qui devient de l'esclavage. Henry ne veut plus s'éloigner d'elle. Plus exactement il ne veut plus qu'elle s'éloigne de lui. Il préfère se servir de sa femme comme moyen de communication avec l'extérieur. Il refuse de porter une prothèse qui n'améliore rien, dit-il, ce que constatent en effet les spécialistes, sans pouvoir l'expliquer. Dans la rue, en société, pour son travail, c'est Lucy qui écoute et retransmet. Lucy qui décroche le téléphone. Lucy qui répète inlassablement les conversations. Parfois elle en est lasse. Et se confie à son frère Edouard. Edouard est médecin. Il suit le couple d'assez près. Avant l'accident d'Henry, il était son ami le plus proche, passionné par les recherches de son beau-frère. Il venait souvent dîner, et passait la soirée à discuter avec lui. Depuis l'accident, Henry ne voit plus grand monde. Il prétexte la fatigue, et surtout la surdité.

Au début de 1955, une étrange idée s'enracine dans ce cerveau d'infirme intelligent. La voix de Lucy est si précieuse dans le silence de coton qui l'entoure. Elle est la seule à percer le mur qui le sépare des autres. C'est un trésor qu'il veut ménager, protéger à tout prix. Et réserver pour son seul profit.

Dans la rue, il s'énerve :

– Tu as besoin de parler à cette imbécile ?

– C'est notre voisine, Henry, voyons, elle prenait de tes nouvelles...

Au cours d'une soirée, il se met en colère :

– Ne parle pas tant... Viens là, près de moi.

– Henry, je t'en prie, il faut bien que je réponde à nos amis... Ils nous ont invités...

– Je me fous de nos amis. Je te dis de ne pas parler autant.

– Henry, sois raisonnable, je ne peux pas passer mon temps uniquement à te servir d'interprète.

– Si. Ta voix m'appartient, Lucy. Elle est à nous deux, à personne d'autre...

Un soir, sortant de son laboratoire, il entend Lucy parler au téléphone avec son frère Edouard.

– Raccroche.

– Je n'ai pas fini, Edouard me disait que...

– Je me fous de ton frère, raccroche.

Lucy n'en peut plus. Appartenir à quelqu'un à ce point, ne plus pouvoir adresser un mot à un autre... C'est une torture éprouvante.

Edouard trouve le comportement de son beau-frère parfaitement sadique.

– Écoute, Lucy, ça devient fou cette histoire. On est obligés de se cacher dans la cuisine pour discuter maintenant ?

– C'est comme ça. Je préfère éviter une crise.

– Ta voix ne lui appartient pas ! Je l'observais tout à l'heure, il me donnait l'impression d'un avare à qui on vole son trésor sous ses yeux... Je ne parle pas à la légère...

– Je sais. Je sais bien mais que faire ? Il a vu tous

les spécialistes, il a subi tous les tests. Moi aussi. C'est inexplicable, mais c'est ainsi. Il n'entend que moi. Et je n'en peux plus...

– Il y a sûrement une explication autre qu'une infirmité physique. Une explication qui nous donnerait un espoir de guérison. Je crois, moi, qu'il s'agit d'une maladie purement psychique. Henry refuse tout simplement d'entendre une autre voix que la tienne...

– Je le lui ai suggéré, il parle de fréquence...

– Sornettes... J'ai discuté de son cas avec un psychiatre. Il pense à une forme délirante de misanthropie... C'est-à-dire qu'il ne veut entendre que toi, pour n'avoir de relations humaines qu'avec toi. Il refuse les autres. Certains s'enferment chez eux, pour ne pas rencontrer leurs semblables, et être contraints de leur parler, ou de les écouter, de les voir vivre... Lui, il a fermé ses oreilles au reste du monde. Pas à toi.

– Tu parles de lui comme s'il était fou !

– Pas fou... malade seulement. Psychotique... ce genre de maladie est du ressort d'un psychiatre, ou d'un psychanalyste...

– Il n'acceptera jamais.

– Je vais lui parler. Et tu ne seras pas là. S'il le faut, j'écrirai chaque phrase, mais je veux un entretien seul à seul.

Edouard aime son beau-frère, aime sa sœur, de plus il est leur médecin, il estime avoir le droit d'intervenir.

Henry Foster le regarde de travers à la première tentative de conversation.

– Où est Lucy ?... N'essaie pas de discuter avec moi, tu sais bien que je ne te comprends pas sans elle.

Edouard crie :

– Fais un effort, c'est trop important. Approche-toi, je parlerai lentement, dans ton oreille.

Mais Henry recule, le regard méchant.

– Je ne supporte pas qu'on me traite comme un infirme. Fais venir Lucy. Je n'entends rien, et je n'entendrai rien tant qu'elle ne sera pas là pour traduire. Ou alors fiche le camp... et laisse-moi tranquille. Qu'est-ce que ça peut te faire à toi que je vive dans le silence, le brouillard, le coton... Tu entends, toi ! Tu n'as besoin de personne. Moi, si.

Edouard cède. Il le faut bien, mais il est encore plus inquiet par la violence et l'agressivité dont Henry fait preuve. Lucy se fait l'interprète de leur conversation.

Prudemment, il procède par étapes :

– Henry, tu as de plus en plus de migraines... et elles sont de plus en plus douloureuses... J'ai l'impression que ces crises sont provoquées par un travail intellectuel trop intense.

– C'est une impression ou une certitude ?

– Une certitude. Tu as repris tes recherches trop tôt, et un travail comme le tien, huit ou dix heures par jour, c'est trop...

– Qu'est-ce que je dois faire selon toi ?

– Je te conseille de renoncer à tes recherches.

– À ce point ?

– Ta raison est en danger, Henry.

– Il n'en est pas question.

– Alors... va voir un neuropsychiatre...

– J'en ai vu douze à l'hôpital...

– Un psychiatre, ou un psychanalyste...

– Nous y voilà... C'est dans ma tête que ça se passe... C'est moi qui ne veux plus entendre ? C'est ça ? Tu me prends pour un imbécile ? Tu crois que s'il y avait la moindre chance que ce soit ça, je ne l'admettrais pas ? Tu n'es pas dans ma tête, Edouard. Ce n'est pas toi qui perçois la rumeur du monde, comme si tu étais au fond de l'océan, à des kilomètres au fond de l'océan... et à travers ces kilomètres liquides, infranchissables, la voix de Lucy passe. Assourdie, douce, mais elle passe... Une fréquence, comme celle des dauphins entre eux, tu vois ? Une fréquence unique. Un jour on comprendra, on saura... on expliquera. Tout s'explique un jour ou l'autre, et l'homme découvre alors ce qui existait déjà et qu'il ne comprenait pas, tout simplement. Je n'irai pas perdre mon temps chez un psychiatre. Nous ne parlerions pas de la même chose.

La décision d'Henry Foster est irrévocable. Mais la surdité s'aggrave, et les migraines sont plus nombreuses, au point qu'il est tout de même obligé d'accepter le repos. Plus de laboratoire. Fermé à clé le laboratoire. Henry Foster entre dans une période d'oisiveté forcée, et Lucy également. Il ne vivait que pour ses recherches, et pour Lucy. Lucy ne vivait que pour lui et son travail. Désormais ils sont face à face, oisifs, et cette oisiveté rend Henry encore plus tyrannique.

Lucy a quarante-cinq ans. Elle est pleine de vie et de force. Elle a toujours été active. Ce face à face improductif avec son mari la rend dépressive.

Edouard se rend compte alors que le remède est pire que le mal. Que sa sœur en souffre inutilement, puisqu'elle ne peut rien pour Henry, rien d'autre que d'écouter à sa place, et il n'écoute presque plus rien.

– Travaille, Lucy, fais quelque chose, n'importe quoi...

– Mais quoi ? Je n'ai jamais travaillé qu'avec lui...

– Alors travaille avec moi. Il te faut une occupation, puisque tu ne peux plus avoir de vie normale. Je fais des travaux en ce moment, tu pourrais m'aider...

– À quel titre ?

– Ma secrétaire. Je sais que cela t'intéresserait. Et il te faut absolument un dérivatif. Henry te mange, il te ronge, il t'étouffe.

– Il ne voudra jamais.

– Cette fois c'est assez, Lucy. Je suis ton frère. Henry et moi sommes amis depuis des années. Je comprendrais à la rigueur qu'il ne veuille pas te laisser travailler avec des étrangers, mais avec moi ? Il doit accepter sans faire d'histoires... du moins pas trop. Mais tiens bon... Insiste, c'est ta vie qui en dépend...

Le soir même, Lucy entreprend de convaincre Henry. Il refuse d'abord d'en discuter davantage. Mais cette fois, c'est sa femme qui perd patience. Pour la première fois depuis des années, elle s'oppose à lui.

– J'ai quarante-cinq ans, je ne suis ni vieille, ni jeune, et je veux rester près de toi. Mais je veux aussi essayer d'être heureuse. Tu dis que tu m'aimes, alors tu dois souhaiter mon bonheur. J'ai besoin d'une activité personnelle. Je ne peux pas me contenter d'être ta voix et tes oreilles, tu comprends ?

Henry n'insiste pas. Il semble comprendre en effet

sur le moment, et Lucy prend son poste dans le cabinet de son frère. La joie de vivre renaît. Henry est calme, Lucy heureuse. Ce dérivatif lui suffit, et elle passe le reste de son temps auprès de lui.

Juillet 1956. Henry Foster a une bonne nouvelle pour sa femme :

– Je me sens mieux, définitivement mieux. Je vais en profiter pour retravailler un peu. J'ai réfléchi pendant tous ces derniers mois à un appareil. Si mes calculs sont exacts, adapté à un moteur de voiture, il devrait réduire la consommation d'essence de moitié. Il faut que je profite de cette période de répit pour fabriquer le prototype.

– Tu vas te fatiguer à nouveau...

– J'en ai pour quatre semaines, pas plus. Mais j'ai besoin de toi.

– Henry... Écoute... Ça ne peut pas attendre un peu ?...

Lucy hésite, alors Henry la prend dans ses bras. Il est si joyeux, si sûr de lui. S'il croit à ce point à son idée, qui pourrait en douter ? Tout ou presque lui a réussi dans sa carrière. Une invention de ce genre représente un marché considérable.

– J'y tiens beaucoup. Nous avons toujours collaboré. Je te dois une bonne partie de mes réussites. Si je devais aboutir à celle-là sans toi, je ne serais heureux qu'à moitié.

Il a touché la corde sensible. Il parle comme avant. Et il parle aussi de réussite financière, ce qui est nouveau depuis l'accident.

– Si ça marche, Lucy, et je suis sûr que ça marchera, nous n'aurons plus aucun souci pour l'avenir.

Leurs finances ne sont plus ce qu'elles étaient, évidemment. La situation commence même à devenir inquiétante. Lucy, en fait, n'a aucune raison de bouder la visible amélioration physique de son mari et un retour au confort de naguère. Elle a bien envie aussi de retrouver l'intimité ancienne, celle du temps où ils s'enfermaient tous les deux dans le laboratoire, leur monde à part.

Edouard n'est pas aussi enthousiaste, mais il

demande à voir et propose même de se passer de sa sœur plus longtemps, afin qu'Henry ne se surmène pas. Mais l'inventeur refuse.

– Je te la prends un mois, pas plus. Après je vous laisse tranquilles. Et quand je dis un mois, c'est un mois, j'ai toujours tenu mes délais, Lucy le sait bien. Un mois pour assurer l'avenir, vous vous rendez compte ? Plus de soucis, ni pour toi, ni pour ton frère.

Lucy s'étonne.

– Edouard ? Il n'acceptera jamais rien. Il se suffit à lui-même...

– Il sera bien obligé d'accepter. Je le convaincrai...

Personne ne remarque dans l'œil d'Henry Foster la petite lueur inquiétante qui s'est installée. Ce pourrait être une lueur de renouveau, le plaisir de se remettre au travail, l'excitation d'avoir construit, dans sa tête, une nouvelle invention.

Il s'agit bien d'une invention. Mais le cerveau humain est capable du meilleur comme du pire. Cette fois Henry Foster a inventé le pire. Et il va le mettre au point avec le sourire, dans la joie et la bonne humeur retrouvées. Comme si les migraines avaient disparu.

Il est toujours lié à la voix de sa femme. C'est elle qui passe les commandes dont il a besoin à un laboratoire de Sydney. C'est elle qui convoque les artisans. Pour la réalisation de son prototype, Henry a besoin de leur faire fabriquer les pièces essentielles. Dans le laboratoire il a épinglé un plan, auquel Lucy ne comprend rien. Lorsque son frère lui en parle, elle ne peut que répondre l'essentiel :

– Un truc pour économiser l'essence de voiture. Il a l'air d'avoir trouvé. Je le connais, tu sais. Quand il est sûr de lui, comme ça, c'est que ça va marcher.

Lucy reprend son travail aux côtés de son mari le 11 juillet 1956. Le 11 août, le prototype est terminé.

C'est une sorte de cylindre de vingt-cinq centimètres de long, et de six de diamètre. Henry a expliqué à sa femme le fonctionnement du matériel, plutôt deux fois qu'une, mais c'est trop compliqué. Elle se contente de penser que cette petite chose est révolutionnaire et que, adaptée à un moteur à essence, elle lui fera économiser 50 % du carburant.

Si l'on songe au marché du pétrole, cet engin est fabuleux.

Le 11 août donc, Henry décide de l'essayer. Il veut installer le prototype en grand secret sur leur propre voiture.

– Tu comprends, Lucy, je dois être prudent. Ne pas trop en parler avant d'être sûr de la mise au point. Et puis je ne veux pas qu'on puisse m'accuser de trucage. Après l'avoir essayé sur la nôtre, si tout va bien je tenterai l'expérience avec une autre voiture...

Pour installer son invention, Henry a besoin de trois jours de bricolage sur leur voiture. Lucy peut donc retourner travailler chez son frère, sa présence n'est plus nécessaire.

Il va faire ostensiblement le plein d'essence au garage d'en face. C'est ainsi que Tuga, le représentant du plus ancien des hommes, accroché à son balai, voit passer devant lui le représentant du plus intelligent des hommes. Monsieur le savant est un homme que l'on respecte. Tuga balaie autour de lui avec respect. Il nettoie le pare-brise avec respect. Il reçoit un pourboire distrait avec le même respect.

Henry Foster rentre chez lui, le soir du 13 août, pour annoncer triomphalement à sa femme :

– Ça marche, Lucy. Ce matin j'ai mis vingt-cinq litres d'essence dans le réservoir de la voiture. J'ai roulé cent kilomètres, et la jauge m'a indiqué qu'il restait dix-sept litres. Je n'ai consommé que huit litres aux cent kilomètres, Lucy, sur une voiture qui en dévore facilement 15... J'ai réussi, tu te rends compte ?

Il y avait bien longtemps qu'Henry n'avait pas serré sa femme dans ses bras aussi fort. Bien longtemps qu'il ne l'avait aimée autant. Avec une passion retrouvée, un enthousiasme qui met les larmes aux yeux de Lucy.

– C'est formidable, Henry... Je suis si heureuse... Qu'est-ce que tu vas faire maintenant ?

– Maintenant, Lucy, je vais suivre un protocole d'expérience rigoureux. D'abord il faut que je monte l'appareil sur une autre voiture. Sans que le conducteur le sache... C'est important pour que la démonstration soit parfaite, irréfutable... Il faut que le conducteur se dise de lui-même : « Ma consommation d'essence a diminué de moitié... Que se passe-t-il ? »

– Comment faire ?

– J'ai pensé à ton frère. C'est facile. Il vient te chercher à la maison le matin. En général, il s'attarde devant un café. J'ai besoin d'un quart d'heure pour monter l'appareil, pas plus... Et puis c'est sentimental, Lucy. J'aimerais tant que ça reste en famille, que les deux êtres qui m'ont toujours aidé soient les premiers à étrenner cette invention majeure. Parce qu'elle est majeure, Lucy... Peut-être la plus importante de ce quart de siècle. Tu te rends compte ? Est-ce que tu te rends compte, Lucy, que c'est génial ? Que ça représente une fortune ? Cet essai, je veux que ce soit Edouard qui le constate. Il verra lui-même que j'ai retrouvé toute ma créativité.

Lucy est emportée par l'enthousiasme de son mari. Il rit ! Lui qui ne riait plus, il saute de joie, et dit des bêtises :

– Toi, Edouard et moi, réunis dans l'immortalité !

La gloire et la fortune, c'est ce que pense Lucy, pour son mari. Et la grandiloquence qu'il affiche, son petit air ironique, lui font plaisir. Une petite inquiétude tout de même à le voir si tendu, si excité... si excessif... Il ne tournait pas rond depuis l'accident, c'est vrai. Mais de là à imaginer ce qu'a pu concevoir le super-cerveau d'Henry Foster... il y a un monde.

Le 14 août 1956, Edouard vient chercher sa sœur en voiture, comme d'habitude. Il est huit heures quarante-cinq.

Lucy le retient, comme promis. Elle n'est pas tout à fait prête, Edouard n'a qu'à prendre un café dans la cuisine pendant ce temps.

Edouard ne se fait pas prier. Et, de la fenêtre de la chambre, Lucy peut voir son mari bricoler sous la voiture de son frère. Il lui fait un grand sourire.

Sur le trottoir d'en face, Tuga et son balai observent la scène. Et Tuga se dit que le savant n'a même pas besoin d'un garagiste comme son patron pour s'occuper d'une voiture. Il est fort cet homme-là.

Un quart d'heure plus tard, Henry Foster rabaisse le capot de la voiture. Il a terminé et fait signe à sa femme que tout est prêt.

À neuf heures moins dix, Tuga voit monter dans la voiture la femme du savant et son frère. Il voit aussi le savant, caché derrière le pilier du portail, fumant nerveusement une cigarette. Tuga s'appuie sur son balai et allume lui aussi une cigarette. Il entend claquer la portière, le ronronnement du démarreur... L'allumette lui brûle les doigts au moment où se produit une explosion déchirante. Un bruit infernal qui vrille le silence matinal résonne longtemps aux oreilles de Tuga.

Il voit des débris de métal, des débris de chairs projetés dans toutes les directions. Il se jette à terre, le pauvre Tuga, tandis que les morceaux du véhicule et de ses occupants lui passent au-dessus du corps, dans un rayon de cent mètres.

Henry Foster n'est plus derrière le portail. Il est rentré chez lui, il décroche le téléphone, compose le numéro de la police et parle :

– Ici Henry Foster. Écoutez-moi bien, car je suis sourd. Ne m'interrompez pas, je ne pourrais pas vous répondre.

Et il explique calmement ce qu'il a fait. Une bombe de son invention. Pour détruire Lucy et son frère. Parce que son frère a kidnappé la voix de Lucy. Et que Lucy était consentante. Et qu'il ne peut le supporter. Ils seront réunis tous les trois dans le silence de l'immortalité.

Henry Foster pose le téléphone afin que le correspondant entende bien ce qu'il va faire. Il sort un revolver et se tire deux balles dans la tête.

Au-dehors, la voiture déchiquetée fume encore, et Tuga, abruti par le choc de l'explosion, terrorisé, se relève et court avec son balai... court...

Fuir devant l'orage et se cacher de la foudre est pure sagesse, ainsi la tribu a toujours un fils.

Proverbe.

LA PIQÛRE

Été 48. La voix de Piaf résonne sur les toits de Paris. Une cloche sonne, elle annonce la naissance, l'amour et la mort de Jean-François Nicot. Paris l'a reprise en chœur, cette chanson, et la voix fracassante a donné le frisson au public.

Verdier Michel, il se nomme. Né à Paris, 16e arrondissement, profession : comptable, demeurant 12, bd Saint-Jacques.

Les berges de la Seine sont émaillées de quelques pêcheurs placides. C'est l'heure matinale où les gardons font le gros dos dans l'eau grise, sous le soleil léger.

Un vieux monsieur en casquette tire sur sa ligne en grommelant. Il a dû accrocher une épave quelconque.

C'est Michel Verdier. Le corps athlétique du jeune homme brun de vingt-cinq ans, vêtu curieusement d'une canadienne usagée et d'un costume de qualité, dérive au bout d'un hameçon ridicule. Les cheveux bruns collés au front, haut et large, sont mêlés à des algues verdâtres.

Le vieux monsieur, tout pâle d'émotion, appelle à la rescousse, en maintenant sa ligne. Il a peur de perdre prise. Bientôt le corps alourdi est hissé dans une barque, puis sur la berge. Michel Verdier porte ses papiers dans la poche intérieure de son costume bleu marine. Son portefeuille contient mille quatre-vingts francs (anciens, bien sûr) et sa montre remplie d'eau indique deux heures quinze.

Sur un chariot de la morgue, le corps dénudé est examiné. Il ne porte aucune trace de violence. La mort remonte, selon le légiste, à environ un mois.

Le commissaire Gilles tient son feutre à la main. Un mouchoir sur la bouche, il fait signe au légiste qu'il en a assez vu.

– Suicide ?

– Suicide, ou accident... mais je n'ai pas trouvé de traces d'alcool. Ni de blessures apparentes. Il est évident qu'une bagarre, même violente, peut ne pas laisser de traces, surtout après un mois d'immersion dans la Seine. En plein été, ça va vite...

– La famille est venue ?

– Le père, ce matin. Il a signé la reconnaissance d'identité.

– Réactions ?

– Habituelles. Très éprouvé, le pauvre homme. J'ai cru comprendre que son fils est un ancien déporté. C'est bien la peine de sortir des camps pour finir dans la Seine à son âge...

Le commissaire Gilles remet son feutre et quitte la morgue pour retrouver avec délices l'air doux et frais de l'été parisien. Il va prendre l'autobus pour se rendre dans le 14e arrondissement, rue Saint-Jacques.

Dans un immeuble bourgeois, grisâtre, en pierre de taille, il repère le nom des Verdier sur les boîtes aux lettres.

Un paillasson, une sonnette qu'il faut tourner dans les deux sens pour la faire grincer. Une domestique en tablier bleu.

– Monsieur Verdier ne va pas tarder, monsieur le commissaire, si vous voulez patienter...

Salon aux meubles cossus, vieillots, entretenus avec peine, tapis persan aux couleurs fanées, rideaux pâlis aux embrasses de satin. Un décor un peu triste conventionnel, des fauteuils Louis XV, copies dix-neuvième. Une poussière de bon aloi.

La domestique va se retirer, mais le commissaire la retient. Il aime bien parler d'abord aux domestiques, lorsqu'il y en a.

– Vous vous appelez ?

– Elvire, monsieur le commissaire, je suis dans la maison depuis plus de dix ans.

– Qu'est-ce que vous pensez de la mort de Michel Verdier ?

– Un drôle de malheur... Madame s'en remet pas.

– Mais vous... votre avis? Vous croyez qu'il s'est suicidé?

– Pour sûr que non! Un garçon si rangé... si réservé, il venait de se fiancer en plus... Remarquez, ce que j'en dis... Des fois il était fatigué. Je crois qu'il aimait pas tellement faire le comptable. Avec tout ce qu'il a vu pendant la guerre, c'est dur de se remettre à la vie de tous les jours. Il causait pas beaucoup, mais je suis sûre qu'il aurait bien aimé vivre autrement.

– De quelle façon?

– Ça j'en sais rien. Des voyages... Il aimait bien les livres de voyages... Mais suicidé, ça je suis sûre que non. Un garçon amoureux, content comme il était le jour de ses fiançailles. Ça c'est pas possible...

La domestique se retire à l'arrivée du père. La cinquantaine dépassée, moustache en brosse, les traits tirés, il se retourne pour aider sa femme à pénétrer dans le salon, et à s'asseoir. Leur chagrin est terrible. La mère surtout a du mal à retenir ses larmes. Plus jeune que son mari, elle paraît plus sévère, et plus effacée aussi. Chignon châtain sans coquetterie. Une alliance au doigt, aucun bijou.

Sa voix tremble:

– Je ne veux plus qu'on me parle de Michou... Je ne veux rien entendre, je ne le supporte plus, c'est trop dur, trop dur...

Le père a froncé la moustache en entendant le diminutif.

– Michel... il nous a si souvent effrayés. C'était la troisième fois que nous étions sans nouvelles de lui. La première fois, il s'est fait prendre dans une rafle en 1942. Quelques jours après on a su qu'il partait en Allemagne pour le travail obligatoire. La deuxième fois, c'était après le bombardement de Dresde. On est restés sans nouvelles de lui pendant six mois... On le croyait sous les ruines. Et puis il est revenu... dans quel état! Enfin il était là, c'était l'essentiel... Et cette fois encore, commissaire, ma femme était persuadée qu'il allait revenir. On s'était presque faits à l'idée qu'il trompait la mort... qu'il allait ouvrir la porte subitement… Au lieu de ça on le retrouve dans la Seine.

Madame Verdier, entre deux sanglots, ne cesse de répéter : « Ce n'est pas possible »…

– Ma femme veut dire qu'elle ne croit pas au suicide de Michel. Moi non plus. C'est tout à fait invraisemblable.

– Pourquoi, monsieur Verdier ?

– Mais parce qu'il nageait dans le bonheur… Il venait de se fiancer. Cette jeune fille est charmante, sérieuse, attachante. Il répétait tout le temps que la vie était formidable, après ce qu'il avait connu en Allemagne. Qu'il aimait la vie, qu'il voulait la vivre au maximum… Le langage d'un garçon de son âge. Je devrais dire d'un homme. Son expérience en Allemagne l'avait mûri. Il voyait les choses d'une autre façon.

– C'est-à-dire ?

– Il allait à l'essentiel, c'est en cela que je dis qu'il avait mûri. Le reste, les détails, lui paraissaient puérils.

– Il aimait son métier ? Pas de difficultés dans ce domaine ?

– Non. Pas de difficultés. Dire qu'il l'aimait serait beaucoup. Il était comptable dans une agence de voyages, rien de bien passionnant, à part les dépliants… C'est ce qu'il disait toujours… Mais il venait de passer des examens, brillamment, et il allait monter en grade. Il était tout à fait content de cela… Pourquoi le suicide alors qu'il venait d'atteindre un but ?

– Comment est-il parti ce soir-là ? De quelle humeur ?

– Vous n'avez pas interrogé Corinne, sa fiancée ?

– J'ai l'intention de le faire.

– Il était avec elle. C'était le soir de leurs fiançailles. Un samedi soir… Nous étions si heureux…

Le pauvre homme raconte, d'une voix tremblante, la petite fête dans l'appartement. Les petits plats dans les grands, les projets d'avenir, la jeune fille intimidée… la bague…

– Un solitaire, qui nous venait de la mère de ma femme. Michel était si fier… Ils s'attardaient tous les deux, on ne parvenait pas à les rendre raisonnables. Corinne devait rentrer chez ses parents, le dernier métro allait leur passer sous le nez. On ne voulait pas les mettre à la porte, mais il le fallait bien... Mon Dieu si on avait su...

– Il l'a raccompagnée jusqu'au métro ?

– Jusqu'au métro, et puis jusque chez elle, ensuite, elle vous le dira. C'est elle qui l'a vu la dernière... Nous, nous n'avons plus qu'un souvenir, là sur le pas de la porte. Il souriait en aidant Corinne à mettre son manteau. Il a dit : « À tout de suite, maman... Vous pouvez vous coucher, j'ai pris la clé... »

Pauvre madame Verdier qui répète « À tout de suite, maman... »

Le commissaire va prendre congé. Maladroitement, il sort une enveloppe de sa poche. La clé... coincée dans la poche du pantalon de Michel, avec son anneau et son saint Christophe. Elle s'est promenée dans la Seine pendant un mois avec lui.

Monsieur Verdier a du mal à la reprendre. Au bord des larmes.

– Vous voyez... il avait la clé, il allait revenir... Il ne s'est pas suicidé, c'est impossible, il s'est passé quelque chose que nous ignorons, vous comprenez ? Vous comprenez, commissaire ? Il ne s'est pas suicidé !

– Je comprends.

À l'autre bout de Paris, l'immeuble où demeurent Corinne et ses parents ressemble comme deux gouttes d'eau à celui des Verdier. Une époque. Cariatides pompeuses sur les balcons, façade en pierre grisâtre. Troisième étage.

Le commissaire Gilles pénètre alors dans un univers différent. Ici pas de Louis XV poussiéreux, mais du rustique luisant de cire et resplendissant au soleil qui entre largement par les fenêtres. Tapis marocains, hauts en couleurs. Le père de Corinne est médecin. Sa femme, d'allure jeune, porte un collier de perles, une robe seyante. L'appartement est immense et, du fond d'une lointaine cuisine, parvient une odeur réjouissante de civet.

Changement d'ambiance et de décor, donc, mais ici non plus on ne croit pas au suicide. Le père de Corinne, un homme actif, nerveux, a déjà réfléchi au problème.

– Bon. On ne peut pas savoir ce qui se passe dans la tête des autres, et encore moins dans celle d'un jeune homme qui a souffert de la déportation. Une crise de neurasthénie subite est toujours possible. Mais il y a des signes avant-coureurs, tout de même. Ni moi, ni ma femme, ni Corinne, n'avons remarqué quoi que ce soit. Quant à la dernière soirée, le récit que Corinne nous en a fait ne nous donne pas l'ombre d'une raison de croire au suicide...

Le commissaire Gilles écoute la démonstration avec intérêt.

– Voyons les faits concrets, commissaire. D'après Corinne, Michel avait trois mille francs sur lui. On en a retrouvé mille quatre-vingts. Michel était fumeur, trop même à mon goût, un enragé... Enfin, il a été retrouvé sans le moindre paquet de cigarettes dans sa poche. Il en avait toujours un, à l'intérieur de sa veste. Vous me direz... dans l'eau... bref... c'est possible, mais le plus étonnant, à mon sens, c'est le vêtement. Il portait une gabardine beige, classique. On le retrouve avec une vieille canadienne... Ça ne vous a pas frappé ? Ça vous paraît normal ?

– J'ignorais ce détail. Ses parents ne m'ont pas parlé de gabardine.

– Ça c'est incroyable...

– Ils sont très affectés. J'ai l'habitude de ce genre d'omission, pour des parents en deuil, ce n'est pas le plus important sur le moment... De plus la disparition de Michel remonte à un mois environ...

– La mort aussi. Et il portait le même costume, les mêmes chaussures, la même cravate... Cette canadienne est anormale.

– Je suis d'accord. Je peux parler à votre fille ?

Corinne rejoint le commissaire qui s'attendait, sans trop savoir pourquoi, à découvrir une jeune fille timide, un peu fragile, un peu terne. La description du père de Michel sans doute... Sérieuse, réservée... intimidée...

Pas du tout. Corinne est une grande fille, superbe, d'allure sportive, regard direct, et qui ne doit sa réserve qu'à l'éducation reçue. Bourgeoise et stricte. Elle a beaucoup pleuré. Les paupières rougies en témoignent, mais elle répond d'une voix ferme, sans hésitation, aux questions du commissaire.

– Suicide ? Ça ne tient pas debout. Mon père a raison. Je le crois aussi. Michel était très heureux ce soir-là. Et moi aussi.

– Je vous crois volontiers, mais voyons... il n'a pas fait de confidence particulière ? Un souci, un ennui, un remords secret ? Tout le monde peut avoir un problème dans sa vie, sans le crier forcément sur les toits, et ne pas savoir comment le résoudre...

– Je ne vois pas. À moins que vous pensiez à une autre liaison ?

– Ça arrive.

– Non. Je ne peux pas imaginer ça. Ce n'était pas dans son caractère. Il m'en aurait parlé avant, ou je l'aurais su. Nous nous sommes connus à l'agence de voyages, je suis secrétaire là-bas... On a eu tout le temps de se connaître avant les fiançailles... Je dirais même que... enfin, ça peut vous paraître présomptueux, mais j'étais sûrement la première femme qui ait compté dans sa vie. Je l'ai ressenti. C'était mon cas. Michel est le premier garçon en qui j'ai eu confiance... Le premier, vous comprenez ?... Je n'aime pas les flirts, on m'a élevée dans le respect du mariage. Il était comme moi.

– Pardon d'insister, mais... si vous... enfin, si vous attendiez le mariage, il aurait pu avoir une liaison, sans importance... certes, comme beaucoup de garçons de son âge...

– Je suis presque sûre que non.

– Ah. Et que s'est-il passé quand vous êtes partis de chez ses parents ?

Corinne semble étonnée de la question :

– Mais rien. Nous sommes allés prendre le métro...

– Comment était-il ?
– Très gentil... comme d'habitude.
– Vous voulez dire... tendre ?
La jeune fille rougit légèrement.
– Oui... enfin nous étions pressés de nous revoir le lendemain... Quand on est fiancés, vous savez... les séparations quotidiennes paraissent longues...
– Et après le métro ?
– Nous sommes descendus Place de Clichy. Il m'a raccompagnée jusqu'à la maison.
Jusqu'où exactement ?
La porte cochère.
– Et là ?
– Eh bien... on s'est embrassés.
– Il n'a rien dit de spécial ?
– Non. Qu'il était un peu fatigué, mais il était gai. On s'est dit à demain...
C'est dur de se souvenir du dernier regard. « À demain »... Corinne se voit refermant la porte cochère sur ce lendemain qui n'est jamais venu. Cette fois la voix s'enroue. Pour l'aider à ne pas fondre en larmes, le commissaire demande très vite :
– Il avait sa gabardine ?
– Oui.
– Il fumait ? Il avait des cigarettes sur lui ?
– Oui. En sortant du métro, il avait encore un paquet presque entier.
– Et l'argent ?
– Je sais qu'il avait trois mille francs. Nous n'avons rien dépensé, j'avais des tickets de métro.
– Il retournait chez lui, selon vous ?
– Sans aucun doute.
– Quelle heure était-il ?
– Environ minuit et demi... à quelques minutes près.
– Si on se base sur la montre, et s'il s'est... noyé disons, ce soir-là, il était deux heures quinze... Qu'est-ce qu'il a pu faire pendant deux heures ?
Corinne lève les yeux, réprime son envie de pleurer. Presque deux heures de battement...
– Je ne sais pas. Ça me fait peur... de ne pas savoir... Il est parti comme ça tranquillement, il souriait... J'ai

fermé la porte... Je regardais ma bague en montant l'escalier... et lui... Dieu sait ce qui lui est arrivé... pendant que je m'endormais comme une heureuse idiote... sans savoir. Il ne s'est pas suicidé... C'est complètement impossible.

Le commissaire se retire, avec une seule question en tête. Que peut faire un garçon de vingt-cinq ans qui vient de quitter sa fiancée, à minuit et demi, sur le pas de sa porte ? Rue d'Amsterdam.

Rue d'Amsterdam... Le commissaire s'y trouve, comme Michel ce soir-là... Une idée lui vient à l'esprit, bien sûr, en vieux policier... les prostituées...

Elles sont là, celles du jour, et de la nuit. Même visage quémandeur, soi-disant soumises, et toujours invaincues, provocatrices, agressives...

Rue de Liège, une fille blonde et fade, le visage tranché d'un trait de rouge à lèvres sanglant...

– La nuit ? On est cinq ou six dans la rue... Qu'est-ce que vous cherchez ?... On veut pas d'emmerdes, on n'en fait pas nous, des emmerdes...

Le commissaire sort une photo de Michel de sa poche. Une photo souriante, où l'on voit un visage aux traits fins, agréables, cheveux bruns indisciplinés. La photo confiée à la police au moment de sa disparition.

– Ça te rappelle quelqu'un ?

– Pas un julot en tout cas, commissaire...

– Un client... possible, dépêche-toi, ma fille, y a de la mort autour... Tu l'aurais pas rencontré une nuit, vers minuit, une heure du matin ?

– Moi, je vois pas... Faudrait voir les autres... Ça craint quoi votre histoire ?

– N'aie pas peur, un suicide... probable...

– Ah bon... Faut voir Simone, alors, elle fait la nuit en régulière ici, pas moi, je tapine où on m'envoie...

Simone. Une chambre d'hôtel pour les passes au premier, une chambre pour dormir le jour au troisième. Au premier, elle loue à l'heure. Au troisième, elle paie au mois. Un visage d'enfant, un corps d'enfant ou presque, mais une voix rauque et lasse, déjà...

– Lui ? Ah ben ça...

Simone a une bonne raison de se souvenir de ce visage.

– Un jeune type... Il est monté avec moi, je m'en souviens, c'était le genre timide. Il me regardait comme si j'étais une poule qui aurait trouvé un canif... On en voit comme ça, des fois... J'aurais pas fait gaffe particulièrement, mais c'est tout de suite après... qu'il s'est barré.

– Comment ça ? Sans payer... Qu'est-ce que tu lui as dit ?

– Mais rien... j'ai dit « tu viens ? » Normal quoi... Et lui il se met près de moi, il enlève son manteau, il s'assoit, et pfuit !... le voilà qui se relève et qui fout le camp... Il en a même oublié sa gabardine...

Simone ouvre une penderie où se côtoient des robes chamarrées, une fourrure de lapin, et un fouillis de dentelles... Au milieu, une gabardine beige, impeccable, sur un cintre...

– Tenez... J'ai rien touché, hein... à part les cigarettes, y avait rien, alors... juste un briquet. Je l'ai gardé, on sait jamais, je me disais qu'il reviendrait la chercher... Une gabardine comme ça, par les temps qui courent, ça vaut son prix à la Samaritaine...

– Il t'a payée ?

– Ah çà, on paie en ouvrant la porte ici... et le loquedu de l'hôtel, il tend la main au passage. Il a payé... et il s'est barré. Comme si j'étais le diable...

– Ça t'arrive souvent ce genre de truc ?

– Ça me gênerait pas si ça arrivait souvent... Empocher le fric et dormir un quart d'heure tranquille... non. Ça arrive des fois, avec des gamins, qui ont la trouille au dernier moment... ou des vieux qu'en peuvent plus... mais pas si vite... et sans même dire un mot... Je sais pas moi on dit : je m'excuse, ou salut, j'ai changé d'avis... ou t'es pas mon genre... Lui, rien. Il s'est couché une seconde, il s'est relevé aussi sec, il était dehors avant que j'aie réalisé.

Le concierge de l'hôtel, en maugréant, veut bien se souvenir que le type en question, dont Simone lui a parlé ce soir-là d'ailleurs, a filé dans le couloir, et qu'il l'a vu trotter dans la rue, sous la pluie, jusqu'au café du coin.

– Comme y avait pas de pétard, j'ai pas insisté... J'avais juste regardé comme ça...

Au café du coin de la rue de Liège, murs sombres, zinc un peu gras, le patron se souvient aussi.

– J'allais fermer. Il est entré au moment où je mettais la main sur le rideau... Il s'était mis à tomber à verse, un orage d'été quoi... alors j'ai pas refusé, il était trempé. Je lui ai servi un grog... Là-dessus, c'est pour ça que je me rappelle, commissaire, voilà pas un Arabe qui rentre... avec son fourbi, des trucs à vendre, un tapis ou je sais pas quoi, et des frusques, première main soi-disant... Il voit au zinc mon client trempé comme une soupe, il lui propose un vieux machin, une canadienne, et l'autre lui achète comme ça, distraitement je dirai... Il écoutait même pas le baratin du type... C'est moi qu'ai fait la monnaie... sur mille francs... et puis il est parti avec ça sur le dos. Moi, j'ai fermé...

– Quelle heure ?

– Une heure et demie, à peu près... D'habitude je ferme plus tôt, mais avant lui j'avais trois rigolos qui décanillaient pas au whisky...

Bizarre, ce comportement, au soir des fiançailles, pour un garçon comme tout le monde le décrit. Ça ne colle pas. Une prostituée... pourquoi pas, il ne serait pas le premier à choisir l'anonymat du trottoir pour compenser le respect dû à la fiancée... Mais justement, la fuite...

Et une heure encore, avant le grand plongeon. Alors ? Suicide vraiment ? Les collègues de l'agence, les parents, les futurs beaux-parents, les copains... personne n'y croit. Une maladie cachée ? Une neurasthénie comme on dit alors, en 1948, où la dépression ne fait pas encore partie du vocabulaire ?

Près de l'agence, à deux immeubles de là, un médecin, que les collègues de Michel ont signalé comme étant leur toubib attitré.

Le commissaire sonne à la porte du cabinet, où il est inscrit « médecine générale, maladies infectieuses ».

Une salle d'attente modeste, un vieux toubib qui

fronce les sourcils en voyant la carte de police barrée de tricolore.

Le commissaire le rassure :

– N'ayez pas d'inquiétude. Je ne crois pas que la règle du secret professionnel s'applique au cas dont je veux vous entretenir. J'ignore même si la personne en question était ou non votre patient, c'est probable, sans plus... voilà. On a retrouvé un garçon dans la Seine, il y a trois jours... Michel Verdier.

Le médecin s'exclame aussitôt :

– Oh non !

Il a l'air désolé. Les mains à plat sur son bureau, il répète encore : « Oh non... »

– Vous savez quelque chose, docteur ?

– Bon dieu, c'est délicat... La famille ne vous a rien dit ?

– Je n'ai pas posé de question précise dans le domaine médical. Pourquoi ?

– Bon. Je vais vous en parler, de toute façon, si vous posez la question à sa famille ou à ses camarades de déportation, on vous dira tout...

– Tout quoi ? Il était malade ?

– C'est pire que ça... Il était en Allemagne, au titre du STO... vous savez ?

– Je sais. Il a subi le bombardement de Dresde...

– Justement... Après le bombardement, dans le camp où il était, est arrivé un médecin nazi. Ce fou leur a parlé d'une vaccination générale. Tout le monde, dans ce camp, était vacciné contre toutes les maladies possibles... Enfin bref, le médecin... si on peut appeler ça un médecin, décide une vaccination générale. Tous en rang et pas de discussion, vous voyez le genre. Sur la nature du vaccin, on ne sait rien, rien non plus de l'infection qu'il serait censé éviter... Tout le monde a donc droit à une mystérieuse piqûre. Et on n'y pense plus. Seulement, quelques mois plus tard, Michel Verdier et ses camarades ressentent des douleurs au bas-ventre. Des douleurs étranges, paralysantes... Michel Verdier est venu me voir quand il est rentré de déportation. J'ai tenté de le soigner, il m'a parlé de ses camarades, certains sont venus me voir aussi sur ses conseils. Je ne peux pas grand-chose, j'essaie de soigner, certains ont l'air de se remettre, mais Michel Verdier était le cas le plus grave. Il est venu me voir récemment, il se fiançait... Il avait peur.

– Et alors ? de quoi ?

– Là commence le secret professionnel, commissaire. Je ne peux pas vous en dire plus. Sauf ce qui me concerne personnellement en tant qu'homme. J'ai été contraint, en tant que médecin, j'insiste, de lui dire que malheureusement je ne pouvais rien pour lui... médicalement. Ce que je regrette, en tant qu'homme, c'est de ne pas avoir compris l'autre homme. Ce garçon m'a donné l'impression de prendre la chose avec résignation... vous me comprenez, avec calme. Une façade. Et vous me dites qu'on l'a retrouvé dans la Seine, c'est que je n'ai rien compris.

– Auriez-vous compris... que ça n'aurait rien changé... Gardez votre secret médical, docteur. Je le connais. On m'en a parlé. Je n'y ai pas pensé tout de suite, mais une prostituée m'a dit qu'il s'était sauvé ce soir-là. Alors je comprends tout. Un garçon de vingt-cinq ans, rendu impuissant à vie par la piqûre d'un médecin nazi... c'est bien ça... Il tombe amoureux d'une fille superbe, vierge, impeccable. Il se fiance, il espère peut-être, puis il n'espère plus après sa visite chez vous... Il tente l'impossible, se donner une preuve, avec une fille des rues, regarder la réalité en face... la vérifier... Et il comprend brutalement qu'il ne pourra jamais... Vous savez ce que je pense ? À sa place, j'aurais fait pareil. Peut-être pas la Seine, mais... à vingt-cinq ans... savoir qu'on n'est plus un homme, qu'on ne le sera jamais... c'est la mort avant l'heure.

– La famille ?

– S'il n'a rien dit, et si on ne m'y oblige pas pour classer le dossier, pas un mot.

Et la famille savait. Sans savoir. Pas vraiment, pas dans le détail, pas l'irréparable... Tant il est difficile d'admettre l'horreur.

JIMMY HOFFA A DISPARU

Eric Sanders, neuf ans, n'a pas encore toutes ses dents, et son sourire est charmant, mi-perle blanche mi-trou noir. Son copain de jeu, Mitch, pour quelques mois de plus, a deux dents de moins.

Les deux gamins sont en train de discuter de l'avantage qu'il y a à perdre des dents, pour avoir des cadeaux, comparé à l'inconvénient pour le masticage des hamburgers aux oignons. À Pontiac, dans le Michigan, comme ailleurs, les gamins en vacances s'ennuient le dimanche et échangent des considérations philosophiques de leur âge.

Ils s'ennuient tant ces deux gamins-là, au bord de la longue route qui borde l'immense plaine, au bout de laquelle est installée la ville immensément plate... qu'ils n'ont même plus envie de jouer aux cow-boys. Assis sur un monticule de terre, les bras ballants, ils voient arriver de loin une voiture noire, longue, qui stoppe à l'autre bout du champ. Trois hommes en descendent. Deux restent immobiles près de la voiture, et le troisième s'avance vers les enfants. Une vilaine tête de traître de cinéma, un chapeau bas sur les yeux, des gants de cuir, des bottes de cuir.

– Hé les gamins... allez jouer ailleurs !

Eric zozote :

– Ben quoi, on fait rien de mal !

– T'as entendu ? J't'ai dit d'aller jouer ailleurs...

Les bottes de cuir approchent d'un pas menaçant et Eric n'insiste pas, Mitch non plus, qui d'ailleurs, étant le plus trouillard des deux, enguirlande son copain en déguerpissant :

– T'es pas malade, ce bonhomme a l'air d'un gangster...

Eric disparaît avec Mitch derrière le mur démoli d'un ancien entrepôt et s'arrête :

– Viens... On va faire le tour, on verra bien ce qu'il magouille, ce type...

– Il va nous flanquer une raclée oui…

– Allez viens…

Eric entraîne son camarade de l'autre côté du mur, là où le remblai de la route est un peu plus haut. Aplati par terre, le nez au ras des mauvaises herbes, Eric jette un œil curieux…

– Ouah… regarde ! Mais regarde…

Mitch n'ose pas lever la tête.

– Raconte.

– Ils sont remontés dans la voiture, ils attendent.

– Et alors qu'est-ce que ça a de terrible ?

– Attends, y a un quatrième type qui est dehors, en blouson. Il a une pioche… il creuse un trou… Tiens, y a un autre type qui sort et qui vient l'aider, il enlève sa veste… il prend une autre pioche… Ça fait une de ces poussières !

– Bon allez, viens, on rentre…

– Tu rigoles, c'est des gangsters… Je te parie qu'ils ont flingué un mec et qu'ils sont en train de faire un trou pour l'enterrer…

Mitch est trouillard, mais logique.

– Eh ben justement… Si les types s'aperçoivent que tu les as vus, c'est toi qu'ils mettront dans le trou…

L'argument allant dans le sens de l'imagination d'Eric, les deux gamins détalent, pour de bon cette fois-ci.

2 août 1975. La grand-mère d'Eric, Maggie Sanders, se laisse choir dans son fauteuil de rotin. Sa vieille bicoque de Floride sent le sable chaud, les vacances, et aurait bien besoin d'être repeinte. Mais depuis la disparition de Timmy Sanders, son époux, tout craque et se détériore lentement dans la maison. Il est là au mur, photographié en tenue de pêcheur, brandissant fièrement son dernier espadon. Maggie le contemple avec attendrissement lorsque le téléphone la fait sursauter :

– Mamy, c'est moi, Helen…

– Ah, alors quand arrivez-vous ? Il est temps qu'Eric profite un peu de la mer…

– J'ai quelque chose d'important à vous dire, mamy, nous ne partirons peut-être pas tout de suite…

– Qu'est-ce qu'il y a ? C'est grave ?
– Mamy... écoutez-moi bien...

La voix de sa belle-fille a l'air si excitée que madame Sanders interrompt le balancement de son fauteuil de rotin. Elle écoute attentivement :

– Mamy, je sais où on a enterré Jimmy Hoffa.

– Mais de quoi parles-tu, Helen... C'est un jeu radiophonique ?

– Mamy... Vous savez quand même qui est Jimmy Hoffa ?

Madame Sanders a soixante ans, c'est une bonne Américaine, d'origine scandinave, qui vote, qui va à l'église, lit des romans anglais, fabrique des couvertures en patchwork qui font l'admiration de la famille, mais ignore jusqu'au nom de Jimmy Hoffa. Devrait-elle le connaître ? Certainement. Jimmy Hoffa n'est pas n'importe qui, tous les journaux en parlent depuis deux jours, ceux du Michigan comme ceux de Floride.

– Vous avez lu les journaux quand même ?

Oui, madame Sanders a parcouru les journaux, mais elle ne s'intéresse à l'actualité que de très loin et à vrai dire se concentre surtout sur les nouvelles locales...

Jimmy Hoffa les déborde largement. Il est connu dans toute l'Amérique et dans le monde entier. Il est le président du plus grand syndicat des États-Unis et du monde. Le syndicat des transporteurs. « The International Brotherhood of Teamsters. » Cette puissante organisation professionnelle englobe d'autres activités, parmi lesquelles figurent aussi bien les hôtesses de l'air que les employés des pompes funèbres. En 1975, les « teamsters » comptent près de deux millions et demi de membres. De nombreuses personnes ont intérêt à adhérer au syndicat, ne serait-ce que pour pouvoir exercer leur profession. Car Jimmy Hoffa, caïd légendaire du syndicalisme musclé, comme on dit, n'a pas craint de s'allier à la Mafia, et il évolue maintenant dans les milieux financiers les plus troubles, et dans l'illégalité la plus totale.

Madame Sanders l'aurait plutôt pris pour un acteur de cinéma si on l'avait poussée dans ses retranchements.

– Ma chérie, tu peux toujours m'expliquer qui est

Jimmy Hoffa, je ne vois pas le rapport avec les vacances... Je suis arrivée hier, j'ai tout nettoyé comme d'habitude... et tu me dis que vous ne venez pas ?

– Mais si, mamy, mais si, mais rendez-vous compte... je viens de vous dire que nous savions où il est enterré !

– Parce qu'il est mort ?

– Mamy, lisez le journal... Vous avez le journal ? Bon, je vous rappelle dans un moment.

Stupéfaite, madame Sanders cherche pendant quelques minutes le journal, qui lui a servi en fait à emballer son poisson. Rien de tel qu'un bon papier journal pour garder le poisson au réfrigérateur, il est à l'abri et il respire...

La lecture en est rendue difficile, évidemment.

Jimmy Hoffa... Mon Dieu un titre sur quatre colonnes...

« Jimmy Hoffa a disparu depuis le 30 juillet 1975. Son épouse Joséphine ne le voyant pas rentrer a dix heures du soir a alerté tous ses amis et, après une nuit sans nouvelles, s'est décidée à prévenir la police. La police a retrouvé la voiture du président du syndicat dans le parking d'un restaurant de luxe, à vingt-cinq kilomètres au nord-ouest de Detroit. Aucune trace de son propriétaire... La police ignore s'il s'agit d'une disparition volontaire, d'un kidnapping, ou d'un assassinat. Mais les conclusions des spécialistes sont déjà formelles : cette entreprise a été menée par des professionnels. »

Madame Sanders examine la photo de Jimmy Hoffa, un homme robuste et trapu de soixante-deux ans. La légende dit : « Après sept ans d'efforts, Bobby Kennedy obtenait la condamnation de Jimmy Hoffa. Il restait pourtant à la tête du syndicat et n'était incarcéré qu'en 1967. Pendant deux ans, du fond de sa prison, et bien qu'évincé de la présidence, Hoffa a conservé une influence considérable sur son organisation. Rappelons que son poids électoral amena Nixon à le faire libérer. »

Bien, se dit madame Sanders. Ce Jimmy Hoffa est un homme important... Je me souviens effectivement que ce pauvre Timmy m'en parlait souvent, comme d'une sorte de gangster, me semble-t-il...

La photo de Joséphine, l'épouse du disparu, émeut un instant madame Sanders. Ce doit être horrible de ne pas savoir... Le journal dit que cet homme était très attaché à sa famille, qui vient de faire une déclaration et a lancé un appel aux membres du syndicat des routiers américains. Chacun doit apporter son aide à l'enquête. La famille offre deux cent mille dollars pour toute information crédible, et a créé un « fonds de récompense Jimmy Hoffa » pour recueillir les donations qui viendraient s'ajouter à cette somme. La section des teamsters de Detroit offre déjà 25 000 dollars.

Maggie Sanders repose le journal et se lave les mains. Le poisson doit changer d'enveloppe protectrice. Et elle ferait bien de faire réparer cette fichue télévision. Elle n'a rien su de tout cela. Le départ pour les vacances, le voyage, le ménage, dans l'attente de l'arrivée des enfants, et cette télé en panne, et son voisin Paul qui lui tend un poisson frais pêché, qu'elle enveloppe dans son journal, en gardant la feuille locale. Maggie Sanders se morigène... Tu deviens vieille, Maggie, tu perds le contact avec l'actualité... Cet homme est d'une extrême importance aux États-Unis... et il a disparu, et Helen me dit qu'elle sait où on l'a enterré ? Mais comment ma belle-fille peut-elle savoir une chose que la police ne sait pas ?... Que personne ne sait... Une chose qui vaut deux cent mille dollars, plus vingt-cinq mille... et peut-être plus encore à l'heure qu'il est...

– Helen ? C'est mamy. Qu'est-ce que c'est que cette histoire ? Comment sais-tu ?

– C'est Eric, mamy... Il m'a raconté...

Eric, effectivement, a raconté ce qu'il a vu. Tout le Michigan étant sur les dents, puisque la voiture de Hoffa a été retrouvée dans une petite ville à vingt-cinq kilomètres de Detroit, Helen et son mari ont pensé que… pourquoi pas ?

– Helen, vous vous montez la tête, mon fils et toi. Eric a vu des hommes creuser un trou… et alors ?

– Mamy… avec une pioche et une pelle, et il y avait plusieurs hommes, et une voiture noire, et ils ont chassé les enfants ! S'ils enterraient quelque chose, pourquoi pas un homme ? Et si c'est un homme, pourquoi pas Jimmy Hoffa ? La date de sa disparition concorde. Eric a assisté à cette scène hier… Il a disparu avant-hier… De plus Eric m'a conduite à l'endroit…

– Et alors ?

– La terre a bien été retournée, sur près de deux mètres de long et un mètre de large… J'en ai eu des frissons…

– C'est pas Dieu possible… Est-ce qu'Eric en a parlé à quelqu'un d'autre ?

– Non, mamy, nous le lui avons interdit.

– Et son camarade ?

– Il n'a rien vu de précis, et il ne dira rien non plus. Alors, mamy, qu'en pensez-vous ? Que faut-il faire ? Vous avez vu ce qu'on offre ?

Depuis sept ans que Bobby, son fils, clerc de notaire à Pontiac, dans le Michigan, a épousé Helen, Maggie est toujours consultée sur les décisions importantes. Et celle-ci en est une… Deux cent mille dollars plus vingt-cinq mille…

– Il faut garder Eric à la maison. Laisse-moi réfléchir au reste…

Madame Sanders se dit que si Bobby se rend à la police, en déclarant tout de go qu'il sait où se trouve le cadavre de Jimmy Hoffa, sans apporter de preuve… les policiers vont déterrer le cadavre et demander à partager la prime, ils peuvent même l'exiger pour eux seuls… Ce qu'il faudrait, c'est se faire connaître de la famille Hoffa, fournir une preuve sans révéler l'endroit. C'est exactement ça qu'aurait fait son défunt mari… s'il était encore là. Lorsqu'on trouve un trésor, ne montrer qu'une pièce pour le négocier, et ne jamais dire où il est. En Floride, tous les chercheurs de trésor le savent. Et il y en a...

L'ennui c'est que Bobby n'a pas le côté malin de son père, il n'est pas assez dégourdi pour mener un jeu pareil. D'autant plus que s'il va voir la police et qu'il n'y a rien dans ce trou, la famille sera la risée de la ville...

C'est pourquoi Maggie Sanders dit à sa belle-fille :

– Bon, ne faites rien pour le moment, attendez-moi, j'arrive.

– Tout de suite ? Maintenant ?

– Oui... Ça n'a rien d'extraordinaire, j'appelle un taxi, je file à l'aéroport, je serai là vers minuit, prépare-moi ma chambre...

– Mais...

– Il n'y a pas de mais... J'arrive... Juste le temps de congeler mon poisson...

Maggie Sanders ne perd pas le nord. Même si l'actualité et la politique surviennent brutalement dans sa vie, un poisson est un poisson.

En pantalon, le style Garbo et souliers plats, la grand-mère d'Eric Sanders fait ce qu'elle a dit dans l'ordre : poisson, taxi, aéroport, avion. Et la voilà aux environs d'une heure du matin en face de son fils et de sa belle-fille.

– Alors, quelles sont les nouvelles, je n'ai pas pu suivre les informations dans le taxi, ce fichu conducteur écoutait du jazz...

– La télévision vient de dire que la police pensait à un assassinat. Le cadavre n'est toujours pas retrouvé.

– Eric ?

– Il dort, il n'est pas ressorti, mais j'ai bien l'impression que lui ou son camarade Mitch ont raconté quelque chose...

– C'est ennuyeux, ça... Qu'est-ce qui vous le fait penser ?

– Le mieux est que tu viennes voir, si tu n'es pas trop fatiguée...

Maggie Sanders grimpe dans la voiture de son fils, une vieille Dodge, qui roule bientôt sur la route immensément plate, le long de l'immense plaine. Dans la nuit ils aperçoivent très vite des lueurs qui dansent comme des lucioles au-dessus d'un terrain broussailleux, à quelques centaines de mètres.

– Voilà, c'est bien ce que je pensais, ça a commencé tout à l'heure en fin de journée, et ils continuent...

– Qui sont ces gens ?

– Des habitants de Pontiac... Ils cherchent le cadavre... Tout le monde cherche le cadavre...

– Alors c'est fichu ! Ils vont finir par le trouver.

– Non, maman, pas encore. Je suppose que les enfants ne se sont pas bien expliqués, ou bien que ce qu'ils ont dit à d'autres enfants a été transformé... L'endroit où Eric nous a emmenés est de l'autre côté de la route... Tu vois... Eric était caché derrière ce talus, à proximité du vieux mur... et les hommes se sont arrêtés là-bas... presque à hauteur du vieux réservoir...

– Allons voir quand même...

La vieille Dodge roule à présent le long d'une file interminable de voitures garées au bord de la route. Les chercheurs de cadavres...

D'ailleurs un policier en uniforme stoppe la voiture, l'air fatigué et goguenard :

– Si vous venez pour le cadavre, c'est complet...

Le policier promène sa torche sur le visage du conducteur, puis effleure celui de Maggie Sanders.

– Vous pouvez chercher ailleurs, remarquez, c'est comme ça dans tout l'État...

Maggie grommelle :

– Permettez, votre cadavre, on n'en a rien à faire... Nous faisions un tour... pour prendre l'air.

– À cette heure-ci ?

– J'arrive de Miami, mon avion a atterri il y a vingt minutes. Vous voulez voir mon billet ?

– Le policier a l'air d'un brave homme, tout simplement écœuré par cette foule armée de pelles et de pioches, en jeans et en bottes, transpirante, excitée, creusant espace par espace, et surveillant jalousement les frontières du territoire de fouille que chacun s'est attribué.

– Excusez, madame, mais regardez-les... Ils vont

bientôt se battre pour un centimètre de terrain... On en a pour la nuit...

Maggie Sanders, qui ne perd toujours pas le nord, profite de la présence bonasse du policier.

– Mon pauvre ami, je vous plains. Au fait j'étais dans l'avion et je n'ai pas entendu les informations. Il y a du nouveau dans l'affaire ?

– Ah, ma pauvre dame... Faudrait y comprendre quelque chose pour savoir s'il y a du neuf... Tout ça c'est Mafia et compagnie... et pendant ce temps, les camionneurs qui veulent prendre leur retraite ont des surprises... C'est moi qui vous le dis !

– Ah bon ? Pourquoi ?

Tout ce que le policier a retenu de l'histoire, c'est la vérité qui éclate enfin au grand jour, sur le fonctionnement du syndicat. Lorsqu'un retraité demande son dû, après avoir cotisé pendant des années, il se retrouve souvent gros jean comme devant. Il n'a droit à rien. Parce qu'il n'a pas rempli telle ou telle condition, dont on ne lui a même pas parlé. En fait, la colossale caisse de retraite des teamsters sert avant tout à prêter de l'argent à ses dirigeants, à leurs familles et aux familles de la Mafia, et à soutenir des campagnes électorales...

– Alors du neuf, ma pauvre dame, y en aura guère. Sauf qu'il faut pas s'étonner que des fripouilles s'entretuent pour un gâteau pareil... et que des bandes de fous retournent la plaine au milieu de la nuit...

– Vous croyez qu'ils vont le trouver ici ?

– Ici ou ailleurs... il est bien enterré quelque part...

Oui, quelque part... non loin du vieux réservoir, là-bas, devant lequel passe la Dodge.

Maggie Sanders décide :

– On ira voir demain. Ou après, quand il n'y aura plus personne, en tout cas.

Le 3 août, à quatre heures et demie du matin, il n'y a plus personne dans le grand champ broussailleux, retourné comme par un bulldozer. La folie des chercheurs de cadavres les a portés plus loin, un médium dit que c'est au nord, une voyante au sud bref... Maggie Sanders, en bottes de caoutchouc, en robe de coton pour ne pas se faire remarquer, descend de la vieille Dodge avec son fils et sa belle-fille. Dans le coffre, deux pelles et une pioche. Les trois fouilleurs cheminent à travers champs, jusqu'au vieux réservoir abandonné, et Bobby indique l'endroit :

– C'est là, maman... tu vois ?

Effectivement, cela ressemble à une tombe hâtivement creusée et remblayée. On devine un rectangle que la poussière d'été recouvre déjà.

Tandis que les trois fouilleurs s'apprêtent à piocher, à Detroit, le chef de la police, entouré d'un représentant de la police de l'État et d'un membre du FBI, tient une conférence de presse.

Les journalistes sont avides, survoltés. L'Amérique entière attend de savoir ce qu'il est advenu du plus grand caïd du syndicalisme américain. Un personnage inquiétant, fabuleux, légendaire, et qui le restera.

– Nous avons plusieurs pistes. Il est trop tôt pour vous communiquer le nom d'un suspect, c'est tout ce que je peux dire...

– Quelles pistes ?

Le chef de la police énumère des noms que les journalistes accueillent, le micro blasé. Des noms qui ne sont pas inconnus, mais auxquels personne ne croit vraiment. Giacalone, un vieil ami de Jimmy Hoffa, homme de main du parrain de la Mafia de Detroit. C'est avec lui que Jimmy Hoffa devait déjeuner le jour de sa disparition.

Si la police s'intéresse à lui, c'est qu'il est également un vieil ami du nouveau président des teamsters, Franck Fitzsimmons, lequel était aussi un vieil ami de Jimmy Hoffa... qui aurait dû lui rendre son siège lorsque Hoffa est sorti de prison... et qui ne le lui a pas rendu... Une sombre histoire de vieux amis alors ? Fitzsimmons a pris le goût du pouvoir, mais ne disait-on pas que Hoffa l'avait laissé faire ?

Parmi les suspects aussi, un ancien compagnon de détention de Jimmy Hoffa. Un certain Tony Provensano. Tony avait exigé de Hoffa une rente annuelle d'un million cinq cent mille dollars... Une bagatelle, que Hoffa lui avait refusée. Ils s'étaient fâchés...

Les journalistes ne voient là rien de bien nouveau. Ces choses se savaient, se savent...

Comme on sait aussi que l'avocat de Chicago qui organise et gère le fonctionnement de la colossale caisse de retraite du syndicat n'est pas tout blanc. Du haut de son building de verre et d'acier, il domine les finances. Il a même la confiance du fils adoptif de Jimmy Hoffa... qui estimait que son père avait perdu sa réputation depuis son emprisonnement. Tous les deux se sont rapprochés de Fitzsimmons, le nouveau président...

Tous ces gens sont intouchables, trop organisés... La police peut toujours les aligner comme suspects... elle ne les aura jamais. Une bardée d'avocats se dressera immédiatement comme le mur de l'Atlantique pour les défendre et protéger toute atteinte à leur vie privée, comme on dit.

La disparition de Jimmy Hoffa est une affaire privée, dont les journalistes savent bien qu'elle fait partie des secrets du pouvoir. Et le pouvoir en question c'est d'abord la Mafia. Le pouvoir économique et politique de la Mafia est tel... que le dollar tremblerait sur ses bases, si elle tremblait elle-même...

Qui tremble en ce moment? Maggie Sanders, son fils et sa belle-fille, près d'un vieux réservoir abandonné, dans la chaleur de la nuit. Ils creusent depuis dix minutes, et ne voient rien venir. Ils ont à la fois peur de découvrir quelque chose, et peur de creuser pour rien... Quelle aventure!

Soudain, au bout de la pelle, un morceau de tissu, c'est une manche de chemise... Bobby recule... Helen détourne la tête, Maggie pousse un peu la terre du bout de sa pelle, et découvre une main.

Elle ne perd pas le nord, mais tout de même! L'émotion est forte...

Et pendant ce temps le chef de la police de Detroit répond toujours aux questions des journalistes.

– S'agit-il d'un kidnapping?

– Aucune demande de rançon sérieuse...

– Si c'est un crime, quel est le mobile selon vous?

– Il est clair que depuis sa sortie de prison Jimmy

Hoffa se battait pour reprendre la tête de son syndicat... Il utilisait tous les moyens pour cela. On peut penser que ceux qui ne souhaitaient pas son retour l'ont fait supprimer.

– Alors qui ne souhaitait pas son retour ?

– Beaucoup de monde... Jimmy Hoffa était grillé sur tous les plans. Il ne représentait plus un appui politique. Il pouvait même être un danger...

Tout le monde... Étrange destin que celui de ce petit homme râblé, puissant, parvenu au faîte du pouvoir, qui tenait les rênes de tant d'activités...

Est-ce le cadavre de Jimmy Hoffa que Maggie Sanders examine à la lueur de sa lampe torche, dans une plaine près de Pontiac, Michigan...

– Mon Dieu, mes enfants... quelle horreur...

Maggie Sanders tient le journal à la main, avec la photo de Jimmy Hoffa en première page, et répète en regardant le cadavre :

– Mon Dieu, quelle horreur... il a une moustache, Jimmy Hoffa n'a pas de moustache...

Curieux tout de même que Maggie Sanders ait tout à coup le cœur retourné.

Elle l'explique à la police de Pontiac une heure plus tard :

– Si j'avais trouvé Jimmy Hoffa... bon, c'était une action spectaculaire... vous comprenez, quelque chose que mon défunt mari aurait apprécié... mais un pauvre inconnu, un malheureux enterré comme un chien... ça m'a retourné les sangs...

Le pauvre inconnu enterré comme un chien était un petit barman de la ville de Pontiac, compromis dans un trafic de drogue, et supprimé par ses fournisseurs, venus de Detroit pour lui régler son compte parce qu'il n'était pas régulier.

Et Jimmy Hoffa est toujours porté disparu.

La police suppose qu'il a été étranglé dans la cave d'une villa voisine du restaurant où il devait déjeuner. Elle suppose qu'on a coulé le corps dans du béton, et jeté le tout dans le lac Érié. Si son corps n'est jamais retrouvé, les assassins le seront peut-être un jour, qui sait ?... C'est-à-dire que la police les fera mettre un jour ou l'autre en prison, mais pas pour ce crime, pour autre chose, pour une histoire de drogue, une agression quelconque... Car jamais un professionnel payé pour tuer ne parle, et s'il parle il est mort. Les véritables commanditaires, ceux qui ont payé, ne vont en prison que pour de sordides histoires d'impôts... et ils en sortent en général rapidement.

Maggie Sanders a posé pour une photographie dans un journal en Floride. Ce n'était pas pour sa découverte du faux cadavre de Jimmy Hoffa, mais pour le premier prix d'un concours de couvertures en patchwork.

LES RAVIOLI

Ils sont tous là. Les cinq fils de Don Corato. Ils ont accouru à l'annonce de l'agonie du chef de famille. Alignés le long du mur lambrissé, dans la chambre sombre aux lourds rideaux cramoisis, ils contemplent leur père et son intérieur de riche commerçant génois. Un décor pompeux, baroque : tableaux indéfinissables dans de lourds cadres dorés, assiettes multicolores aux murs, christ de bronze doré, énorme, au-dessus du lit de noyer.

Sur la table de chevet, une lampe à pétrole, au pied de cuivre, au ventre de cristal bleu, laisse filer un mince cordon de fumée grise et une lumière de mort.

Couché dans les gros draps de lin, le corps de Don Corato, puissant, trapu, semble avoir rétréci soudain. Les deux mains fortes à la peau jadis sombre ont pris une teinte grisâtre. Elles reposent à plat sur le dessus-de-lit de satin épais. Sur le léger oreiller de dentelle, incongru dans ce décor sinistre, le visage est de marbre blanc, orné de sourcils noirs, d'une moustache noire. Il ressort tel un masque de théâtre lugubre.

Don Corato n'est pas un vieillard. À cinquante-huit ans il vivait encore comme un jeune homme, tapant sur l'arrière-train des soubrettes, honorant son épouse douze fois l'an, et les prostituées de la taverne du port, douze fois plus.

La maladie l'emporte. L'une de ces maladies qui dans les années vingt demeure mystérieuse encore. On dit qu'une bête noire ronge le corps de l'intérieur, avale le sang et les forces, détruit la chair. C'est ainsi que la masse solide et charnue du corps de Don Corato s'est rétrécie, au point de lui coller la peau sur les os, de creuser ses tempes, d'amenuiser ses épaules, d'enfoncer sa poitrine. Même sa voix, autoritaire et forte, a rapetissé jusqu'au souffle.

La main de Don Corato a bougé. Il a levé un doigt, pour faire signe à l'un de ses fils. Lequel ?

Il y a là Pietro, le cadet, au buste de chasseur, mais au regard veule. Il y a Luigi, le troisième, coquet, toujours à l'aise, à l'esprit négligent. Il y a aussi Fortuné, le quatrième, à la mâchoire carrée de prognathe de la préhistoire, le sourire fourbe. Et enfin Jéronime, le dernier, tête ronde d'éternel bébé, menton niais, lâche.

La main ne désigne personne en particulier, mais chacun sait qu'elle s'adresse à l'aîné, Joseph, maigre et sec, regard noir de pirate, le fort.

Le veule, le négligent, le fourbe et le lâche regardent donc, sans bouger, le plus fort approcher du père et se pencher vers lui.

Don Corato va parler. Les dernières paroles d'un agonisant en présence de ses fils sont sacrées. Ils devront les respecter jusqu'à leur propre mort

– Joseph... regarde tes frères... ils ne sont rien, de la fumée... il faut prendre le pouvoir. Tu entends, Joseph ? Prendre le pouvoir. Être le chef. Tu seras dur, il le faut. Ma fortune ne doit pas disparaître. Prends le pouvoir, fils.

Joseph incline la tête jusqu'à la main du père, qui le bénit.

Dans le silence oppressant de la chambre mortuaire, la respiration de Don Corato se ralentit. Il ouvre la bouche en grand, comme pour donner encore un ordre. L'air ne passe plus. Il est mort.

À l'enterrement de Don Corato, quatre escargots

s'en vont. Ils suivent le chef, Joseph, qui mène le deuil. Le commendatore Joseph... Petit, l'œil noir, maigre et sec, il appuie une main ferme sur l'épaule de sa mère, dont on devine déjà qu'elle ne survivra guère longtemps à son époux. Le printemps frileux inonde le port de Gênes d'une pluie en rideau ; elle accompagne le cercueil noir et or, bringuebalant sur le chariot des pompes funèbres tiré par deux chevaux emplumés de noir.

En cette année de grâce 1923, au mois d'avril, les catholiques du parti populaire italien démissionnent du gouvernement de Mussolini, et Don Corato rejoint sa terre natale. Ci-gît désormais le riche et puissant commerçant de Gênes. « Tu es poussière et tu retourneras poussière, marmonne le vieux prêtre... Deo gratias. »

Le lendemain de l'enterrement, Joseph, le fils élu, pénètre dans le bureau de son père défunt, où il a convoqué ses quatre frères. Il respecte ostensiblement le fauteuil de Don Corato et s'assied sur une chaise. La présence invisible l'aidera à assener les ordres qu'il a préparés.

– Assieds-toi, Pietro...

Pietro, le veule, s'assied de biais, un bras accroché au dossier comme pour éviter de regarder en face.

– Assieds-toi, Luigi...

Luigi, le négligent, croise les jambes, et donne un coup de manchette sur son soulier verni.

– Assieds-toi, Fortuné...

Fortuné, le fourbe, salue son frère sans le regarder, époussette la chaise et prend place.

– Assieds-toi, Jéronime...

Jéronime le lâche, inquiet d'être nommé le dernier, s'assied rapidement, épaules voûtées.

Alors Joseph, le fils élu, ouvre un tiroir du bureau de feu Don Corato, en sort un dossier de cuir, puis un document qu'il lit à haute voix, en exécuteur testamentaire des dernières volontés du père.

– Il vous est fait défense de toucher un sou, ou d'en dépenser un sans mon accord. Il vous est fait défense de contracter des dettes, ou de signer un acte quelconque, qu'il s'agisse d'achat ou de vente. Il vous est interdit de divorcer, et de vous remarier en cas de veuvage. Il vous est interdit...

Tout est interdit, sans l'accord du chef. Et pour toute faute commise, des sanctions sont prévues, que le commendatore nouveau énumère dans un silence de mort. Puis il pose le document sur le bureau du père, face au fauteuil vide, avance une plume et ordonne :

– Vous signez ici, chacun votre nom, dans le respect de notre père vénéré et son souvenir éternel.

Quatre fois, dans le bureau silencieux, la plume crisse sur le papier. Puis le commendatore sèche le document à l'aide d'un tampon buvard à la poignée de corne, le repose sur le bureau, range le document dans le dossier de cuir, le glisse dans un tiroir du bureau qu'il ferme à clé. Alors seulement il repousse la chaise, prend place lentement et solennellement dans le fauteuil du chef, et dit :

– Voilà qui est bien. Je déposerai ce contrat au coffre de la banque. Nous pouvons passer à table, mon épouse a préparé pour vous des ravioli...

Ainsi passent les années, dans la tourmente fasciste, la guerre, l'après-guerre. La vie des hommes continue, chaotique. Nikita Khrouchtchev tape sur la table de l'ONU avec sa chaussure, les jeux Olympiques de Rome remplacent ceux de Munich, Adolph Eichmann est piégé par les services secrets d'Israël, et à Gênes, en Italie, les affaires du commendatore Joseph Corato se portent bien.

C'est au mois d'octobre de l'année 1960, c'est-à-dire trente-sept ans et six mois après la mort de Don Corato, le père, qu'une chose étrange se produit dans le cabinet d'un petit avocat crasseux, non loin du port, au dernier étage d'un immeuble vétuste. Maître Galatzeo a la mèche brillantinée, une soixantaine d'années, et une pluie de pellicules orne le col de sa veste noire. Il incarne à lui tout seul le passé mercantile et souvent juridiquement tordu de la grande cité portuaire. Ce jour-là il raccompagne obséquieusement un client, en trottinant à pas menus dans un couloir encombré de mille dossiers poussiéreux. Autant de mystères sordides...

– J'arrangerai cette affaire, ne vous inquiétez pas...

Maître Galatzeo est un spécialiste des « affaires ». Sourire cauteleux, il trame des « arrangements » machiavéliques, embrouille les textes de loi avec dextérité, et vit d'honoraires souterrains.

Tout au fond de la salle d'attente de maître Galatzeo, se tient un vieillard, au visage rond de bébé sénile, aux cheveux blancs, frisés, qui le regarde d'un œil suppliant.

La vieille secrétaire glisse à l'oreille de maître Galatzeo :

– Il veut absolument vous parler, je ne sais pas qui il est.

Maître Galatzeo ne se fie pas forcément à la mauvaise mine de ses clients éventuels. Une affaire reste une affaire, même si elle sent mauvais.

– Vous désirez, monsieur... ?

Le vieillard ne donne pas son nom, il semble embarrassé, gêné, quémandeur aussi, mais de quoi ?

– C'est vous, Galatzeo ?

– C'est moi... de réputation en tout cas. Que puis-je pour vous, monsieur ?

– Je n'ose pas vous le demander...

– Allons, allons, ce n'est sûrement pas si grave... Je vous écoute...

– Je voudrais... avant... s'il vous plaît... avant... je voudrais... manger un plat de ravioli.

Stupéfait, maître Galatzeo reste un instant silencieux, ce qui est rare chez lui, puis il répète sans y croire :

– Un plat de ravioli ? C'est ce que vous me demandez ?

– Je voudrais le manger...

Le vieillard n'a pas l'air dément, ni ivre, il doit avoir quelque soixante-dix ans, peut-être un peu gâteux, sûrement gourmand, car il passe une langue rapide sur ses lèvres rondes, en répétant :

– Manger des ravioli... C'est ça que je veux... avant.

– Mais avant quoi, monsieur ?

– Les ravioli… s'il vous plaît… manger.

– Vous n'avez pas d'argent ? C'est ça ?

– Ah si, ah si, j'ai de l'argent… beaucoup d'argent… riche…

– Et vous ne pouvez pas acheter des ravioli ? Vous êtes peut-être malade ? Le médecin vous a ordonné un régime ?

– Malade, moi ? Le médecin ? Pas vu de médecin depuis trente ans…

– Alors pourquoi ? Je ne comprends pas ?

– C'est pour ça que je suis venu vous voir. Moi, je ne comprends pas non plus pourquoi j'ai pas de ravioli à manger quand j'en ai envie, alors que j'aime les ravioli… donc je suis venu vous voir… Vous avez des ravioli ?

Maître Galatzeo réfléchit. Vite. Un petit frisson vient de lui parcourir l'échine. Son sixième sens l'avertit que ce vieux bonhomme gourmand de ravioli représente peut-être une bonne affaire. N'a-t-il pas dit être riche ? Très riche ?

Dieu et le diable du commerce lui en sont témoins, maître Galatzeo a souvent flairé ainsi de sombres histoires de séquestrations de vieillards, de captations d'héritages, de piles de lires sous les matelas… Puisque ce vieux réclame des ravioli, pourquoi ne pas les lui offrir, et étudier l'affaire ? Car il y a sûrement une affaire derrière ces ravioli… sûrement.

Maître Galatzeo décide qu'il ira déjeuner en compagnie de cet étrange personnage. Il lui tape affectueusement dans le dos, en le traitant de « cher client », et l'entraîne vers un restaurant du port, à l'élégance et à la propreté douteuses, mais où les ravioli sont à la carte.

À peine installé devant le plat, le vieillard s'empare d'une fourchette, inonde son assiette de parmesan râpé, lève les yeux au ciel comme en prière et s'empiffre aussitôt. Avec une régularité et un appétit stupéfiants, il avale les ravioli, les engouffre, prenant à peine le temps de faire glisser le tout d'un verre de vin. Il est affamé, grotesque, tragique, et il en redemande…

Maître Galatzeo le prend en pitié :

– Il y a longtemps que vous n'avez pas mangé ?

– Je mange. Mais pas beaucoup. On me donne de moins en moins à manger...

C'est à la deuxième assiette de ravioli que maître Galatzeo en apprend davantage :

– Pas beaucoup à manger, mais à manger... Seulement les ravioli... il y a longtemps que je n'en ai pas goûté, très longtemps... si longtemps...

– Mais pourquoi puisque vous êtes riche ?... Parce que vous êtes riche ?

– Je m'appelle Corato... fils de Don Corato... vous savez ? Les magasins, les entrepôts... les docks... Corato...

Maître Galatzeo en reste pantois. Ce vieillard en haillons serait l'héritier de la fortune Corato ? Il en serait réduit à mendier un plat de ravioli comme un vieillard échappé de l'asile ?

– Vous ne me croyez pas, maître Galatzeo ? Venez... je vais vous montrer.

Ayant fini d'avaler les derniers ravioli, le vieillard entraîne l'avocat vers un grand immeuble bourgeois, à la façade ornée de cariatides.

– Voilà, c'est ici, je vais vous présenter mon frère, Pietro, il doit être là, j'entends l'aspirateur... Moi c'est Jéronime...

Dans le hall imposant de l'immense immeuble, Jéronime appelle :

– Pietro ? Tu es là, Pietro ?

– Au cinquième...

Alors Jéronime Corato guide l'avocat vers l'ascenseur :

– Montez au cinquième, moi, je dois prendre l'escalier de service.

Maître Galatzeo doute un peu de son flair. L'aurait-on pris pour un pigeon ? Pourquoi un Corato prendrait-il, chez lui, l'escalier de service... Ce doit être un laveur de carreaux, qui l'a embobiné pour un bon repas.

Au cinquième, en ouvrant la porte de fer forgé de l'ascenseur, maître Galatzeo se trouve face à un homme d'une soixantaine d'années, aux maigres épaules, vêtu d'un costume rapiécé, qui range un aspirateur dans un cagibi.

– Je suis maître Galatzeo, vous êtes Pietro? Pietro Corato?

– Oui... où est Jéronime, il va être puni...

– Je suis avocat. Jéronime est dans l'escalier... Je ne comprends pas, cet immeuble vous appartient?

– C'est vrai...

– Et l'immeuble voisin aussi?

– C'est vrai, et celui d'en face...

Jéronime Corato, essoufflé et se tenant l'estomac, parvient enfin au cinquième étage et attire maître Galatzeo vers un balcon:

– Regardez, maître, regardez. Les magasins, en face, ce sont les plus chic et les plus chers de la ville, vous voyez... L'échelle, vous voyez celui qui est sur l'échelle, avec les bottes, et le seau... c'est mon frère Fortuné. Il faut venir le voir aussi.

Dans la rue, devant Fortuné, au regard oblique, à la mâchoire presque dépourvue de dents, maître Galatzeo se présente. Il a retrouvé confiance en son sixième sens.

– C'est à vous ces magasins?...

– Oui...

– Mais alors ceux de la rue Principe-di-Parme...

– Ils sont à nous aussi... Et vous devez voir le grand garage Fiat...

Au grand garage Fiat, maître Galatzeo fait la connaissance de Luigi, qui transporte les poubelles.

– Vous êtes Luigi Corato?...

Pour en avoir le cœur net, tout de même, l'avocat avise un contremaître, dans un bureau vitré, et se présente seul.

– Vous connaissez les quatre frères Corato?

– Évidemment, monsieur...

– Le garage est vraiment à eux?

– Ils sont propriétaires, monsieur. Pourquoi?

– Mais... c'est Luigi qui s'occupe des poubelles?

Le visage du contremaître se ferme.

– Ça, c'est leurs affaires. Ces gens-là s'organisent comme ils veulent, moi ça ne me regarde pas…

Après un conciliabule avec les quatre frères, maître Galatzeo fait quelques vérifications rapides, et se rend à la police de Gênes, le sourire aux lèvres, la mèche gominée et conquérante.

Le lendemain, suivi de deux policiers, il frappe à la porte du bureau du commendatore Joseph Corato. « Le commendatore est en rendez-vous, affirme une secrétaire moustachue et sans âge, vous désirez ? »

C'est une perquisition. Sur plainte déposée par maître Galatzeo au nom de ses quatre clients Corato. Pietro, Jéronime, Luigi et Fortuné.

– Mais le commendatore n'est pas là !

Les policiers n'ont pas besoin de lui. Légalement les quatre frères sont domiciliés ici, ils ont le droit d'autoriser la perquisition.

C'est Jéronime le gourmand qui mène la visite, à travers le dédale cossu de la grande maison bourgeoise. Tentures, couloirs, salons, chambres, tableaux… Bibelots, salle à manger somptueuse, bibliothèque, fumoir…

– C'est là que vit Joseph, il y a des cuisines, et la cave aussi…

Puis Jéronime guide les visiteurs vers le dernier étage, un couloir sombre, un escalier étroit, humide, lugubre :

– Nos chambres sont là. Nous avons chacun une chambre, nous mangeons dans notre chambre, quand il nous donne à manger, mais il en donne peu, il dit que notre entretien lui coûte cher.

Quatre chambres de bonne : un lit de fer, une table de bois et deux chaises, une armoire.

Les quatre frères Corato partagent le même domaine sous les toits, la même pauvreté.

Depuis trente-sept ans, ils travaillent sans toucher le moindre salaire. Joseph, le fils élu, ne restitue jamais à ses frères la moindre part de leurs revenus.

Et pourtant ils sont milliardaires.

Les locataires des immeubles dont ils sont propriétaires leur octroient souvent des pourboires, pour avoir lavé l'escalier, rangé les poubelles, fait les vitres, distribué le courrier. Car ils savent tous que l'aîné ne leur donne rien, alors qu'il porte les frais d'entretien des immeubles sur les quittances de loyer des locataires. On leur donne même des vêtements usagés.

Depuis une bonne dizaine d'années, Joseph refuse de recevoir ses frères, de leur parler, et lorsqu'il les croise, il passe au large. Jéronime explique :

– Il nous trouve bêtes et sales. Quand il a quelque chose à nous dire, il glisse un billet sous la porte de la chambre.

Ils sont là les derniers billets du commendatore Joseph Corato, à l'intention de ses frères :

À Jéronime : « Tu seras privé de nourriture pendant vingt-quatre heures, tu as volé deux œufs durs à la cuisine… »

À Pietro : « Tant que tu n'auras pas signé ce papier, demi-ration de nourriture. » (Le papier est un certificat destiné à l'administration et mentionnant que Pietro est à sa charge.)

À Luigi : « Tu as réclamé des pommes de terre alors qu'on te donnait une soupe. Pas de soupe pendant trois jours. »

À Fortuné : « Ton costume ne mérite pas d'être changé. Tu n'as pas fait le ménage hier soir au magasin. Demi-ration pendant une semaine. »

L'essentiel des punitions porte sur la nourriture, les vêtements.

L'avocat attend patiemment dans l'antichambre du bureau directorial. Les deux policiers ont fait leurs constatations, les quatre frères se sont enfermés dans leurs chambres, terrorisés, accusant Jéronime d'avoir soulevé la tempête. Ils craignent les représailles.

L'avocat, lui, voit briller des paquets de milliers de lires.

La silhouette autoritaire du frère élu se dresse devant lui, à cinquante centimètres au-dessus du bureau, jadis occupé par son père Don Corato.

– Qu'est-ce que vous venez me raconter ? Je suis le chef de famille, il en fallait un. J'ai agi pour le bien de tous. Pietro est veule, Luigi négligent, Fortuné est un fourbe et Jéronime un lâche. D'ailleurs c'est lui, ce lâche, qui est allé vous trouver. Si je n'avais pas pris le pouvoir, il y a des années, que seraient-ils devenus ? Que seraient-ils aujourd'hui ? Des vauriens, des clochards, des voleurs, des fainéants...

Maître Galatzeo a un sourire de fouine :

– Est-il vrai que vous leur avez fait établir, à chacun, un testament en faveur de votre fils unique ?

– C'est exact ! Et alors ? Ils y ont consenti, ils savent que j'ai raison, afin que notre patrimoine ne soit pas dispersé.

– Jéronime et votre frère Pietro m'ont dit que pour les y obliger vous les aviez mis au pain sec et à l'eau ?...

– Bobards...

– Est-il vrai que vous avez fait partir, sous la menace, une jeune fille que Luigi voulait épouser ?

– Mensonge ! J'ai simplement expliqué à cette fille qu'elle se conduisait très mal en incitant mon frère à rompre le contrat qu'il avait signé.

– Est-il vrai que vous avez contraint Fortuné à renoncer à avoir des enfants ?

– Ce n'est pas ma faute s'il ne peut pas en faire...

– Que vous l'avez pour cela enfermé dans sa chambre durant trois mois ?

– Il était malade.

– Que vous avez dit à sa femme qu'il était atteint de syphilis ?

– C'est lui qui le disait...

– Commendatore... vous connaissez les affaires ?

– Je connais les avocats... Vous ne prouverez rien....

– Vous connaissez les lois ?

– J'ai la loi pour moi, les dernières volontés de mon père...

– Est-ce que les dernières volontés de monsieur votre père exigeaient, entre autres, de faire interner vos frères pour démence ?

– Ils sont libres...

– Le docteur San Giani n'a-t-il pas déjà établi un certificat à propos de Pietro ? N'a-t-il pas ordonné des médicaments à Luigi... à Fortuné... et déclaré que

Jéronime était sénile, gâteux, et devait être placé sous tutelle ?

– Ils sont débiles tous les quatre...

– Combien auriez-vous payé le juge qui aurait entériné ces diagnostics ?

– Mensonge, infamie... Je prouverai qu'ils sont fous !

La procédure fut longue, longue... avec de beaux honoraires pour maître Galatzeo, à qui ses quatre clients, futurs multimillionnaires après partage, avaient promis un excellent pourcentage.

C'est devant le juge qui lui demandait pourquoi, après trente-sept années d'esclavage, lui, Jéronime, le lâche, s'était enfin décidé à accuser son frère de captation d'héritage, que Jéronime a déclaré innocemment :

– Les ravioli... Monsieur le juge. La veille... j'ai senti l'odeur des ravioli. La femme de Joseph les faisait si bien. La dernière fois que j'en avais mangé c'était le lendemain de l'enterrement du père. Et ceux-là n'étaient encore pas pour moi. Ils étaient pour Joseph... Alors j'ai eu une envie terrible de manger des ravioli, je suis allé voir maître Galatzeo, parce qu'il habitait au-dessus d'un restaurant où il y avait des plats de ravioli tous les jours sur les tables... Je les voyais en passant, j'attendais le soir, mais je n'en trouvais jamais dans les poubelles... jamais.

JE SOUSSIGNÉE

Miroir, mon beau miroir... dis-moi que je suis la plus belle...

Lorsqu'elle était une petite fille en Bavière, dans les collines couvertes de fleurs, Ida savait déjà qu'elle était la plus belle. Tout le monde le disait, et c'était vrai. Le boulanger lui donnait une brioche, avec un fruit confit dessus, et du sucre glace en pluie qui croquait sous ses dents blanches. Parce qu'elle était la plus belle. La couturière du village aurait payé pour l'habiller d'une robe bleue avec un col de dentelle et des poignets plissés, parce qu'elle était la plus belle. Et dans la cour de l'école, les gamines aux cheveux raides admiraient chaque jour la somptueuse chevelure brune, bouclée d'or, qui dansait le long de son dos.

Le hasard génétique donne tout à certaines, des yeux bleu marine, de longs cils, un teint de nacre, un petit nez, une jolie bouche rose, et un corps de petite fée qui danse.

À dix ans, Ida est la plus belle, le miroir du regard des autres ne cesse de le lui dire. À vingt ans, si elle avait rencontré un producteur de cinéma, Ida serait restée la plus belle. Une Sissi impératrice, une reine de Bavière, elle aussi, en diadème et robe longue.

Mais à vingt ans, elle a rencontré Walter. Un géant blond, fort et beau, taciturne, qui la serrait trop fort en valsant, la soulevait comme une poupée, l'admirait comme un bêta.

La ressemblance entre Walter et Ida venait de leur beauté. La différence aussi. Ida se savait belle, vivait belle, à chaque minute de son existence. Walter ignorait sa beauté, sa force, sa haute taille. Il avait autre chose en tête. Quelque chose que le premier psychiatre venu qualifierait de personnalité rigide.

Fils naturel d'une servante de ferme, ce grand gaillard blond aurait fait fantasmer la propagande nazie, quelques années plus tôt. Fort heureusement pour lui, il n'avait que dix ans à la fin de la guerre. Mais durant ces dix années-là, les plus graves du siècle, il avait appris à l'école que la mort était parfois une question d'honneur, que l'honneur était intransigeance, et qu'il devait assimiler ces deux notions essentielles pour être un homme, un chevalier teuton en quelque sorte, un Bavarois de bonne lignée. Walter avait donc grandi dans l'honnêteté, acceptant le monde sans le discuter, ne demandant ni pourquoi ni comment, ne s'insurgeant contre aucune règle. Puisqu'il y avait des règles elles étaient respectables.

Ouvrier, manœuvre sur des chantiers de construction, puis conducteur d'engins, il est, à vingt ans, ce que la société qui l'a élevé a fait de lui. Un bon garçon, scrupuleux, ignorant le mensonge, travailleur, honnête et sentimental.

Leur rencontre a lieu dans un bal, à Landshut, en Bavière. Ida la belle a dix-sept ans. Dix-sept printemps est une formule classique qui lui convient parfaitement. Elle n'est que printemps, beauté, et volupté d'être belle. Elle rayonne, elle brille, cette petite fille qui danse mieux que les autres. Il est impossible de lui en vouloir lorsqu'elle étale cette beauté, car elle le fait avec innocence. Une fleur superbe doit-elle se sentir coupable d'être éclose ?

En trois années de mariage, Walter s'est ingénié à offrir à sa belle ce qu'il pouvait trouver de mieux pour l'abriter, selon ses moyens. Un appartement de trois pièces, dans la petite ville médiévale aux toits d'ardoise grise, aux fontaines bruissantes, aux balcons fleuris. Ida y a installé sa panoplie de beauté, ses robes, bleues, toujours bleues, qui rehaussent ses yeux bleus, comme une symphonie. Sa coiffeuse, ses brosses, ses peignes, le rouge pour ses joues, pour ses lèvres, les dentelles de ses dessous.

Et Walter y a installé sa bibliothèque. Sa précieuse bibliothèque, faite de plus de trois cents livres de chevalerie. Chansons de geste, romans médiévaux, histoires de seigneurs en armures caracolant sur des chevaux de combat, et s'inclinant devant de belles dames soumises et calmes, dans des jardins clos, où l'on rêve d'amours éternelles.

Walter est passionné de chevalerie, et c'est sans doute la raison qui l'a poussé à habiter ce joli quartier de Landshut, aux maisons anciennes, aux rues pavées, où l'on s'attend la nuit à entendre la voix du chevalier du guet faisant sa ronde, en criant : « Dormez en paix, bonnes gens, il est quatre heures... »

L'aube se lève, il est quatre heures du matin, une belle journée de juin s'annonce, quelques traînées de brume blanchâtre s'effilochent sur les toits, et un pas résonne sur les pavés. Un pas léger, de plus en plus léger, qui tente de se faire silencieux.

Ida lève un visage inquiet vers la façade de la maison où une fenêtre est éclairée. La seule fenêtre derrière laquelle brille encore une faible lumière.

Elle le devine, assis dans son fauteuil, aux aguets, son grand corps fatigué par une nuit de veille écrasant le dossier de tapisserie, sa grande main posée sur l'accoudoir de bois, inquiet, désespéré sûrement. Le rideau de la fenêtre bouge, il a dû entendre son pas. Il doit se pencher à la fenêtre basse pour apercevoir la silhouette de sa jolie femme rasant les murs. Elle a couru dans la nuit tiède, elle a chaud, sa lourde chevelure brune ruisselle sur ses épaules nues, la robe bleue voltige sur ses longues jambes, ses hanches rondes, enserre sa taille. Son cœur bat plus vite, et fait palpiter le décolleté, la gorge blanche...

Elle monte l'escalier, pieds nus. Dans quel espoir? Puisqu'il est là derrière cette porte. Mais elle ne l'entend pas. Peut-être est-il allé se coucher, pour ne pas écouter de nouveaux mensonges. Elle lui en a tant raconté. Des heures supplémentaires, une amie d'enfance, une histoire de famille, un talon cassé, un tramway raté.

Ida ouvre la porte, doucement, ses chaussures à la main, glisse dans le couloir, met sa petite oreille contre la porte du salon-bibliothèque, et la porte s'ouvre.

La haute silhouette de son chevalier de mari s'y encadre, un mètre quatre-vingt-cinq, quatre-vingts kilos de muscles parfaits. Il penche sur elle sa tête blonde et bouclée, son regard est triste. Elle est si belle sa femme, essoufflée, il est si ravissant ce diable qu'elle a dans le corps.

Et ce doit être si difficile... de porter toute cette beauté, à vingt et un ans, de l'assumer face au regard des hommes, à leur admiration permanente.

– Je savais que tu m'attendais, dit-elle, j'ai vu la lumière...

Il attend, il espère inconsciemment qu'elle va mentir. Durant des mois il s'est montré d'une crédulité incroyable, d'une confiance aveugle. Il a fallu que de bonnes âmes lui ouvrent les yeux. De bonnes âmes en salopettes sur le chantier:

– Tu ferais bien de l'attacher un peu ta femme... Un jour elle va s'envoler...

– Tu sais qui j'ai vu avec Johann, hier à la taverne ? Devine...

– Hé Walter... sors de tes bouquins, chevalier... On n'est plus au Moyen Âge... T'as pensé à la ceinture de chasteté ?...

Va-t-elle mentir ? Les sauver tous les deux encore une fois ? Hélas, les magnifiques yeux bleu marine se remplissent de larmes, Ida baisse la tête.

– Je t'ai fait de la peine, hein ?

– Oui.

– Je m'en doute. Tu vois, j'ai recommencé. C'est plus fort que moi, je n'ai pas pu résister. Tu veux savoir ?

– Non.

Walter tient un papier dans la main, soigneusement plié en quatre. Il le déplie, tourne le texte manuscrit, le place sous les yeux bleus embués :

– Tu reconnais ça ? C'est bien toi qui l'as écrit ?

– Oui.

– C'est bien toi qui l'as signé ?

– Oui, Walter, c'est moi.

– Alors ?

– Alors il faut me tuer, Walter, parce que je recommencerai...

Walter demeure silencieux. Machinalement il prend le châle sur les belles épaules dénudées et va le ranger dans une armoire, il le plie, le respire, l'abandonne à regret sur l'étagère. Puis il prend les chaussures fines à talons, les range aussi, et revient avec des chaussons. Ida s'assied dans le grand fauteuil où elle disparaît presque, si menue, si fragile. Il glisse les chaussons à ses pieds, et reste un instant courbé devant elle, la tête basse. Elle sait qu'il réfléchit, lentement, que les idées se succèdent dans son cerveau, traversent un labyrinthe, sans précipitation, sans violence. De la réflexion uniquement.

– Je suis incorrigible, Walter...

Mais il répond :

– Tu as faim ?

– Un peu.

– Tu veux des saucisses ? Tu adores les saucisses.

Ida fait un mouvement vers la cuisine, mais il l'arrête :

– Laisse, je vais le faire.

Tandis qu'il allume le gaz, sort les saucisses du réfrigérateur, met des assiettes sur la table, des verres, des couverts... Ida vient s'appuyer contre le chambranle de la porte, et l'observe.

– Walter ? Tu vas me tuer ?

Il aligne de petites tranches de pain noir sur un plat. Sans répondre.

– Est-ce que tu vas me tuer, Walter ?

Il dispose des petits fromages, et emplit une carafe de vin.

– Walter ? Tu vas le faire ?

– Oui.

– Tu as raison.

Le silence s'installe dans la cuisine, à peine troublé par le bouillonnement de l'eau dans une casserole. Walter y jette les saucisses blondes, et les contemple.

Ida rompt ce silence :

– Je vais mettre mes affaires en ordre, dit-elle calmement.

Dans la chambre conjugale, Ida fait ce qu'elle a dit. Elle range méticuleusement sa coiffeuse, la débarrasse de tous ses petits flacons, parfums, brosses, peignes, rouges à joues, barrettes à cheveux, rubans de soie. Elle place le tout dans une boîte. Le miroir lui renvoie son image, belle, encore et toujours belle. Miroir, mon beau miroir... Tu mourras belle, répond le miroir.

Ida décroche ses robes bleues, de tous les bleus, et les plie dans une malle. Ses châles, ses manteaux, ses chaussures, sa lingerie, le col de fourrure soyeuse qui la faisait princesse des neiges en hiver, le joli maillot qui la faisait reine du lac en été.

Elle se met nue sous la douche, laisse l'eau courir et la laver de cette nuit trompeuse et factice qu'elle a passée dans d'autres bras, dans un autre lit. Pourquoi ne peut-elle pas résister à l'amour des autres hommes, à ce désir qu'ils montrent en permanence ? Elle l'ignore, c'est ainsi.

Puis elle revêt une longue chemise de nuit bleue, brosse une dernière fois ses cheveux, ils recouvrent son dos jusqu'à la taille.

Elle s'assied, et écrit deux lettres. Une pour sa mère, une pour sa sœur.

Elle y écrit avec application la raison de sa mort prochaine :

« Je suis consentante. Non seulement j'ai voulu cette mort qu'il va me donner, mais elle est nécessaire. Par ma faute notre vie commune est devenue un enfer, et se serait mal terminée de toute façon. Il faut remercier Walter, car il aurait pu se contenter d'un divorce. Mais il m'aime, et il sait qu'un divorce n'est pas une solution. Il sait, que ce soit lui ou un autre, que je rendrais malheureux n'importe quel homme, et que je serais malheureuse aussi. La tentation est trop forte, je ne peux résister à l'amour des autres, à leur passion charnelle. C'est comme une maladie, et je ne pourrais pas vivre dans le mensonge. Je mens, c'est une manie, jusqu'au jour où je déteste ces mensonges. J'aime Walter, il m'aime, ma mort est la seule solution. »

Ida signe. Date. Plie les lettres dans des enveloppes, inscrit les adresses, et attend, seule devant ce miroir qui la reflète jusqu'à l'ivresse.

– Tu peux venir, Ida, le souper est prêt.

Ida rejoint son mari, lui tend les deux lettres.

– Pour ma mère et ma sœur. Tu pourras les poster, Walter ?

Walter met les lettres sur une étagère de la bibliothèque où sont alignés ses beaux livres. Il les caresse un instant, puis vient s'asseoir en face de sa femme. Ida est habituée au silence de Walter. Il a toujours été taciturne, presque muet. Lorsqu'ils se sont rencontrés il y a trois ans, dans ce bal, les filles n'avaient d'yeux que pour lui, il était beau et fort, ni brillant ni prétentieux, et pourtant elles ne voyaient que lui. C'est pour cela peut-être qu'Ida a épousé Walter. Parce qu'elle avait le sentiment qu'elle pourrait faire de ce grand corps naïf et pur ce qu'elle voulait. Puis elle s'est mise à l'aimer, et il a donc été heureux quelque temps. Six mois environ. Le soir, il lisait ses précieux romans de chevalerie, et Ida essayait de jouer à la jeune épouse sage. Elle reprisait les chaussettes, pliait les torchons, repassait les bleus de travail. Puis elle s'est ennuyée. Elle voulait sortir, retrouver le monde, ce miroir magique. Mais Walter bâillait dans les bals, s'endormait dans les tavernes. Alors elle a saisi tous les prétextes pour sortir sans lui, et il y a cru. Peut-être y croirait-il encore s'il n'y avait pas eu les bonnes âmes ?

Un chevalier, est-il écrit dans ses livres d'histoire, se doit d'abord au culte et à l'adoration de la dame, fondement principal de la chevalerie...

Le culte et l'adoration que Walter manifeste pour Ida ne peuvent s'accommoder de mensonges et de tromperies. C'est pourquoi, une dernière fois, il tend le papier à la dame de son cœur, et Ida le relit :

« Je soussignée, Ida Wilckens, née Goldbrunner, autorise mon mari, Walter Wilckens, à me donner la mort quand il le voudra, par tous les moyens qu'il jugera bons, si je lui suis encore une fois infidèle.

Fait à Landshut, Bavière, le 9 juin 1961. »

Et sa signature. Un joli paraphe un peu fou et aérien. Celui d'une femme infidèle qui promet toujours et ne tient pas ses promesses.

Le jour est complètement levé lorsque Walter, ayant vidé son dernier verre de vin, se lève et regarde Ida dans les yeux. Elle est très calme, elle ne pleure pas, elle se contente de demander :

– Maintenant ?

– Oui. Maintenant.

– Je vais ranger d'abord.

– Non, laisse, je le ferai moi-même.

– Où allons-nous ?

– Sur le lit.

Le lit, un grand lit très bas, avec un dessus de

peluche blanche et des coussins bleus. C'est là qu'elle est la plus belle. C'est là qu'ils ont été heureux souvent.

Sont-ils heureux, en ce matin d'exécution, alors qu'ils s'allongent l'un près de l'autre sur le grand lit blanc ? Lui si grand, elle si petite. Lui si blond, elle si brune. Il faut tenir compte de leur logique, de leur engagement réciproque, de la chevalerie et de ses règles. Ils ont mûrement réfléchi cet acte, ils doivent s'y tenir, l'accomplir. C'est ainsi. Peut-être l'envisagent-ils tous les deux comme un acte libérateur, désintéressé, pur et beau...

Ils s'embrassent. Ils se regardent, et soudain Ida demande :

– Qu'est-ce que tu vas devenir ? Walter... qu'est-ce qu'on va te faire ?

– Je pense qu'on me mettra en prison. C'est la loi.

Walter est respectueux des lois, des règles, des institutions, des conventions, des us et des coutumes, il respecte tout ce qu'il peut respecter.

Ils s'embrassent à nouveau. Le soleil pointe un rayon dans la chevelure d'Ida, le bras protecteur de Walter se glisse sous cette chevelure, sans la déranger, entoure le cou blanc avec une grande délicatesse.

Elle dit :

– Adieu, Walter, ne me fais pas trop mal, mon chéri.

Il ferme les yeux. Il referme le bras, serre, de plus en plus fort, vite... C'est fini.

Ida Wilckens est morte ainsi, à vingt et un ans, très vite et presque sans souffrir, en tout cas sans se débattre, le 27 juin 1961. Dix-huit jours auparavant, elle avait écrit et signé de sa main ce document qui va poser à la justice allemande un problème insoluble :

« Je soussignée, Ida Wilckens... autorise mon mari... à me donner la mort... quand il le voudra, si je lui suis encore infidèle. »

Walter a respecté cet engagement.

Il est neuf heures du matin, il s'habille d'un pantalon propre et d'une chemise blanche pour se présenter dans un commissariat de Landshut.

– Je viens de tuer ma femme…

Le policier en uniforme qui recueille cette déclaration insolite appelle aussitôt un inspecteur en civil, et Walter répète qu'il vient de tuer sa femme. Il est grave, calme, un peu triste, n'a pas l'air dément, et l'inspecteur pense aussitôt à la première explication logique :

– Un accident ?

– Non, je l'ai tuée volontairement.

– Comment ?

– Je l'ai étranglée.

– Vous êtes sûr qu'elle est morte ?

– Bien entendu.

– Écoutez, on ne sait jamais, vous n'avez pas appelé un médecin ? une ambulance ? Vous étiez affolé, vous n'avez pas vérifié…

– Je n'étais pas affolé, et ma femme était consentante.

Stupeur de l'inspecteur, qui se pose aussitôt la question : Ce type est-il fou ?

Il accompagne Walter jusqu'à l'appartement, où tout est propre, calme, en ordre. Le soleil envahit les pièces, des fleurs s'épanouissent dans un vase. Il est difficile d'imaginer qu'un drame s'est produit là.

La chambre est également en ordre. Sur le grand lit de peluche blanche, parmi les coussins bleus, un corps de femme est allongé, ravissant, les cheveux soigneusement déployés. Le visage est calme, elle a les yeux clos, elle paraît dormir. Une comparaison s'impose au policier : Ida ressemble à la Belle au bois dormant attendant le prince charmant pour le baiser du réveil.

Mais elle est bien morte, il le constate. La mort remonte à peu de temps d'ailleurs. Walter n'a pas traîné pour se présenter à la police.

Vient alors le moment des explications :

– Pourquoi l'avez-vous tuée ?

Walter tend le papier à l'inspecteur, qui lit, en se frottant le menton, en se grattant les cheveux, en tapant sur la table :

– Vous n'allez pas me faire croire que c'est à cause de ça ?

– Elle m'a trompé une fois de plus.

– Mais bon Dieu, si tous les cocus tuaient leur femme, où en serions-nous ?

– C'était entendu entre nous, elle m'autorisait à la tuer... Vous le voyez, c'est écrit de sa main.

– Et c'est vous qui avez inventé ça ?

– Nous en avons discuté, elle l'a écrit et signé.

– Je vois que c'est signé... et alors ? Parce qu'une femme, la vôtre, signe ce bout de papier, vous vous croyez autorisé à la tuer ? C'était peut-être un jeu pour elle ? Non ? Elle n'y croyait sûrement pas ! On ne peut croire à une chose pareille, on ne peut pas croire que parce qu'on signe un bout de papier autorisant sa mort, elle va se produire !

– Ce n'était pas un jeu, elle était consentante. C'est son écriture, vous pourrez le vérifier. Elle a aussi écrit à sa mère et à sa sœur...

– Quand ?

– Cette nuit, après que nous eûmes décidé de le faire.

– Où sont les lettres ?

– Je les ai postées en allant au commissariat, elle me l'avait demandé.

– Sans les lire ?

– Elles ne m'étaient pas destinées...

– Mais vous êtes monstrueux !

– Non, je ne suis pas monstrueux. Ce qui est entendu est entendu. Je vous répète qu'elle était consentante. Elle me l'a dit elle-même, cette nuit encore : « Il faut me tuer, Walter, parce que je recommencerai. » Il n'y a rien de monstrueux là-dedans. J'ai agi pour notre bien commun, et j'en assume les risques, je suppose que vous allez m'arrêter.

– Ce n'est pas une supposition, c'est une évidence.

À ce moment, l'inspecteur ne croit pas qu'Ida ait pu être consentante. Il ne croit même pas qu'elle ait écrit ce contrat stupide, ni les lettres, ni rien. Il croit tout simplement que Walter lui raconte des histoires, qu'il a écrit lui-même ce « contrat » de mort. Ou alors il est fou. Le premier geste de la défense est évidemment de soumettre Walter à l'examen des psychiatres. Il en ressort que le jeune homme a un excès de fantasmes et d'imagination, qu'il écrivait des poèmes à sa dame et pensait un jour publier des romans. Que sa personnalité est rigide... mais qu'il est sain d'esprit.

Si l'on peut dire. Car la frontière est immense entre le « sain d'esprit » des psychiatres et l'appréciation du commun des mortels.

Les juges du tribunal de Landshut se trouvent donc devant un cas hors du commun. L'atout de la défense étant évidemment le papier signé par Ida, et les lettres à sa famille, qui interdisent de considérer Walter comme un assassin ordinaire.

Il a pour avocat un très vieux ténor du barreau, si vieux qu'il plaide assis de sa place, avec l'autorisation du tribunal. Le jury est composé d'hommes et de femmes d'âge mûr. L'avocat s'est employé à récuser les plus jeunes. C'est donc à des jurés adultes qu'il s'adresse :

– Je suis sûr, mesdames et messieurs les jurés, que vous avez reconnu en l'accusé un homme d'une qualité rare. À mon avis vous pensez moins à le punir qu'à le comprendre. Et à comprendre surtout comment il est arrivé devant vous, dans ce box. Je vais vous l'expliquer :

« Pendant des années, mesdames et messieurs les jurés, vous avez dépensé beaucoup d'argent pour éduquer ce garçon. Des dizaines de personnes se sont relayées pour lui apprendre la nécessité d'être fidèle, la beauté du mariage, la grandeur du sacrifice, le respect de la parole donnée, l'honneur... Lui auriez-vous inculqué tout cela pour qu'il n'en tienne pas compte ? Non. Alors soyez satisfaits, avec lui votre argent n'a pas été perdu. Il a fait siens les enseignements de votre éducation. C'est si rare...

« Vous pensez bien sûr que j'oublie un détail. Il est vrai que la loi dit aussi : "Tu ne tueras point." Hélas, justement, vous lui avez tout appris sauf cela. Parce que lorsqu'il était enfant, qu'il avait dix ans, c'était encore la guerre. Une guerre qui a causé trente millions de morts !

« Ce garçon que vous avez devant vous est conscient de sa force physique, mais il est dépourvu d'agressivité. Il est modeste, humble, il accepte le monde tel qu'il est, tel que vous l'avez fait ! Il n'invente pas des lois pour son plaisir. Mais à l'inverse il respecte celles qu'il connaît. Et je le répète, vous ne lui avez jamais démontré le prix que vous attachiez à la vie humaine, et vous seriez bien injustes de lui faire payer aujourd'hui votre carence... »

Le vieil avocat sut sans doute convaincre ce jury d'adultes, ces survivants d'une guerre meurtrière, ces parents d'une jeunesse qui n'avait peut-être pas, en effet, assimilé le prix de la vie humaine...

Le débat fut court. Walter Wilckens a bénéficié des circonstances atténuantes et n'a été condamné qu'à quatre années de prison, pour le meurtre de son épouse Ida. Si belle, que le procureur avait dit : « Il a tué la beauté pure. »

Est-ce une histoire d'amour ? Est-ce une histoire très bête ? Qu'en est-il du destin du chevalier Walter, l'assassin de la beauté pure ?

Il fut libéré en 1965, à trente ans. Le bel âge.

Deux bons siècles plus tôt, monsieur Voltaire écrivait :

« L'honneur est le diamant que la vertu porte au doigt. »

CAPABLE DE TOUT

New York, été 1958.

Il règne sur la ville une chaleur effroyable, étouffante, incendiaire, que la nuit n'a pas réussi à éteindre.

À Staten Island, le central téléphonique est une étuve. La standardiste de nuit feuillette un roman-photo, dont les pages lui collent aux doigts. Elle promène un petit ventilateur devant son visage, sous ses bras, mais la fraîcheur artificielle ne parvient pas à percer la moiteur épaisse de l'atmosphère. Un orage silencieux et increvable menace la ville depuis deux jours.

New York connaît parfois, l'été, ce genre de climat insupportable. Les vieillards en souffrent, certains en meurent, les enfants aussi. Chaleur et tension presque électrique exacerbent les problèmes de santé. La standardiste a reçu une bonne dizaine d'appels demandant des médecins. Des asthmatiques, des cardiaques, des femmes enceintes.

Une nouvelle fois, la lumière clignote sur le pupitre, elle décroche, et entend mal.

– Répétez, madame...

Un cri de détresse lui parvient, un souffle rauque, une voix angoissée qui crie :

– On nous assassine ! appelez la police... Je suis blessée...

Le reste se perd dans un bruit de combiné, qui doit dégringoler sur le sol.

La standardiste appelle :

– Madame... Madame...

C'était une voix de femme, elle en est sûre. À nouveau des bruits de chocs, quelqu'un manipule le combiné avec maladresse, et cette fois c'est une voix d'enfant, claire :

– Oui... il faut venir vite... venez vite...

C'est un petit garçon, et il répond à la demande de la standardiste d'un ton ferme, donne l'adresse, et ajoute même :

– J'attends les policiers devant la maison.

– Où est ta mère ? Qu'est-ce qu'elle a ? Tu m'entends ?

– Je sais pas...

– Reste avec elle, ne bouge pas. Surtout ne la quitte pas...

Le téléphone est raccroché, et la standardiste ne perd pas une seconde pour composer le numéro du commissariat de Staten Island. En moins d'une minute une voiture de patrouille contactée par radio fonce à l'adresse indiquée par le gamin, sirènes hurlantes.

À l'intérieur, le sergent Elliot. Il connaît son quartier comme sa poche. On l'appelle Elliot le terrible, une masse de muscles pesant quatre-vingt-dix kilos, des épaules à soulever un bœuf, un gros nez et une moustache. Il est la terreur des petits voyous du coin, et plus d'un voleur à la tire se souvient d'avoir été soulevé par la peau du cou, comme un sac de patates, et trimbalé sans ménagements à cinquante centimètres du trottoir, pour atterrir au fond de sa voiture.

Le sergent Elliot arrive donc le premier devant une petite maison d'aspect agréable, séparée de la rue par un petit jardin en pelouse. Construite en contrebas, elle a ceci de particulier que l'on peut y entrer de plain-pied par le premier étage. Il y a de la lumière aux fenêtres, mais tout paraît calme. Le sergent bondit lestement de son siège, malgré son poids, en terminant son message radio :

– Je suis sur place... Je vais entrer dans la maison... La voiture 26 est derrière moi, j'entends la sirène.

Et il avance sur la pelouse, l'arme à la main. C'est alors qu'une petite main le tire par le pantalon :

– Allez-y, maman et papa sont morts.

Le sergent se penche sur un gamin haut comme trois pommes, blond, les cheveux en brosse, le regard bleu parfaitement tranquille. Il n'a pas plus de huit ans, ce gosse, et il s'exprime avec un calme qui surprend le policier.

– Reste là, gamin, ne bouge surtout pas.

Le sergent Elliot s'élance vers la porte d'entrée, tandis que la deuxième voiture de police stoppe devant la maison dans un hurlement de pneus et de sirènes. Deux hommes en sortent précipitamment, deux inspecteurs en civil, Booth et Conrad, de la brigade de Staten Island.

Sans se retourner, le sergent leur crie :

– Gaffe ! C'est un assassinat !

Booth et Conrad dégainent leurs armes et se heurtent eux aussi au gamin, debout sur la pelouse :

– Il est dans la maison, l'assassin ?

– Non, m'sieur, il est parti.

Un peu interloqué, Booth, un grand escogriffe d'une quarantaine d'années, se retourne vers son collègue :

– Discute un peu avec lui, je couvre Elliot...

Booth avance prudemment vers la porte tandis que l'inspecteur Conrad se penche sur l'enfant.

– Tu es sûr qu'il est parti ?

– Oui, m'sieur !

– Qui est-ce ? Tu le connais ?

– Je l'ai jamais vu, m'sieur...

– Comment il était, tu peux me dire ?

– Il a un survêtement bleu et un masque blanc.

– Monte dans la voiture et attends, ne bouge pas, hein ?

– Mais je bouge pas, m'sieur. On n'arrête pas de me dire de pas bouger...

Drôle de gamin, se dit l'inspecteur Conrad, en fonçant à son tour à l'intérieur de la maison.

Au premier étage, donc au niveau de la rue, le sergent Elliot, qui progresse prudemment dans le hall, entend une voix de femme, faible, derrière une porte entrouverte.

– Ici... par ici...

Le sergent pousse la porte avec lenteur. La femme est allongée sur un lit. Elle se tient le ventre, un flot de sang a taché les draps, sa poitrine est ensanglantée. Elle parle avec effort :

– Le bébé... je vous en prie, le bébé... Est-ce qu'il a touché au bébé...

À ce moment, Booth déboule lui aussi dans le hall, rejoint par Conrad, et tous deux pénètrent dans la chambre où madame Baker répète dans un souffle :

– La chambre des enfants... le bébé... je vous en prie...

Le sergent Elliot s'y trouve déjà, pistolet au poing, face à un berceau dans lequel s'agite un bébé de quelques mois. Les yeux grands ouverts, vêtu d'une simple couche, il tire sur son orteil de ses deux petits bras dodus.

Le sergent crie :

– Il n'a rien, madame...

Booth et Conrad inspectent la chambre, puis conseillent au sergent de rengainer son arme :

– Le gamin dit qu'il est parti, tu peux rentrer ça...

Des gouttes de sang à l'extrémité du hall attirent l'attention de l'inspecteur Booth. Il en suit les traces jusqu'à l'escalier qui descend au rez-de-chaussée, se penche par-dessus la rampe et pousse un juron :

– Merde ! Y a quelqu'un en bas.

II dégringole les marches, atteint le living-room et se penche sur le corps d'un homme affalé dans une mare de sang. Près de lui, un petit meuble où est posé le téléphone. Avec précaution, l'inspecteur passe une main sur le front de l'homme, qui ouvre péniblement les yeux :

– Ma femme ? C'est grave ?

– Le médecin arrive, monsieur, ne parlez pas trop...

Une autre sirène, d'ambulance cette fois, un crissement de pneus, et médecin et infirmiers se fraient un chemin parmi les curieux qui, en une minute, se sont amassés sur la pelouse. Le médecin s'occupe de madame Baker en premier, dont les plaies ouvertes sont impressionnantes. Son sang coule sans discontinuer, mais elle semble garder toute sa tête, car en apercevant le visage d'une voisine à la porte, elle lui crie, en grimaçant de douleur :

– Le petit. S'il vous plaît, donnez-lui son biberon... du lait seulement, rien d'autre...

En bas, monsieur Baker est incapable de parler, et l'inspecteur Booth, qui a fait rapidement le tour des autres pièces, rejoint son collègue, tandis que les infirmiers préparent les civières.

– Où est le gosse ?

– Dehors, il a l'air drôlement calme...

– La mère d'abord... elle est consciente.

Les deux inspecteurs suivent la civière de madame Baker jusqu'à l'ambulance, en essayant de lui arracher le maximum de renseignements :

– Qui vous a frappé ?

– Je ne sais pas. Je ne le connais pas.

– Comment était-il ?

– Je n'ai pas eu le temps de voir grand-chose...

– Dites ce que vous avez pu remarquer, n'importe quoi...

– Un homme... plutôt fort... comme mon mari... Je

crois qu'il portait un... survêtement bleu, et un masque... un masque blanc.

Sur l'autre civière, monsieur Baker a repris faiblement conscience, et l'inspecteur Conrad tente de l'interroger lui aussi :

– Vous connaissez l'assassin ?

Mais le médecin l'interrompt d'autorité :

– Pas maintenant, inspecteur.

Monsieur Baker fait un nouvel effort pour dire entre deux quintes d'une toux douloureuse :

– Je suis médecin... j'ai un goût de sang dans la bouche... œsophage perforé...

L'inspecteur Conrad insiste :

– Vous voyez qu'il peut parler...

– J'ai dit pas maintenant, inspecteur !

Et le médecin fait signe aux infirmiers d'embarquer les blessés, saute à l'intérieur de l'ambulance et avant de claquer la porte, grogne à l'inspecteur Conrad :

– C'est une question de minutes, bon sang, occupez-vous du reste...

L'ambulance démarre, laissant les trois policiers sur la pelouse. Le sergent Elliot disperse les curieux, après s'être assuré que personne n'a vu l'assassin.

– Vous avez vu quelqu'un ?... Non, alors rentrez chez vous, nom d'une pipe...

Personne ne discute devant le sergent Elliot. On le connaît, il est îlotier depuis des années dans ce secteur de Staten Island. Le calme revient peu à peu, la maison est désertée, à part un couple de voisins qui s'occupent du bébé. Booth et Conrad se mettent à la recherche des premiers indices. À part le sang, ils ne voient rien de particulier. La maison n'est pas en désordre.

Les voisins, de braves gens d'une cinquantaine d'années, demandent l'autorisation d'emmener les enfants chez eux. Les deux inspecteurs hésitent, mais le sergent Elliot intervient :

– Allez-y. Il faut bien que quelqu'un s'en occupe cette nuit...

Booth intervient :

– Où est le gamin ?

Et Elliot grommelle :
– Le gamin ? Devinez... Il est dans le garage, il bricole son vélo...
– On le garde un peu, il faut l'interroger.
Les voisins insistent :
– Il est minuit, inspecteur... Il n'a que huit ans...
Et le sergent grommelle à nouveau :
– Possible, mais il bricole son vélo, alors je suppose qu'il peut discuter avec les inspecteurs...
Les voisins emmènent donc le bébé, tandis que Booth et Conrad interrogent le sergent :
– Qu'est-ce qu'il y a, sergent ?... On dirait que ce mouflet vous pose un problème.
– Justement. Il a pas de problèmes ce gosse... Jamais vu ça... Son père et sa mère à moitié morts, un assassin dans la maison, et il bricole son vélo !
– C'est un gosse...
– Ouais. C'est un gosse.
Le sergent Elliot ramène donc le « gosse » quelques instants plus tard. Conrad et Booth le font asseoir sur une chaise, au salon. Il balance ses petites jambes bien au-dessus du sol et se dandine pour décoller ses fesses, trempées de sueur sur la moleskine.
– J'ai chaud...
– On a tous chaud, mon grand. Comment tu t'appelles ?
– Jacky.
– Tu as huit ans, c'est ça... Ça va l'école ?
Le sergent Elliot se place derrière l'enfant et lui tape sur l'épaule :
– Dis donc, gamin... T'as pas été un peu vite ? Ils sont pas morts tes parents !
Conrad, étonné par l'attitude du sergent, l'interrompt :
– Allons, sergent... il a eu peur...
Jacky regarde alternativement les hommes, puis choisit l'inspecteur Conrad pour répondre :
– Je croyais que le bonhomme les avait tués.
Le sergent ne démord pas :
– Ça t'a pas empêché d'aller t'occuper de ton vélo !
– Sergent...

Les deux inspecteurs font une grimace significative, qui enjoint au terrible inspecteur Elliot de lâcher le petit témoin. Ce sont eux qui interrogent... Le sergent n'a qu'à rentrer au poste et faire son rapport.

Le gamin regarde le sergent, qui regarde le gamin. Affrontement curieux de quelques secondes. Puis le sergent se résigne à partir, non sans maugréer :

– Raconte tout aux inspecteurs... Monsieur je-sais-tout.

Une fois le sergent disparu, Conrad et Booth s'installent à côté de l'enfant.

– Il est toujours grognon, le sergent. T'en fais pas. Alors, tu l'as vu ce bonhomme ?

Jacky fait un récit limité des événements. Vu son âge, il ne s'en tire pas trop mal. Il s'est réveillé la nuit, parce qu'un « bonhomme » en survêtement avec un masque blanc est entré dans la chambre. Il voulait l'étrangler. Il a crié et sa mère est arrivée. Le « bonhomme » s'est alors jeté sur elle, et il l'a frappée avec un couteau de cuisine. Sa mère avait du sang partout, elle s'est traînée jusqu'à son lit, dans l'autre chambre, puis son père s'est battu avec le « bonhomme », il l'a traîné dans l'escalier jusqu'au téléphone, alors le bonhomme a réussi à se dégager et à frapper son père. Il l'a blessé, et il saignait.

L'inspecteur Conrad s'étonne :

– Il n'avait plus de couteau ton bonhomme ?

– C'est papa qui l'avait, il lui a pris.

– Mais c'est ta maman qui a téléphoné, et il n'y a pas de téléphone là-haut.

– Quand le bonhomme est parti, elle a réussi à descendre pour téléphoner.

– Et elle a remonté l'escalier ?

– Oui. Elle voulait voir mon frère.

– Et où tu étais pendant la bagarre ? Tu t'es pas caché ? Tu as tout vu ?

– Je peux aller dormir chez les voisins ?

– Réponds d'abord...

– J'ai sommeil, je veux aller dormir.

L'inspecteur Booth arrête son collègue :

– Il est une heure du matin, il faut le raccompagner, on verra le reste demain...

– J'ai sommeil, je veux dormir...

– Oui... d'accord...

Conrad voudrait bien poursuivre, car avec un enfant, les détails d'un drame comme celui-là peuvent s'évanouir très vite. Mais le gamin s'agite, il a chaud, et il ne manquerait plus qu'on les accuse de mauvais traitements. Les voisins sont là qui attendent, ils ont couché le bébé et s'impatientent. Jacky n'a que huit ans...

Jacky va donc dormir.

Pendant ce temps, dans la chaleur étouffante de la nuit, à l'hôpital, madame Baker meurt d'une hémorragie interne.

Son mari décède trois heures plus tard, à l'aube.

Il fait encore plus chaud, dans la matinée du lendemain, lorsque l'inspecteur Conrad revient pour interroger les voisins et faire ce que l'on appelle une enquête de voisinage dans le quartier.

Il apprend que la famille Baker était heureuse, paisible et sans histoire. Le père avait travaillé dur pour obtenir son diplôme de médecin, il venait de s'installer dans le quartier, après avoir vécu longtemps dans la famille de sa femme, à Orem, dans l'Utah. Le parcours assez classique de l'étudiant en médecine, marié, avec des enfants, et qui parvient enfin à l'indépendance. Il louait cette maison depuis quelques mois, et allait s'installer définitivement deux blocs plus loin, propriétaire d'un cabinet médical.

L'inspecteur Booth, lui, fait à nouveau le tour de la maison du crime. Il note des choses étranges.

La porte de la cuisine, celle du living-room au rez-de-chaussée, étaient fermées de l'intérieur. Les fenêtres également. Par cette chaleur, c'est assez logique. Mieux vaut boucler la maison. Il fait en général moins chaud dans une pièce fermée qu'ouverte aux courants d'air brûlants.

Le petit Jacky affirme que la porte d'entrée était également fermée de l'intérieur. Logique toujours. Dans ce quartier, en 1958, on ne laisse pas sa porte ouverte la nuit. Or il n'y a aucune trace d'effraction.

Par où l'assassin est-il entré ? Personne n'a pu lui ouvrir la porte. Drôle d'assassin, d'ailleurs, car rien n'a été volé. Les meubles n'ont pas été fracturés, les tiroirs non plus. Le portefeuille du docteur est resté dans sa poche, ainsi qu'une centaine de dollars, dans son bureau. Il ne s'agit donc pas d'un crime crapuleux.

Reste le crime d'un fou. Il pose toujours un problème grave à la police, car si un fou se déchaîne de cette manière, il est susceptible de récidiver. Une soixantaine de policiers sont lancés sur l'affaire, on interroge plus de mille personnes, à partir des fichiers. Les sadiques, les drogués, les malfrats connus, les prisonniers récemment libérés, les malades de l'hôpital psychiatrique où le docteur Baker a travaillé comme interne. Sans aucun résultat.

Vient le jour où l'on arrête un Noir. Il y a toujours un Noir à arrêter quelque part, en cas de crime. Il a dix-huit ans, il est un peu dérangé, et a quitté New York le lendemain du double assassinat chez les Baker.

L'inspecteur Conrad se dit qu'un masque blanc pour cacher un visage noir, c'est une idée.

Le garçon est interrogé pendant des heures. Il nie. Il a un alibi. Le temps de le vérifier, il passe un mauvais moment dans la salle d'interrogatoire du poste de police de Staten Island.

Le sergent Elliot, le terrible, tournicote autour des deux inspecteurs en marmonnant.

– J'y crois pas à votre assassin noir... C'est un tic chez vous les détectives de la criminelle. Quand vous pataugez, vous mettez la main sur un Noir... Moi, à votre place, j'irais cuisiner le gamin.

– Cuisiner un gosse de huit ans... C'est une obsession, Elliot... Un moutard de son âge ne peut pas être complice d'un meurtre !

– J'en ai vu des moutards... je commence à les connaître. Et celui-là me chiffonne la moustache. Écoutez, c'est pas normal... Quand je suis arrivé, il était là tout tranquille, assis sur le gazon, et il me balance comme si c'était rien : « Maman et papa sont morts ! » Exactement comme il aurait dit : « Ils sont partis au cinéma. » Après ça je le retrouve en train de bricoler son vélo…

– Les enfants réagissent parfois curieusement, sergent. Un choc aussi terrible a pu lui faire adopter cette attitude faussement calme, qui vous intrigue. Une sorte de défense contre la peur.

– Moi, je vous dis que ce gosse n'avait pas peur. Que j'aie tort ou raison d'ailleurs, plus rien ne m'étonne dans ce boulot. On me dirait que Sophia Loren a zigouillé ses gosses, je répondrais : possible. Que le Président Eisenhower a empoisonné sa femme, je dirais pourquoi pas ? Que le pape envoie des fléchettes de strychnine à ses évêques… ça ne m'étonnerait pas tellement. Depuis le temps que je traîne mes guêtres dans ce boulot de flic, j'en ai vu tellement de bizarres, que je me dis que tout le monde est capable de tout. N'importe qui de n'importe quoi… Faites-moi confiance, interrogez le mouflet… Qu'est-ce que vous avez à perdre ?

Rien à perdre et tout à gagner en effet. Car le jeune Noir a un alibi en béton, et Booth et Conrad n'ont plus rien à se mettre sous la dent. D'ailleurs leur capitaine est d'accord.

– L'enfant a peut-être un souvenir… Quelqu'un qui serait venu chez eux, avant le crime… Sans aller jusqu'à l'idée fixe de ce brave Elliot, vous devriez reprendre l'histoire à zéro avec le gosse, puisque vous êtes au point mort et qu'il est le seul témoin.

– Le sergent demande à nous accompagner…

– Ce n'est pas une mauvaise idée. Il a l'air bourru comme ça, il joue les terreurs dans le quartier, mais si quelqu'un connaît bien les gens, c'est lui. Il m'a ramené plus d'un moutard à qui on aurait donné le Bon Dieu sans confession et qui en avait fait autant que la moitié des truands du coin.

Jacky paraît en bonne santé. Depuis la mort de ses parents, il a été confié à un pensionnat de l'administration, en attendant de retrouver ses grands-parents, qui ont demandé la garde des enfants. Il va retourner dans l'Utah avec son petit frère. Une question de jours.

L'éducateur le trouve intelligent, éveillé.

– Il a surmonté cette histoire sans problème.

– C'est normal ? demande le sergent Elliot.

– Oui et non. Ça dépend. Les enfants de son âge ne réalisent pas vraiment ce qu'est la mort.

– Son père et sa mère, tout de même... c'est différent de la mort d'un petit copain. Tous les malheureux gosses que j'ai vus confrontés à ce genre de drame pleuraient. Ce gosse n'a jamais pleuré.

– Vous n'en savez rien, et moi non plus.

Jacky dessine. Il fait des maisons, avec des arbres autour, le soleil par-dessus. Un chien devant la porte, et un petit bonhomme à côté.

– C'est moi là...

Il est attendrissant comme tous les mômes de son âge. Les cheveux en brosse, le nez en trompette, ce regard bleu tranquille, ouvert sur le monde, la bouche barbouillée de couleurs... Les deux inspecteurs s'apprêtent à l'interroger sans conviction.

– Alors Jacky, tu vas chez ton grand-père ?

– Ouais... chez ma grand-mère aussi...

– T'es content ?

– Ouais.

– Dis-moi, bonhomme... on va essayer de se souvenir, hein ?

– De quoi ?

– Eh bien... par exemple, cette nuit-là, quand ta maman est descendue dans l'escalier, tu étais avec elle ?

– Non.

– Ah bon ? Et comment tu l'as vue descendre ?

– Je sais pas. Je l'ai vue.

– C'est elle qui a téléphoné ?

– Oui.

– Et quand tu as parlé dans le téléphone, où était ton papa ?...

– Il se bagarrait avec le bonhomme.

– Ah? Tu m'avais pas dit que le bonhomme était déjà parti?

Jacky renifle. Il barbouille un dessin, puis déclare:

– C'est moi qui ai tué papa et maman.

Booth et Conrad sursautent. Les contradictions dans les déclarations de l'enfant commençaient à leur mettre la puce à l'oreille, mais ils ne savaient pas quelle puce. Ils sont interloqués par des aveux aussi incroyables. Le gosse doit mentir. Mais le sergent Elliot, lui, ne s'étonne pas. Il s'assied à côté de l'enfant, et lui retire ses crayons de couleurs:

– On va s'expliquer, gamin. Et on commence par le début. Ton papa t'a mis une raclée? Ou ta maman...?

– Oh non. Ils me battaient pas. Mais on se disputait tout le temps... et puis moi j'aimais pas la maison, d'abord...

– D'accord. Ils te battaient pas. Voyons, comment t'as fait pour les tuer? Est-ce que quelqu'un t'en a donné l'idée?

– J'ai vu dans le journal.

– Quoi?

– Y avait marqué un truc pour un cadeau, une publicité... C'était marqué «je pense à papa...»

– C'était quoi le cadeau?

– Je sais pas. Je me rappelle plus. Mais y avait un joli dessin à côté...

Jacky regarde le sergent Elliot, bleu innocent dans les yeux:

– Si tu me donnes le crayon, je le fais...

Sous les regards médusés des inspecteurs, Jacky dessine, maladroitement, en commentant et en tirant la langue d'application:

– Ça c'est une pomme, et là... c'est une main avec un couteau... tu vois... le couteau il coupe la pomme.

Le sergent Elliot, que rien ne surprend, l'est tout de même un peu, surpris...

– C'est ça qui t'a donné l'idée de tuer ton papa et ta maman?

– Oui. Le couteau. J'ai un couteau de scout. Alors j'ai caché le couteau dans le journal. Et puis, le soir, j'ai changé de couteau. Y en avait un dans la cuisine, il était plus gros, maman elle se coupait tout le temps avec...

Ainsi, le petit bonhomme Jacky se serait levé, dans la nuit, vers dix heures, il aurait pris le couteau de cuisine, et il aurait frappé d'abord sa mère, puis son père, au rez-de-chaussée.

Les deux inspecteurs n'y croient pas. Impossible. Qu'il frappe suffisamment fort pour causer des blessures mortelles, c'est encore possible, mais les parents étaient conscients lorsque la police est arrivée. La mère surtout. Pourquoi n'a-t-elle rien dit ? Elle a parlé, comme son fils, d'un homme en survêtement bleu avec une cagoule blanche.

Jacky hausse ses petites épaules :

– J'ai dit ça pour rire.

Pour rire. Le sergent Elliot attrape le gamin, le soulève, le pose sur la table, pour le mettre à sa hauteur :

– Et ta maman, elle a dit ça pour rire aussi ?

– Je sais pas. Peut-être elle a dit comme moi.

– Tu as dit ça à l'inspecteur dans le jardin. Ta maman ne le savait pas...

Le sergent Elliot essaie de faire dire à l'enfant qu'il n'était pas seul... qu'il ment, qu'il s'attribue le crime, pour faire l'intéressant comme on dit...

Lui qui soupçonnait cet enfant, l'horreur de ce qu'il entend à présent le pousse à trouver une autre explication...

Mais l'inspecteur Conrad dit tristement :

– J'ai dit ça dans la chambre devant la mère, je me souviens, elle était dans les vapes, mais elle a pu entendre.

– Mais pourquoi aurait-elle répété une bêtise pareille, si c'est le gosse qui l'a frappée...

– Pour le protéger... Mets-toi à sa place... Tu te rends compte de l'horreur ? Du scandale ? Un fils de médecin de quartier qui poignarde ses parents... La vie foutue...

– Elle en est morte, et le père aussi.

– Elle croyait s'en tirer. Protéger le gosse au maximum, et régler l'affaire en famille...

Les deux inspecteurs examinent l'hypothèse, elle

pourrait tenir, si le gosse ne ment pas. Mais il reste une inconnue tout de même : l'arme du crime n'a pas été retrouvée, et comment un enfant de huit ans a-t-il pu frapper assez fort pour tuer ?

Reste aussi le mobile. Pourquoi un enfant de huit ans se décide-t-il à poignarder son père et sa mère avec autant de tranquillité ? Ce sont les psychiatres qui le révéleront.

Jacky ne supportait pas d'avoir été séparé de ses grands-parents, il était heureux dans l'Utah avec eux. Or papa et maman allaient s'installer définitivement à New York, à Staten Island. Ça ne lui convenait pas...

Aux États-Unis, les enfants de moins de douze ans ne peuvent pas comparaître devant un tribunal. Jacky est donc placé dans un hôpital psychiatrique. Il représente pour les médecins un cas latent de folie de persécution. Il s'est estimé persécuté quand on l'a séparé de ses grands-parents, quand il a dû quitter Orem, la maison, le chien... l'endroit où il avait toujours vécu, où il était né.

Le déménagement fut une cassure dans sa vie. Puis il y eut la naissance de son frère, et l'achat de la maison de Staten Island, où son père allait exercer son métier.

Le parricide pourrait alors s'expliquer. Mais tuer la mère... là, les psychiatres sont moins d'accord.

Et le crime de Jacky reste encore quelque temps une énigme. Invention, mensonge... il y a trop de détails étranges dans cette histoire.

Mais le sergent Elliot le terrible avait raison.

Les enquêteurs se rendront à l'évidence. Il le faudra bien, le jour où Jacky dira :

– Le couteau, je me rappelle où je l'ai mis. En dessous des pots de fleurs cassés, derrière le garage.

La maman du petit Jacky Baker adorait les plantes vertes, il y en avait beaucoup dans la maison. Elle avait un endroit à elle, derrière le garage, où elle empilait les vieux pots, après transplantation dans des jardinières ou des bacs.

Le couteau est là. Aussi grand que le bras du petit Jacky, à deux centimètres près. Pointu et tranchant, il servait à découper les côtes de bœuf, les jours de barbecue.

Il porte sur le manche les empreintes de l'enfant. Et le sang de son papa et de sa maman.

DEUX SQUELETTES, VAUXHALL ROAD

C'est une vieille église, aux vitraux du dix-huitième siècle, à la charpente de bois, aux pierres vermoulues. Un escalier branlant mène au clocher, sous les poutres enchevêtrées. Tout autour, une galerie de bois, où la chorale s'installe le dimanche, près de l'harmonium. Dans l'abside, des bancs de bois ; contre un pilier, une chaire de bois. L'autel est en bois, le tabernacle aussi. Tout est en bois dans la vieille église, en bois sculpté jadis avec amour par les artisans de Londres, et que dévorent aujourd'hui les vers, avec régularité.

Face à l'église, de l'autre côté de la place, la boutique d'Ursula. Thé, petits gâteaux, fruits secs, confits de gingembre, bâtons d'anis, et boules de gomme.

Ursula époussette les grands pots de verre emplis de friandises multicolores. Le soleil se couche sur Londres ; elle a fermé boutique.

Un reflet rouge sur un bocal de menthe. C'est joli. Mais il est très rouge, d'où vient ce reflet ? Ursula regarde à travers sa vitrine. La lueur vient d'un vitrail de l'église. Probablement un rayon de soleil couchant. Pourtant non... le soleil est parti. Ursula se tord le cou, pour déterminer la provenance de cette lueur étrange, si rouge, et voit qu'elle grandit derrière le vitrail. Elle éclaire la rue... et tout à coup, dans un fracas incroyable, tous les vitraux explosent.

Ursula cherche son téléphone partout. S'affole, le découvre enfoui sous des caisses d'amandes, et appelle enfin les pompiers, tandis que des flammes gigantesques jaillissent par les ouvertures béantes de l'église, grimpent sur les corniches, s'attaquent au clocher. C'est un véritable enfer tout à coup, et la panique dans le quartier.

Lorsque les pompiers arrivent, le feu a pris une telle ampleur qu'ils n'espèrent plus sauver la vieille église. Toute de bois vêtue à l'intérieur, un bon vieux bois sec et rongé aux vers, elle flambe comme une torche immense dans le ciel bleu nuit. Et le feu gagne le petit cimetière accroché au flanc de l'église. En une vision hallucinante, Ursula voit flamber les croix de bois.

Les pompiers se démènent pourtant. Notamment le caporal Meyer. Ruisselant de sueur dans la fournaise, sous son casque de cuir bouilli, il tire une lance vers un soupirail, en hurlant à son capitaine :

– Par ici, capitaine ! Par ce soupirail... on peut atteindre l'intérieur par là.

Effectivement l'idée est bonne. Si les lances pouvaient attaquer l'incendie à la base, on aurait plus de chances de réduire les dégâts. Mais la fumée est épaisse, le soupirail étroit, et le capitaine juge inutile de risquer la vie d'un homme. Celle du caporal est aussi précieuse que les autres, davantage même : il se montre toujours d'un courage étonnant.

– Pas question, Ronnie, trop dangereux...

Le capitaine hurle lui aussi, et fait de grands gestes de dénégation. Mais le caporal court vers lui, tout noir, dégoulinant, pour lui expliquer :

– Je vous jure qu'on peut, capitaine... Il y a un couloir qui débouche dans la nef...

– Vous êtes sûr ?

– Sûr, capitaine, j'y vais...

Mais le caporal Ronnie Meyer n'a pas le temps de s'engouffrer dans le soupirail, l'église s'écroule dans un fracas de poutres, de fumée, d'étincelles qui projettent sur les maisons environnantes des lumières superbes, comme celles d'un feu d'artifice.

C'est fini. La vieille église est morte. Longtemps encore dans la nuit, et le lendemain matin, de petites fumerolles s'échappent des ruines de l'incendie, inondées par les pompiers. Les croix noires du cimetière ont l'air de diables insolites. La cendre a recouvert les vieilles tombes, abandonnées depuis longtemps. Il y avait là presque un jardin de roses et d'arbres sauvages.

Le quartier est triste. Les pans de murs lézardés, les morceaux de poutres calcinés font un décor lugubre. Une église incendiée, c'est étrange. Comme une punition du ciel. Les enfants ne jouent plus dans le terrain vague qu'est devenu le cimetière. Les vagabonds ne vont plus se réfugier contre les murs et sous le porche, les chats se battent la nuit entre les tombes couvertes d'une cendre gluante qui se solidifie peu à peu.

Les mois passent. Et un jour arrive le bulldozer. Jaune, énorme, muni d'une pelle excavatrice aux dents acérées. Il fait un bruit épouvantable en s'attaquant aux ruines, mais les habitants du quartier sont très contents. Ursula, sur le pas de la porte de sa boutique, en discute avec un voisin.

– Pas trop tôt, depuis le temps qu'on attendait ça. Enfin la paroisse a réagi, si c'est pas malheureux tout de même... Vous savez que j'ai failli brûler aussi ?

– Je me demande quel genre d'église ils vont nous faire...

– Oh, du béton sûrement. Les gens ne jurent plus que par le béton...

Ursula aperçoit le chef de chantier qui hurle des ordres à une autre pelle mécanique, venue en renfort s'attaquer au cimetière. Curieuse comme une pie malgré son âge déjà canonique, elle trottine jusque-là, pour se mêler de ce qui la regarde.

– Lui aussi vous allez le raser ?

Le chef de chantier fait signe qu'il entend mal, et Ursula montre les tombes déglinguées, les croix en miettes.

– Depuis le temps qu'il est abandonné ! Personne n'a fait de réclamation... On rase !

Ils rasent. Voilà. Tous ces pauvres morts d'au moins deux cents ans, abandonnés de tous, dormaient tranquilles jusqu'ici dans le fouillis des plantes et des fleurs. On ne voyait pas qu'il était en ruine, c'était un havre de paix.

Une odeur de vieille terre envahit l'atmosphère. La pelle mécanique, qui s'était attaquée au portail de fer forgé, vient de céder la place à l'énorme bulldozer jaune. Entre ses griffes, il ramène des gravats et des cendres qu'il balance dans une benne derrière lui.

Ursula dit à un badaud, un vieux monsieur amateur de thé de Chine qu'elle connaît bien :

– Les pauvres morts...

– Il n'en reste rien depuis longtemps, vous pensez. Le cimetière était encore plus vieux que l'église... Saviez-vous que la tombe la plus récente remontait à 1717 ?

Mais soudain Ursula lève une main affolée, et se met à crier :

– Arrêtez... arrêtez... mon Dieu...

Et elle court vers le bulldozer. Elle vient de voir quelque chose, qui a échappé à l'œil du conducteur de l'engin.

L'énorme pelle dentelée tient un squelette entre ses dents.

Le chef de chantier siffle, un grand silence soudain envahit le chantier, et quelqu'un dit :

– Je croyais qu'il n'y avait plus rien là-dedans...

Un autre :

– Même le curé l'avait dit...

Et un autre :

– Moi, je vous dis que mon grand-père racontait qu'il y avait un autre cimetière sous l'église, un plus vieux encore...

Le conducteur de l'engin remet le moteur en route, descend doucement la pelle dentelée jusqu'au sol, l'ouvre, et dépose délicatement le squelette à terre. King-Kong manipulant une poupée...

Le chef de chantier fait prévenir la police, et l'entrepreneur râle.

– Toute une histoire pour un tas d'os...

Mais la police en fait toute une histoire aussi.

– Où creusiez-vous ? demande le surintendant Carliff.

Le conducteur de l'engin désigne l'endroit.

– Vous n'étiez même pas à l'emplacement des tombes...

Il se penche sur le squelette, ajuste ses lunettes, et fronce le nez.

– Ça ne vient pas du cimetière... C'est trop récent... Regardez...

Un lambeau de tissu accroché, des cheveux. Ursula, qui regarde avec les autres curieux, fait la grimace.

– Pauvre femme...

Son voisin s'étonne :

– Comment voyez-vous que c'est une femme ?

– Le bout de tissu, regardez... il y avait des fleurs là-dessus... C'est un morceau de robe !

Ursula est arrivée à la même conclusion que le surintendant Carliff, réputé pour la finesse de ses analyses et son intelligence policière.

Pour l'instant, le surintendant conseille à l'ouvrier de dégager son engin, et de fouiller, à la pelle, l'endroit désigné.

– Allez-y doucement, il peut y en avoir d'autres...

L'entrepreneur râle toujours :

– Et pourquoi pas une fosse commune... La municipalité le saurait, tout de même, j'ai des délais, moi... Ça me retarde...

Mais le surintendant est inflexible :

– Nous vous retarderons le temps qu'il faudra. Je suis désolé, mais on n'a enterré personne ici depuis des années. Et ce squelette est récent. Deux ou trois ans à peine...

Ursula ferme boutique et s'installe tranquillement sur une vieille pierre pour regarder l'ouvrier fouiller de sa pelle les débris de l'église. Car il s'agit bien du terrain sur lequel se trouvait l'église. En tout cas ses fondations. Le cimetière et les vieilles tombes commencent bien plus loin.

Sa patience est récompensée, car au début de l'après-midi, l'ouvrier, assez terrifié, ramène au bout de sa pelle un deuxième squelette.

Le spectacle est fini pour Ursula. Elle lira le reste dans les journaux.

Le travail commence pour le surintendant Carliff.

Quelques jours plus tard, à la morgue de Londres, il discute avec deux médecins légistes qui ont examiné les squelettes.

– Deux femmes... elles ont été étranglées toutes les deux... regardez... ici, la deuxième cervicale... pareil pour l'autre.

– Quoi d'autre ?

– Rien à voir avec l'incendie. La mort remonte bien avant. Elles ont été enterrées en même temps. Nous avons ici des prélèvements de terre, ils proviennent du sous-sol de l'église. C'est tout ce que l'on peut dire. Sauf que vous avez une chance inouïe, surintendant Carliff... L'une des deux portait une alliance, gravée à l'intérieur. Elle est restée accrochée à l'annulaire.

Le surintendant Carliff reçoit le précieux indice dans une pochette de plastique. Il examine à la loupe un anneau d'or, assez plat, et note le nom.

C'est effectivement une chance incroyable, car le nom est inscrit en toutes lettres. Alors que d'habitude, sur les alliances, on ne grave généralement que les prénoms des époux et une date. Or l'anneau d'or porte un nom et un prénom, plus une date.

Le registre des mariages confirme la date d'un mariage à Londres, qui correspond à celle inscrite sur l'alliance.

L'épouse... Susan... sans profession. L'époux Ronald, profession pompier.

Le surintendant reçoit dans son bureau le caporal Ronald Meyer, pompier, en uniforme. Il a l'air brave, mais pas tellement à l'aise. Il ne sait pas pourquoi on l'a convoqué.

– Caporal... vous avez été marié ?

– Oui, monsieur. Divorcé.

– Il y a combien de temps ?

Le surintendant sait. Il l'a vu sur le registre de l'état civil, mais il a pour principe de toujours poser une question dont il connaît la réponse. Pas pour la réponse, pour la manière dont elle est donnée.

Le caporal est un garçon costaud, à l'allure franche et loyale, qui approche de la trentaine, et qui regarde ses souliers pour dire :

– Deux ans et demi.
– Vous ne voyez plus votre femme ?
– Non, monsieur.
– Depuis combien de temps ?
– Depuis le divorce, monsieur.

Le surintendant Carliff ne fait aucun effet de voix ou de style, il annonce tranquillement :

– Eh bien, caporal, nous avons retrouvé votre femme.

Ronald Meyer, Ronnie pour ses camarades de caserne, ouvre des yeux ronds :

– Retrouvé ?
– Le squelette de l'église, c'est elle. Vous êtes au courant du squelette de l'église... caporal...
– J'ai vu ça dans les journaux, monsieur... mais... vous êtes sûr que c'est elle ?
– Elle portait encore son alliance. C'est pourquoi je ne vous demanderai pas de reconnaître Susan Meyer... Il en reste si peu... Mais il n'y a aucun doute, il s'agit bien d'elle...
– Si vous le dites, monsieur.
– Ça ne vous étonne pas, caporal ?
– Si, monsieur.

Le surintendant sourit légèrement :

– Quoi, caporal ?

Ronnie Meyer ne comprend pas.

– Qu'est-ce qui vous étonne ? Le fait qu'on l'ait retrouvée dans les décombres de l'église ? Ou bien qu'elle porte encore votre alliance, alors que vous étiez divorcés ?

Très malin le surintendant. En posant ces deux questions, il attend aussi une troisième réponse.

– Pour l'alliance... ma belle-sœur m'avait dit qu'elle avait disparu quelques jours après le divorce... Je suppose qu'elle ne l'avait pas encore ôtée...

Le surintendant incline la tête :

– C'est très probablement la raison... en effet.

Mais il constate, en silence, que le caporal ne s'est pas encore étonné du lieu de la découverte. Il aurait également pu dire : « Je ne savais pas qu'elle était morte. » Ou quelque chose d'approchant. Or il a cherché une réponse à la présence de l'alliance. C'est tout.

Bizarre. L'homme est bien noté dans son corps, le surintendant s'est rapidement renseigné. Il est apprécié de ses amis, couvert d'éloges pour son courage. Ses voisins n'en disent que du bien. Son capitaine aussi.

– Pourquoi avez-vous divorcé, caporal ?

Ronnie Meyer regarde à nouveau ses pieds. Un timide, peut-être.

– Ben... on s'entendait pas, ma femme et moi.

Mais il regarde le surintendant en face pour ajouter :

– On était d'accord sur le divorce, ça s'est fait sans histoires, et d'un commun accord.

– Merci, caporal.

Le surintendant ne soupçonne pas forcément Ronnie Meyer d'avoir étranglé sa femme. D'abord il y a deux femmes. Un mari divorcé d'un commun accord n'a déjà pas tellement de raisons d'étrangler son ex, alors pourquoi une autre femme ?

Dans la même journée, le surintendant perquisitionne au domicile de l'ex-madame Meyer. Abandonné depuis la disparition de sa locataire, le petit appartement est resté en l'état, dépoussiéré de temps en temps par la sœur de Susan. Il est inhabité. Au mur, quelques photos. Le squelette était blond, Susan aussi, blonde décolorée. Une permanente soigneusement agencée. Des yeux agrandis par un maquillage voyant. L'air un peu bébête, se dit le surintendant, mais sympathique. Des robes un peu suggestives.

Il fait le tour des penderies, des tiroirs et tombe devant un secrétaire, fermé à clé, qu'il demande à un agent d'ouvrir.

Le policier, qui a pourtant l'habitude, a du mal.

– On dirait qu'il a déjà été forcé, sans résultat.

Ce n'est qu'un petit secrétaire qui ne doit pas abriter la fortune de la Banque d'Angleterre. Il ne contient, en effet, rien d'extraordinaire, sinon une enveloppe, portant une adresse : « Bridgett Claim, 18 Bradford Street. »

Il n'y pas de timbre. Pas de nom d'expéditeur au dos. Et l'écriture, comparée à d'autres documents, est celle de Susan Meyer. Le surintendant décachète l'enveloppe, et en sort une simple feuille de correspondance, non datée, sur laquelle Susan a écrit :

« Bridgett, c'est toi qui as brisé mon ménage. Je n'aurais pas cru ça de ta part. Tout est fichu maintenant à cause de toi. »

C'est tout.

Au 18 Bradford Street, la concierge répond avec empressement que Miss Bridgett n'habite plus là depuis une bonne paire d'années. Elle n'a pas sa nouvelle adresse, et personne ne l'a, car Miss Bridgett a disparu justement depuis une bonne paire d'années...

– Comme ça, sans prévenir... qui aurait cru...

Au fichier des personnes signalées disparues, Bridgett a été enregistrée, sur demande de sa famille. La date de cette disparition correspond à celle de Susan Meyer.

Bridgett était sténotypiste, amie de Susan, maîtresse de son mari. Et elles sont mortes toutes les deux ensemble, probablement le même jour, à la même heure, étranglées de la même manière.

Le surintendant s'enferme avec le dossier, pour réfléchir. Le caporal pompier Ronald Meyer devient évidemment le suspect numéro un. Mais le mobile ? Quel serait son mobile ? Le divorce a été prononcé par consentement mutuel. Il avait tout loisir de vivre avec sa maîtresse sans pour autant supprimer sa femme. Une histoire d'argent ? Personne n'est riche dans cette histoire. Un comportement sadique ? Sa vie conjugale, ses amis, les femmes qu'il a connues avant et après, n'en font pas état.

Le caporal Ronald Meyer est un type normal, courageux. Un peu timide en dehors de son métier. Et pourtant c'est le suspect du surintendant Carliff. Pourquoi ?

– Parce que ça ne peut être que lui !

C'est la réponse du surintendant à son chef.

Pour mieux cerner le suspect, Carliff va discuter avec son capitaine de caserne.

– Courageux…
– Oui, ça, je sais.
– Quelle coïncidence…
– Quel genre de coïncidence ?
– L'église. Notre brigade a éteint l'incendie il y a quelques mois. Et Meyer s'est donné un mal fou, comme d'habitude. S'il avait su que sa femme était dessous…
– À mon avis il le savait, capitaine.
– C'est impossible. Ce n'est pas Meyer. Un élément comme lui, aussi dévoué. D'ailleurs, la nuit de l'incendie, il aurait pu y rester, si je ne l'avais pas arrêté.
– Arrêté ?
– Il voulait passer par un soupirail et atteindre les sous-sols pour attaquer le feu à la base. J'ai hésité, et il était trop tard. Mais finalement tant mieux, car je ne crois pas qu'il aurait eu le temps d'installer une lance. Il y serait plutôt resté.
– Il connaissait le sous-sol de l'église ?
– Peut-être. Aucune idée.
Le surintendant tient le détail qui lui manquait pour conforter son opinion. Pour cacher les deux corps il fallait connaître le sous-sol. Meyer le connaissait.
Mais le surintendant, lui, n'a pas idée du mobile. C'est agaçant un crime sans mobile apparent.
Faute de mobile, il reconvoque le caporal Meyer, pour tenter sa chance.
Mal à l'aise le caporal. Convoqué deux fois, c'est mauvais. Il se doute bien que le surintendant a quelque chose derrière la tête.
– Un détail, caporal… J'ai besoin d'un simple détail.
Il observe sa proie. Car, à cet instant, le suspect est une proie pour un policier comme le surintendant Carliff. Il faut être un chasseur malin. Prudent. Poser ses pièges sans en avoir l'air. Face à quelqu'un qui n'a aucune raison d'avouer, sans preuves matérielles contre lui, il faut être encore plus malin que malin. Renard.
– J'aimerais bien savoir, par quel hasard… enfin à la suite de quelles circonstances plutôt, vous avez…
Le caporal est attentif, le visage incliné, il attend.

La suite ne vient pas immédiatement. Le surintendant plisse les yeux, tournicote son crayon, puis enchaîne :

– Parce que après tout... il n'y a aucune raison évidente à cela... n'est-ce pas ?...

Le caporal Meyer renifle le piège, ça se voit, et c'est bon signe.

– Bref... j'aimerais connaître les circonstances qui vous ont permis de vous familiariser avec le sous-sol de l'église.

Le visage du caporal s'éclaire. Il respire. Il est soulagé. Comme s'il se disait « ouf ». Mais il tarde un peu à répondre. Ce ne doit pas être si facile pour lui de répondre...

– Je vous écoute...

– Eh bien... en fait... j'ai aidé le pasteur autrefois...

– Ah. Dans les années ?...

– Je ne sais plus... j'étais jeune, les années cinquante.

Le surintendant se lève, en souriant :

– Vous m'excusez une minute ?

Le caporal reste seul dans le bureau. Dans son dos, un agent garde la porte comme d'habitude, silencieux et maussade. Quelques minutes passent.

Le surintendant rouvre la porte, l'air un peu pressé, et s'adresse au caporal depuis le seuil :

– Je viens de joindre le pasteur. Il ne se souvient pas du tout de vous. Ni de quelqu'un d'autre en fait... Vous n'auriez pas une autre explication ?

Meyer en a sûrement une. Il devait se douter de la faiblesse de la première. S'il en a une, c'est que le piège fonctionne.

– Je crois que c'était à la chorale. Quand je chantais à la chorale.

Le surintendant vient se rasseoir en face de son suspect. Il est content.

– Je ne crois pas, caporal. J'ai la liste des personnes qui ont participé à cette chorale depuis la nuit des temps. Et vous n'y êtes pas. Par contre, j'ai le nom de votre femme, Susan, et aussi de Bridgett... votre maîtresse.

Le caporal blêmit. Son front se couvre de sueur

sous le choc, il tente tout de même de se raccrocher à la perche que lui tend le policier :

– Ça doit être ça... c'est lorsque je venais les chercher à la chorale... enfin je veux dire... ça me revient...

– Les répétitions avaient lieu dans la sacristie... pas au sous-sol...

– Oui, mais c'est-à-dire que on a dû y aller quelquefois, comme ça, par curiosité...

– C'est inexact. Le bedeau dit qu'il en fermait toujours la porte... J'ai sa déclaration.

La proie s'est mise à découvert. Finalement c'était assez simple, cette chasse. Le caporal a compris qu'il est suspect, qu'il ne s'en sortira pas comme ça, que le policier va jouer avec lui indéfiniment au chat et à la souris. Alors il regarde ses chaussures :

– C'est moi qui les ai tuées.

Sa confession est assez simple elle aussi.

Il est venu chercher sa maîtresse à la chorale, un soir, alors qu'il était divorcé depuis quelques jours seulement. Et son ex-femme était là. Elle a voulu lui parler. Elle l'a entraîné dans le réduit attenant à la sacristie. Et là, elle lui a demandé une somme énorme, exorbitante, qui n'était pas prévue du tout dans les modalités du divorce. Il a refusé, elle s'est mise en colère, la dispute a dégénéré, et, de rage, il l'a étranglée. Sur place. C'est à ce moment qu'il s'est aperçu de la présence de Bridgett. Curieuse, elle avait voulu écouter ce que se disait le couple, et avait donc assisté au crime. Nouvelle dispute. Bridgett voulait le dénoncer à la police, il l'a étranglée aussi.

Il ne lui restait plus qu'à trouver les clés du bedeau, celles qui ouvraient la porte du sous-sol. Elles étaient bêtement accrochées au mur. Il a caché les deux cadavres, très vite. Sans même les enterrer, sans précaution. Une cachette dérisoire, qui aurait été découverte sans l'incendie de la vieille église.

Mais le pompier n'est pas criminel et incendiaire. C'est un cierge qui a mis le feu à une niche, sous laquelle se trouvaient d'autres cierges, rangés sur une étagère de bois. Et il y avait tant de bois.

Le caporal, une fois sur les lieux de l'incendie, a trouvé ce brasier providentiel. Il voulait courageusement pénétrer dans l'église par le soupirail, non pas pour y éteindre le feu, mais pour traîner les deux cadavres dans les flammes. C'était une chance formidable pour lui.

Hélas ! Le capitaine a eu peur de risquer la vie d'un homme si courageux, d'un élément si dévoué, et il l'a retenu, au dernier moment.

Réclusion à vie pour le caporal Meyer.

Une nouvelle église a été construite en face de la boutique d'Ursula, de ses bocaux de thé, de gâteaux, de menthe, et de gingembre confit.

Elle est en béton, évidemment.

À LA MANIÈRE DE...
(Ils avaient lu Patricia Highsmith)

Nul n'a encore pu déterminer s'il existait ou non un gène propre à l'assassin. S'il y avait quelque part, enfoui dans le cerveau de ceux qui tuent, l'instinct du crime. Probablement parce que le fait de tuer est le résultat d'un mélange, de l'association de plusieurs éléments. Untel qui tue n'aurait peut-être pas tué si... la jalousie, la passion, l'ambition, la haine, le lucre, la faiblesse, la peur, la provocation n'avaient joué un rôle déterminant. Mais tel autre, placé devant les mêmes circonstances, ne tuera pas.

L'explication la plus simple d'un meurtre ou d'un assassinat, c'est que celui qui tue se débarrasse d'un problème vivant. S'il s'agit d'un meurtre, il s'en débarrasse de manière impulsive. Une réaction, en quelque sorte. S'il s'agit d'un assassinat, il s'en débarrasse après mûre réflexion. Avec préméditation. Et le meurtrier n'est pas condamné, en principe, aussi gravement que l'assassin. Le meurtrier a des circonstances atténuantes. L'assassin n'en a guère.

Prenons un homme exaspéré par sa femme, une harpie dotée de tous les défauts, une véritable pousse-au-crime. S'il l'étrangle dans un mouvement de colère… on le lui pardonne relativement. En revanche un homme qui veut se débarrasser de sa femme pour en prendre une autre, ou hériter, ou Dieu sait quoi d'autre, simplement parce qu'elle l'embarrasse, s'il l'étrangle en disposant soigneusement un piège, en faisant croire, par exemple, qu'elle s'est pendue toute seule, on ne le lui pardonne pas.

L'assassin de madame Stephanie Cordelle, à New York, en 1968, et l'assassin de madame Elena Strauss, à Munich, en 1968, n'appartiennent pas à ces deux catégories. Il en est une troisième, rare heureusement. Exceptionnelle. Sauf dans les films d'Hitchcock ou les romans policiers. Les auteurs du crime parfait. Dont chacun sait en principe qu'il n'existe pas. Puisque chacun n'a en mémoire que des tentatives de crimes parfaits… qui ratent.

Voici donc, pour illustrer ce prologue, deux crimes parfaits.

Deux assassins. Deux victimes. Deux styles différents. Deux mobiles… ou le même ?

New York. Le ciel est noir, si noir que l'Hudson River a pris une couleur d'ardoise. Il fait froid, et l'assassin grelotte depuis trente minutes dans sa Chevrolet. Il a arrêté le moteur, il n'ose pas allumer de cigarette par peur de se faire repérer, il n'ose pas sortir de sa voiture pour faire les cent pas. En face de lui une villa de style californien, insolite sous ce ciel noir. L'homme est blond, en imperméable, d'apparence solide, la mâchoire carrée. Il fixe avec une attention soutenue l'extrémité de l'avenue, sursautant chaque fois qu'une voiture apparaît.

Cet homme est un assassin qui a prémédité son crime et qui attend de l'exécuter.

La victime arrive dans une petite voiture japonaise,

rapide, nerveuse, et qui ralentit à peine devant la porte du garage automatique. C'est une femme, elle actionne une ouverture à distance et s'engouffre dans le garage de la villa dont le battant se referme aussitôt.

Il est 18 h 48. Dans sa Chevrolet, l'assassin surveille la pendule du tableau de bord. Il est nerveux car l'instant approche. Il a cinq minutes devant lui et, cette fois, il peut griller une cigarette, car ces cinq minutes vont lui paraître longues... et il ne risque plus d'attirer l'attention de sa victime puisqu'elle est à l'intérieur, au chaud, dans la grande villa californienne, vivante encore.

18 h 49. L'assassin tire sa troisième bouffée de cigarette.

À l'intérieur de la maison, la victime se débarrasse de son manteau. La quarantaine passée, une robe d'excellent couturier qui ne parvient pas à lui redonner l'élégance de ses vingt ans. Le corps est un peu flasque, gras, la chevelure d'un roux synthétique, trop flamboyant, les yeux marqués sous le maquillage agressif.

18 h 50, l'assassin fouille dans sa poche et crispe la main sur son arme. Doit-il retirer dès maintenant le cran d'arrêt?... Il hésite, renonce, et tire encore deux bouffées coup sur coup.

Dans la maison, la victime ôte ses chaussures de ville, aux talons trop pointus, et grimace de soulagement en posant enfin ses pieds douloureux à plat sur le carrelage. Stephanie Cordelle refuse de vieillir et de se regarder en face. Elle souffre à vrai dire pour rien, car elle serait plus agréable avec des cheveux auburn, des chaussures plates et un tailleur sport. Plus sympathique sans ce rimmel trop noir et ce rouge à lèvres trop rouge. Elle enfile des mules et passe au salon.

18 h 51. L'assassin écrase sa cigarette dans le cendrier de la Cadillac. Il n'a plus le temps d'en allumer une autre. Il surveille l'avenue, les phares d'une voiture qui passe le poussent à se glisser sur le siège afin de se protéger d'éventuels regards indiscrets.

Dans la maison, la victime allume le poste de télévision, fait le tour de tous les dessins animés de toutes les chaînes... C'est l'heure des enfants. L'heure où la télévision se charge de calmer les moutards, à la place des parents. Madame Cordelle n'a pas d'enfants, elle éteint le poste, agacée, et cherche un magazine sur la table basse.

18 h 52. L'assassin s'oblige à respirer calmement, lentement. Il frotte ses mains sur le tissu de son pardessus verdâtre. Une sorte de moiteur l'envahit. Il a des crampes dans les jambes, et ne cesse de surveiller la porte d'entrée de la villa.

Dans la maison, la victime feuillette un magazine de mode et se plonge dans un article détaillant les nouvelles techniques de lifting. L'arrêt des bombardements au Viêt-nam décidé par le Président Johnson, qui est annoncé en première page, ne la passionne guère.

18 h 53. L'assassin ouvre la portière de la Chevrolet d'une main un peu tremblante. Il sort sans prendre garde à la pluie qui commence à tomber marche rapidement vers la villa, monte les trois marches du perron et sonne. Il remet aussitôt la main dans sa poche, saisit l'arme, et ôte le cran de sécurité.

Dans la maison, la victime abandonne le magazine ouvert sur le canapé, se lève, traverse le salon, franchit le hall et ouvre la porte. L'assassin reconnaît la conductrice de la voiture japonaise, celle qu'il guettait.

– Vous êtes madame Cordelle ?

– Oui, monsieur.

– Votre mari ne vous a pas parlé de moi ?

– Ah c'est vous ! Entrez.

L'assassin et la victime sont en présence, il est 18 h 54. Madame Cordelle referme la porte d'entrée. L'assassin fait mine de retirer son pardessus derrière elle, mais lorsque la victime se retourne, il sort de sa poche le revolver, dont il vide le chargeur nerveusement, à bout portant, et en fermant les yeux à chaque détonation.

Munich. Cinq semaines plus tard. Il est 12 h 45. L'assassin est dans la rue. Il fait froid et il est enveloppé d'un pardessus de cachemire beige, en contemplation devant la vitrine d'une boutique élégante de la Bayerstrasse. Il y a là des boîtes à cigares en loupe d'orme, des étuis à cigarettes en laque, des briquets de salon, des cendriers de cristal. La rue est animée, c'est l'une des plus élégantes de Munich.

Au troisième étage d'un appartement bourgeois, d'un immeuble bourgeois, de cette même rue bourgeoise, madame Elena Strauss examine le travail de sa femme de ménage, qui vient de partir. Un doigt sur les étagères de la bibliothèque... un doigt sur les disques... On ne se méfie jamais assez de ces femmes turques, qui n'ont selon elle qu'une notion approximative du lustrage des meubles.

Elena Strauss est une femme d'apparence froide et sèche, vêtue d'un pantalon et d'un pull. On pourrait hésiter sur le sexe, s'il n'y avait une vague ondulation dans les courts cheveux gris, et une ombre discrète de rouge sur les lèvres.

12 h 46. L'assassin observe dans la vitrine un pot à tabac en porcelaine, surmonté d'une pipe de bruyère. En réalité il regarde partir la femme de ménage turque, reconnaissable à son fichu colorié, à son cabas, et à sa mine fatiguée. Il la suit des yeux quelques secondes sur le trottoir, pour s'assurer qu'elle ne fait pas demi-tour.

Dans l'appartement, la victime se dirige vers une cuisine ultra-moderne, pourvue d'un congélateur dont elle ouvre la porte. Après quelques secondes de réflexion, elle en sort un paquet fumant de froid. Des harengs surgelés qu'elle pose sur la table de formica blanc.

12 h 48. Dans la rue, l'assassin progresse d'une vitrine à l'autre, vers l'entrée de l'immeuble. Il stoppe devant une boutique de parfums, située juste en face de cette entrée. Le froid est si vif qu'il remonte le col de son pardessus, enroule son écharpe autour de son cou, très haut, jusqu'au menton, et baisse son chapeau sur ses oreilles.

Les parfums français sont hors de prix à Munich.

Dans la cuisine de l'appartement, madame Helena Strauss plonge les harengs surgelés dans une casserole design, émaillée de blanc et de noir, et tourne le bouton de la plaque électrique. Elle se rince les mains et choisit, parmi les boîtes de jus de fruits, un jus de pamplemousse en provenance de Jaffa.

12 h 49. Dans la rue, l'assassin se détourne de la vitrine, avance au bord du trottoir, un coup d'œil à gauche, à droite, il traverse rapidement, et se retrouve devant l'entrée de l'immeuble. Il s'assure que le couloir est vide, y pénètre, et examine les boîtes aux lettres. Il lit : Strauss, 3e étage gauche, et se dirige vers l'escalier.

Dans la cuisine de l'appartement, la victime enfile un gant de coton épais pour ouvrir la boîte de jus de fruits sans se blesser. Elle verse le jus dans un verre, retire le gant, jette un œil sur la casserole, et place sur la table de formica un plateau préparé avec une assiette, un couvert et une serviette de papier fleurie.

12 h 50. L'assassin est dans l'escalier. Petit, trapu, les cheveux noirs et courts, il a relevé son chapeau, et gravi en souplesse les marches du premier étage, puis du deuxième, et du troisième. Les escaliers ne sont pas très durs, il n'y a donc pas d'ascenseur, et les pas de l'assassin sont étouffés par une moquette épaisse. Il reprend son souffle tout de même, un souffle de concentration, et non de fatigue, vérifie dans sa poche droite la présence de quelque chose de mince. Et sonne à la porte.

Dans la cuisine de l'appartement, la victime fronce les sourcils. Elle n'aime pas être dérangée à l'heure du repas. Elle tourne le bouton de la plaque électrique, par sécurité, sort de la cuisine, traverse le salon bibliothèque-coin salle à manger, tire la tenture de la porte du couloir et ouvre.

– Vous êtes madame Strauss ?
– C'est moi, monsieur.
– Votre mari vous a parlé de moi ?
– Ah c'est vous ? Entrez.

Tandis que madame Strauss referme la porte, l'homme passe devant elle, sort de sa poche une cordelette de nylon, se hausse sur la pointe des pieds pour la passer rapidement autour du cou de la victime. Ce n'est pas un expert en la matière, et la femme va se débattre longtemps avant qu'il ne puisse quitter l'appartement, en sueur, essoufflé, tremblant de tous ses membres, et le col de son pardessus de cachemire déchiré.

À New York, cinq semaines plus tôt, les voitures de police se sont garées devant la villa de style californien, sur les bords de l'Hudson River. Une armée de spécialistes a envahi la maison. Un policier en civil interroge Martin Cordelle, quarante-trois ans, dont la femme vient d'être assassinée.

– Vous n'avez aucun soupçon ?

– Non. Comment voulez-vous ? Nous ne sommes pas des gens en vue, ma femme n'avait pas de problèmes particuliers avec qui que ce soit... D'ailleurs ça me paraît clair, non ?

Le veuf montre d'un geste épuisé le désordre de l'appartement, les meubles renversés, les tiroirs ouverts.

– Tout ce qui avait un peu de valeur a disparu. L'assassin cherchait de l'argent, sûrement, et il n'en a guère trouvé. Dans le sac de ma femme, c'est tout.

La table basse est renversée, le magazine sur le tapis montre toujours le « avant » et « après » du lifting du siècle, le sac est ouvert, son contenu répandu sur le sol, maquillage, boîte de poudre, rouge à lèvres, parfum, tout l'attirail d'une femme coquette. Et un porte-monnaie vide.

– Il a dû emporter une centaine de dollars... c'est tout. Ma femme se servait surtout de cartes de crédit. Et il ne les a même pas prises.

– Je sais, monsieur Cordelle, mais il arrive que les cambrioleurs soient des gens que l'on connaît. Le plus souvent, l'indicateur est un familier de la maison. Vous n'avez pas changé de domestique ? Une femme de ménage, une employée ?

– Non...

– Il faut que nous parlions de votre petite amie, monsieur Cordelle...

Martin Cordelle regarde le policier, étonné :

– Je vous l'ai dit, je l'ai rencontrée il y a peu de temps, nous nous sommes connus pendant un voyage, et elle est à New York depuis trois semaines seulement. Elle est espagnole et ne connaît personne ici.

À Munich, les voitures de police ont envahi la rue. Les inspecteurs en civil et les policiers en uniforme font un va-et-vient incessant dans l'escalier de l'immeuble de la Bayerstrasse.

Albert Strauss, quarante-huit ans, est effondré sur une chaise de la cuisine, devant le plateau du déjeuner de sa femme.

– Je n'étais pas sûr de rentrer, une conférence à l'agence de voyages. Je me suis décidé vers 13 h 30, et voilà…

Albert Strauss semble résister difficilement à une douleur insoutenable. La vision de sa femme, étranglée dans le couloir de l'appartement, l'a secoué.

L'enquêteur est intrigué. Rien n'a disparu dans l'appartement, qui est demeuré impeccablement en ordre. La femme de ménage a été entendue, sans résultat, elle est passée d'un ménage à un autre, dans un immeuble voisin, et la pauvre femme, maigre et fatiguée, aurait eu bien du mal à étrangler sa patronne avec une cordelette de nylon. Dans quel but d'ailleurs ? Quant au mari, il était à son agence de voyages avec ses employés, il est insoupçonnable.

Si l'enquêteur est intrigué, c'est que l'explication qui vient la première à l'esprit est celle d'un cambrioleur, dérangé après son crime, et qui n'aurait pas eu le temps de voler. Mais l'immeuble est d'un calme serein. Personne n'a entendu quoi que ce soit ou fait de bruit au premier étage. Au deuxième il n'y a personne, et au-dessus c'est le toit. Par qui et comment aurait-il été dérangé, ce cambrioleur ?

– Votre femme avait-elle une relation ? Disons clairement un amant ?

– Ma femme ?

Monsieur Strauss a un regard si étonné que le policier n'insiste pas. Le visage revêche que l'âme de la malheureuse Elena Strauss vient d'abandonner sur la moquette du couloir n'autorise guère de spéculations dans ce domaine.

– Et vous, monsieur Strauss ?... Pardon de vous ennuyer avec ça... cela n'a pas l'apparence d'un crime de femme, mais avez-vous une relation ?

Monsieur Strauss hausse les épaules avec découragement.

– Si l'on peut dire, oui. Une connaissance faite en voyage...

– Elle est à Munich ?

– Depuis trois semaines seulement... Nous nous sommes connus à Majorque, à l'hôtel Formentor. Elle s'occupait d'une agence de voyages, alors... Mais ça n'a plus d'intérêt, maintenant... D'ailleurs elle ne connaît personne ici.

À New York, l'enquête sur la mort de madame Stephanie Cordelle a piétiné. L'impasse. Ni indice, ni mobile, à part le vol. Pas d'empreintes, pas de témoignages. La police a entendu la maîtresse de Martin Cordelle, une jeune Espagnole de vingt-six ans, ravissante, aux yeux immenses et noirs. Maria Mendez n'a rien d'une scandaleuse. Elle a suivi les cours d'une école d'hôtesses et a connu Martin Cordelle lors d'un congrès des agents de voyages à Majorque. À l'hôtel Formentor. La jeune femme n'en est pas à sa première liaison, mais celle-ci semble plus durable, elle a prévenu sa famille à Barcelone de son intention d'aller vivre aux États-Unis. Elle ne peut en aucun cas être impliquée dans le meurtre de la femme de son amant actuel. Elle était en rendez-vous ce jour-là et à cette heure-là, avec un futur employeur à New York.

À Munich, c'est la même impasse. Indices nuls, pas de témoins. Enquête en rade. La « relation » d'Albert Strauss vivait à Rome, elle était employée dans une agence de voyages Luisella Porta, une Italienne d'une rare beauté, aux cheveux blond vénitien et aux yeux pers, a connu Albert Strauss, ainsi qu'il l'a dit, lors d'un congrès. Elle l'a rejoint à Munich où, parlant allemand, italien et anglais parfaitement, elle a trouvé rapidement un job. Le jour et à l'heure du crime, Luisella Porta participait à une conférence internationale en tant qu'accompagnatrice et traductrice d'un homme d'affaires italien. Elle est totalement hors de cause.

Les deux crimes ne se ressemblent pas. Ils ont eu lieu l'un à New York et l'autre à Munich. Seules les professions sont les mêmes pour les deux maris des victimes. Agents de voyages. Et ils ont tous deux une maîtresse. Une Espagnole et une Italienne. Mais la police de New York n'a aucune raison d'être mise au courant d'un fait divers criminel à Munich, et vice versa. De même, les deux rencontres entre amants et maîtresses se sont produites à l'hôtel Formentor de Majorque. Mais chacun l'a mentionné sans hésitation, et comme les deux enquêtes ne sont pas parallèles, que rien ne les relie dans l'esprit de la police... cela n'a pas d'importance.

Le petit grain de sable vient d'un obstiné par principe. C'est un policier milanais, à qui la police allemande a demandé les renseignements d'usage sur la jeune et jolie Luisella Porta. Luisella, la maîtresse de Munich, est insoupçonnable. Il s'agissait seulement d'une enquête de routine. Il fallait bien mettre quelque chose dans le dossier du procureur.

La même demande a été faite, toujours par routine, pour Maria Mendez. Mais...

C'est à Rome que se trouve le grain de sable obstiné. Sans lui, cette histoire n'aurait jamais été révélée. Elle ferait partie de ces crimes parfaits que nous soupçonnons, mais auxquels nous n'assistons jamais en détail, et pour cause.

L'obstiné se nomme Nizzio. Inspecteur Nizzio. Petit, fouineur, Romain dans l'âme et d'une obstination d'archéologue. C'est son tempérament. Il s'est rendu à l'adresse indiquée sur le passeport de Luisella, il a vu les parents dont il n'a pas appris grand-chose, il s'est rendu ensuite à l'agence de voyages, où on lui a confirmé que la jeune femme était un excellent élément, d'un professionnalisme parfait, et qu'elle avait vécu pendant trois ans, avec un jeune footballeur, des amours tumultueuses. Le footballeur était sicilien, et jaloux.

Jaloux, c'est un point commun à beaucoup d'Italiens. Mais lorsqu'un Romain entend parler d'un Sicilien, et qu'il s'agit de l'obstiné inspecteur Nizzio... Cela lui met la puce à l'oreille.

Nizzio va donc interroger le footballeur, alors que personne ne le lui a demandé. Alors qu'en principe un amant délaissé et jaloux s'attaquerait ou à sa maîtresse ou à son rival. Mais pas à la femme de ce rival. Nizzio y va quand même. Une idée comme ça...

L'apollon a les traits réguliers et la grâce du discobole. Beau comme un dieu du stade, mais un petit pois dans la tête.

Oui, il était amoureux, et oui, il était jaloux. Les dernières semaines de son union avec Luisella furent donc très mouvementées. Il ne refuse pas d'avouer qu'il s'est même rendu aux Baléares, à l'hôtel Formentor, où elle se trouvait pour son travail, afin de la surveiller et de la surprendre. Et il l'a surprise.

– Avec Albert Strauss ? demande l'inspecteur Nizzio, mine de rien.

– Exactement.

– Vous l'avez vu, lui ?

– Ça oui, je l'ai vu.

– Vous vous êtes bagarrés ?

– Une fois, au bar de l'hôtel On a failli se battre, mais ça a tourné court.

– Vous étiez où, le 2 novembre 1968 ?

– À Milan, pour un match.

Alibi incontestable. Il y a les photos, les résultats du score, les interviews dans la presse. Il ne pouvait être en Allemagne en train d'étrangler, Dieu sait pourquoi, la femme de son rival, qui elle ne lui avait rien fait.

Évidemment, un Sicilien peut toujours commanditer un crime de loin, la Mafia est là pour ça. Mais là encore, c'était le rival ou Luisella...

– Donc vous avez failli vous bagarrer.

– Ben oui. J'étais tellement énervé qu'en entrant dans le bar la première fois, j'ai vu Luisella avec un type, un petit mec trapu, j'ai cru que c'était lui son amant, je me suis jeté dessus, sans rien écouter, j'étais mort de rage, et là-dessus voilà qu'un autre type arrive, un grand blond, avec des mâchoires carrées, des dents blanches, et c'était lui, le salaud... J'ai pas eu le temps de me retourner, les loufiats de l'hôtel m'ont viré. Je m'étais gouré de mec... J'avais pas l'air malin...

– Il s'appelait comment l'autre ?

– C'était un Ricain, un certain Cordelle... Un petit mec trapu, moins bien que l'autre... Ça les a pas empêchés de boire un coup ensemble tous les trois, et moi de me faire vieux sur la plage... J'ai laissé tomber.

Si le jeune footballeur a laissé tomber, l'inspecteur Nizzio, sans qu'on le lui demande, reniflant peut-être une sombre histoire de coucherie dans cet hôtel, décide de faire une chose qui va bouleverser les deux enquêtes.

Car, encore une fois, jamais les polices de New York ou de Munich n'auraient pu établir le moindre lien entre les deux affaires. Jamais la police de New York n'aurait dû s'inquiéter du fait qu'à Majorque, aux Baléares, à l'hôtel Formentor, six mois plus tôt, un certain Martin Cordelle avait rencontré un certain Albert Strauss. La police américaine n'a pas à savoir qui est monsieur Strauss, et la police allemande à savoir qui est monsieur Cordelle.

Mais, du fond de son petit bureau à Rome, l'inspecteur Nizzio, l'obstiné, expédie une demande d'information aux États-Unis. « Avons besoin de renseignements sur Martin Cordelle, qui se trouvait à l'hôtel Formentor à Majorque en septembre 1968, congrès des agences de voyages. Stop. »

Interpol est là pour ça. Washington transmet à New York, qui répond : « Martin Cordelle, agent de voyages, 43 ans, demeurant à New York, etc., épouse assassinée à son domicile, le 18 novembre 1968, vers 19 h 00, heure locale. »

L'inspecteur Nizzio a bien droit à son jambon de Parme, un de ses plats préférés. Et la ronde des télégrammes continue.

C'est ainsi que l'on apprend d'un côté et de l'autre de l'Atlantique que :

Albert Strauss a débarqué à l'aéroport Kennedy d'un avion de la Lufthansa, le 17 novembre, veille du crime à New York. Il a loué une voiture, une Chevrolet, qu'il a rendue le lendemain. Il a séjourné trois jours à l'hôtel Belmont et a quitté New York par un vol Lufthansa. Le signalement suit : blond, grand, mâchoires carrées, dents blanches.

Le seul témoin qui passait dans la rue à 19 heures a signalé un homme blond au volant d'une voiture.

Et l'on apprend aussi que Martin Cordelle s'est posé à Munich, le 23 décembre dernier. Qu'il a loué une voiture, qu'il a passé la nuit à l'hôtel Leopold. Qu'il a repris un vol pour New York en début d'après-midi, le lendemain.

C'est ainsi que les deux assassins sont démasqués. Parce qu'un petit inspecteur italien et obstiné a conclu dans son coin :

– Ces deux-là ont lu Patricia Highsmith, et ils ont vu le film d'Hitchcock, *L'Inconnu du Nord-Express*... Échanger son crime, d'un pays à un autre, face à des polices différentes, l'un tuant au revolver et l'autre à la cordelette de nylon, à cinq semaines d'écart. Impossible d'établir un rapprochement.

Et ils avouent, les deux auteurs de crimes presque parfaits. Martin Cordelle a eu le coup de foudre pour Maria Mendez, la belle Espagnole aux yeux noirs, la superbe hôtesse de l'hôtel Formentor. Et Albert Strauss a ravalé sa cravate de désir, devant l'inoubliable Luisella Porta, la blonde Romaine aux yeux pers, qui assistait au congrès.

L'un pour sa beauté, l'autre pour sa fortune, peu importent les mobiles de ces demoiselles, ils ne sont pas condamnables en justice.

Et les deux amoureux éperdus de la quarantaine, ayant chacun, à domicile, qui une rousse synthétique et fatiguée, qui une asexuée aux cheveux gris, se sont parlé. Leur destin semblable les a rapprochés. Ils se sont mutuellement confié leurs amours, et se sont découvert le même obstacle. Comment se débarrasser d'un obstacle vivant ? Comment se débarrasser des deux ?

Tu flingues la mienne, j'étrangle la tienne… ni vu ni connu, je t'embrouille avec les fuseaux horaires.

Préméditation : lourdes charges, lourdes peines. Les deux agents ne sont plus du voyage, ils tournent en rond chacun dans une cellule. D'un continent à l'autre elles se ressemblent tellement, que l'on y croupit de même. En bons faux jumeaux du crime presque parfait.

LA MIDINETTE TARDIVE

Dans les ruines de l'Allemagne de l'Ouest, après la guerre, la jeunesse mâle est rare. Les derniers combattants du Reich avaient à peine seize ans pour certains lorsque l'ultime furie nazie les jeta dans la bataille.

Sutterlin s'en est sorti blessé. Il a vingt-cinq ans dans les années cinquante. Vingt-cinq ans, c'est jeune pour un ancien combattant.

En fait il n'a connu que la guerre, et a du mal à s'insérer dans une vie civile normale. Dans une jeunesse normale. Quel métier pratiquer lorsqu'on a été élevé dans les Jeunesses hitlériennes à manier la mitraillette, à obéir aux ordres, à l'âge où l'on a des boutons sur le nez et où on devrait grimper aux arbres ? Les marques sont indélébiles.

Sutterlin n'a même plus de prénom. Dans l'armée, dans les camps, on a seulement un matricule et un nom. Sur la porte de l'appartement qu'il a loué, dans ce qui reste debout à Berlin, une plaque indique seulement Sutterlin-Photographe.

C'est un garçon de taille moyenne, brun, aux yeux

noirs, aux sourcils épais, au front marqué d'un petit pli vertical qui lui donne en permanence un air soupçonneux.

Il sort de chez lui chaque matin vers dix heures, pour se rendre dans un café, où il lit les journaux en prenant son petit déjeuner.

Il ne s'en est pas aperçu, mais depuis plusieurs semaines un homme l'observe. Un agent de l'espionnage est-allemand sous contrôle soviétique, évidemment. Son métier de photographe indépendant, fournissant du matériel à des journaux et des magazines très différents, lui permettant de rencontrer des gens également très différents, de fréquenter des lieux très différents... a attiré l'attention des services secrets de l'Est. L'homme chargé de le surveiller a fait un rapport qui semble convenir.

– Cynique, sans scrupules, impulsif. Communiste sans passion. Il est aigri ; selon lui la société allemande l'ignore, on ne reconnaît pas sa valeur, on ne fait rien pour ceux qui ont risqué leur vie pour l'Allemagne.

Autrement dit cet homme est bon à prendre. Le communisme peut lui offrir une chance de combattre cette société allemande. Une revanche en quelque sorte.

En 1955, Sutterlin est contacté par les services de l'Est qui ont jugé que ce jeune homme était prêt à tout, même à trahir, pour justifier sa vie, après les ruines et le désastre.

Deux ans plus tard, un individu fort important, Leonid Prokhorov, s'intéresse aux renseignements que fournit Sutterlin. Ce Prokhorov n'est que le deuxième secrétaire de l'ambassade d'URSS en Allemagne de l'Ouest. Poste en apparence peu extraordinaire. Mais dans les ambassades soviétiques de l'époque, et il n'y a pas si longtemps encore, les secrétaires d'ambassade ont toujours été des gens importants, secrètement.

Prokhorov fait engager l'agent Sutterlin par le KGB. Le saint des saints... où il prend le nom de code de Walter.

Et le KGB lui ordonne de devenir photographe mondain, d'accroître son activité dans ce sens, de militer dans l'association qui réclame la réunification de l'Allemagne, de travailler pour les services de la protection civile et le contre-espionnage de la RFA – qui n'existe pas officiellement puisqu'on l'appelle pudiquement « Service de Protection de la Constitution ».

À la fin des années cinquante, Sutterlin est devenu plus qu'un ancien combattant. C'est un espion confirmé, prêt pour une mission importante. Il ne gagne pas énormément d'argent. Le KGB n'a jamais été généreux en matière de remboursement de notes de frais. Il s'en plaint, il voudrait briller, rouler en voiture de luxe. Prokhorov le sait. Un deuxième secrétaire de l'ambassade soviétique, où qu'il soit, sait tout de ses agents, même les plus minables. Or Sutterlin est le contraire d'un minable. Il est beau garçon. Ce qui donne une idée à son manipulateur.

– Mon ami, si vous voulez servir notre cause... et améliorer votre train de vie, il vous faut voler plus haut.

La cause communiste d'abord, l'argent ensuite, c'est dans la dialectique convenue.

Sutterlin ne demande pas mieux mais comment faire pour voler plus haut sans moyens ?

– Votre arme principale c'est la séduction... Vous êtes beau, mon vieux... Vous devriez vous essayer auprès des femmes.

– Quelles femmes ?

– J'ai trois objectifs en vue pour vous.

Le deuxième secrétaire sort d'une enveloppe verdâtre (on manque de papier en Allemagne de l'Est, en Russie aussi... et les enveloppes sont chères...) trois photographies de femmes.

Sutterlin les examine, en professionnel. De l'espionnage, car les photos ne sont pas formidables. Personne n'a posé, et pour cause : ce sont des documents pris dans la rue, par un espion, et au téléobjectif.

– Laquelle préférez-vous, Sutterlin ?

L'espion séducteur fait la moue sur la première... insignifiante ; la deuxième a l'air d'un dragon... et la troisième n'est vraiment pas jolie.

Prokhorov ramasse alors les deux premières photos, les remet dans son enveloppe verdâtre, et laisse la troisième sous le nez de son agent :

– C'est pourtant celle-là que je vous ai choisie...

– La raison ?

– C'est la plus inabordable, la plus incorruptible. Rien qui nous permette de penser qu'elle puisse devenir espionne. Rien dans son passé. Une bonne chose, cela écartera les soupçons du contre-espionnage.

– Elle fait quoi dans la vie, cette « beauté » ?

Sutterlin est décidément arrogant. Mais Prokhorov fait partie des individus mâles qui croient à l'efficacité de l'arrogance avec les femmes, surtout avec les laides. Déstabiliser les individus semble être son credo.

– Cette demoiselle travaille au cabinet du sous-secrétaire du personnel et de l'administration... au ministère des Affaires étrangères. À ce titre, elle a donc accès à un certain nombre de documents classés « confidentiels », « secrets » et « très secrets ». Nous savons que son chef de service se repose entièrement sur elle. Il a en elle une confiance absolue, et méritée d'ailleurs. De plus, elle a également accès au bureau du ministre de la Défense Franz Joseph Strauss...

Sutterlin examine encore la photo de la femme décrite par Prokhorov. Terne, vraiment. Sans aucun charme.

– Que savez-vous d'elle sur le plan personnel ?

– Sérieuse, ponctuelle, compétente. Elle vous paraîtra d'abord froide et distante. Nous pensons que ce comportement est dû à ses nombreux échecs sentimentaux. Il y a quelques années elle a connu un jeune homme, il s'est tué dans un accident. Et il y a trois ans elle était la maîtresse d'un homme d'âge mûr, d'apparence respectable. Cet homme respectable lui a avoué tardivement qu'il était marié. Rupture donc, et depuis elle vit en célibataire. Nous avons l'impression que la solitude ne la satisfait pas totalement, et l'effraie même un peu.

Prokhorov a fouillé la vie de cette femme, étudié son comportement, comme si le personnage lui appartenait, le dépouillant de ses secrets les plus intimes, de ses amours, de ses déceptions... C'est assez horrible, mais Sutterlin est devenu un espion modèle, froid, indifférent à cette indécence morale. La seule chose qui le préoccupe, c'est pourquoi on l'a choisi, lui.

– Sa psychologie, que nous avons étudiée pour déterminer les moyens de pression utilisables, et ses réactions éventuelles face à des situations déterminées, nous a conduits à vous. L'acheter ? Il ne faut pas y compter. Trop honnête, et elle n'a pas de gros besoins. Trop courageuse pour céder au chantage. D'ailleurs, pour la faire chanter, il faudrait fabriquer un motif de toutes pièces, et ce serait très difficile car elle est intelligente, et méfiante. J'ajoute que le simple fait de la contacter comporte certains risques. Comme tout le personnel de cette administration, elle est tenue d'informer immédiatement le service de sécurité de ce qui se passe dans sa vie sociale, familiale, de ses problèmes de santé, et des personnes qui entrent en relation avec elle...

Sutterlin fait la moue :

– Dans ces conditions je ne vois pas comment je peux réussir ?

– Le défaut dans la cuirasse de cette femme, le seul... c'est son sentimentalisme. L'un de nos psychologues a fait d'elle un portrait parfait, en la qualifiant même de « midinette tardive ».

– Quel curieux diagnostic... en clair ?

– L'unique chose qui puisse l'aveugler, lui faire perdre le sens du réel, c'est l'amour...

– L'amour ? Vous y allez fort...

– Beaucoup plus que vous ne semblez l'imaginer, mon cher Sutterlin... car votre mission est claire, et voici les ordres : vous vous rendez à Bonn, vous tombez amoureux de cette femme, en simulant évidemment, et vous l'épousez ! Elle s'appelle Eleonor Heinz. Mes félicitations, Sutterlin !

Décembre 1959. Sutterlin vit donc à Bonn, capitale politique de l'Allemagne de l'Ouest.

Le don juan espion a alors trente-cinq ans, quelques cheveux gris sur les tempes qui ajoutent à son charme.

En ce mois de décembre, il fait un froid démoralisant, mais Sutterlin est en pleine forme. Un bouquet de roses rouges à la main, il sonne à la porte d'Eleonor Heinz. Il ne l'a pas encore rencontrée cette « midinette tardive » selon les critères du KGB.

La femme qui lui ouvre est entre deux âges, cheveux châtains ternes, taille moyenne, des lunettes. Une robe noire, un modeste collier de perles sur un décolleté chaste, une apparence austère.

– Oui ?

– Euh, excusez-moi, je cherche mademoiselle Eleonor Heinz.

– C'est moi, monsieur...

– Ah bon ? Il doit y avoir une erreur alors. excusez-moi...

– Quelle erreur ? Je suis Eleonor Heinz !

– Mais... bon... alors vous n'avez pas une sœur ?

– Non, monsieur.

Sutterlin, en homme courtois et galant, son bouquet à la main, semble très embarrassé...

– Je... pardon de vous poser la question, mais vous vivez seule ici ?

– Bien entendu...

– Alors je suis désolé. Vraiment désolé... C'est un quiproquo regrettable... Voyez-vous, j'ai rencontré hier une jeune femme qui m'a dit s'appeler comme vous... Je devais lui rendre visite aujourd'hui... et... Oh je suis désolé, vraiment.

Eleonor Heinz a un sourire indulgent, amusé aussi. L'homme est charmant et il a l'air tellement penaud...

– Je suis navrée pour vous, monsieur. Ici il n'y a que moi. J'ai peur que vous n'ayez été victime d'une mauvaise plaisanterie...

Le bouquet de roses rouges pique du nez vers le sol, et Sutterlin a la mine d'un amoureux de Peynet éconduit.

– Je vois... excusez-moi alors... vous voyez, il y a peu de temps que je suis à Bonn... Je ne suis pas très au courant des usages... J'imagine que cette jeune femme a trouvé un excellent moyen de se débarrasser de moi...

Sur cette constatation humiliante, Sutterlin salue tristement en marmonnant :

– Décidément... les femmes et moi...

Il fait quelques pas sur le palier puis se retourne, brusquement, style « grand timide qui se jette à l'eau ».

– Si j'osais, mademoiselle...

Il tend le bouquet de roses rouges.

– Faites-moi le plaisir d'accepter ces fleurs, au moins elles ne seront pas perdues...

Bien joué, Sutterlin. Le coup du type sympathique et correct, qui connaît des avatars sentimentaux... Eleonor accepte les fleurs en souriant. Elle se voit instantanément invitée à dîner. Comment dire non à ce malheureux, perdu dans la ville, et qu'une femme vient de tourner en ridicule ?

Au service Z. B9 du ministère des Affaires étrangères, les collègues d'Eleonor observent un changement dans son attitude. Enjouée, chaleureuse tout à coup, c'est une autre femme que la secrétaire taciturne et froide qu'ils ont l'habitude de côtoyer. Eleonor se fait éclaircir les cheveux, change de robes, opte pour des couleurs gaies... et au bout de quelques jours encore, son bonheur devenant par trop évident, elle rend compte au service de sécurité, ainsi qu'elle le doit, de sa nouvelle fréquentation. Le service enquête ne découvre rien d'anormal dans le curriculum vitae du prétendant, et le 12 décembre 1960, un an plus tard donc, l'espion Sutterlin, nom de code Walter, câble à Leonid Prokhorov : « Adressez félicitations à votre protégé pour son mariage à Cologne. »

Manière d'annoncer la réussite de sa mission, et de demander de nouvelles instructions

Instructions qui lui seront désormais données par un certain colonel Runge. Établi en Allemagne de l'Ouest depuis 1955, sur ordre du KGB, Runge est d'une efficacité remarquable ; il est rapidement monté en grade, et manipule plusieurs réseaux. C'est le genre sympathique, un physique qui fait irrésistiblement penser à un acteur américain, grand spécialiste des comédies hollywoodiennes, Fred Mac Murray. Bonne humeur et sourire toujours agréable, humour léger, élégance classique, en costume bleu croisé et cravate de soie grenat. Il rencontre Sutterlin rapidement.

– Sutterlin, les ordres sont simples… extrêmement simples… Comme vous le savez votre épouse occupe discrètement un poste clé. Vous devez tirer d'elle tout ce que vous pourrez. Le maximum. Tous les documents qui lui passent par les mains doivent être photographiés par vous. Elle les emprunte pour un instant, et les remet en place ensuite… Vous voyez, c'est simple.

– Simple… non. Je dirais même que ce n'est pas si facile. D'accord nous sommes mariés, d'accord elle est très amoureuse de moi, mais elle n'est pas communiste du tout. Elle en est loin. Comment m'y prendre ?

– Nous y avons pensé pour vous. Il faut caresser cette femme dans le sens du poil. Puisqu'elle est plutôt dans le camp des nationalistes, et anticommuniste… c'est par là que vous devez la prendre, si j'ose dire… Voyons, vous faites partie vous-même de la Kuratorium Unteilbares Deutschland… Vous devez donc vous faire passer pour un fervent partisan de la réunification allemande. Cette association, qui réclame la réunification, ne doit pas avoir de membre plus passionné que vous ! Vous en faites état, vous le glissez dans les conversations, et vous glissez également que pour que cet idéal ait des chances de se réaliser, il faut absolument que la « Kuratorium » soit mise au courant des décisions politiques prises à l'Ouest. Autrement dit, le devoir de votre femme, et elle est une femme de devoir… son devoir de patriote est d'aider les anticommunistes en les informant ! C'est clair ?

– C'est clair…

Il faut admettre dans cette histoire que les « psy » du KGB connaissent affreusement bien leur métier… Car Sutterlin réussit parfaitement.

Durant six années, amoureuse, confiante, engagée, Eleonor écume le ministère des Affaires étrangères. Sa position exceptionnelle lui permet parfois de subtiliser des rapports d'ambassades allemandes, avant que le ministre lui-même en ait pris connaissance.

Et cette femme est heureuse en ménage. Heureuse en amour! Les soirées avec Sutterlin, les petits dîners, l'amour avec Sutterlin, tout est parfait. Jamais elle n'aurait espéré refaire sa vie de cette manière. Eleonor est une femme comblée, et le KGB aussi.

Voyons quelques exemples de renseignements qu'il reçoit par l'intermédiaire de l'époux parfait d'Eleonor Heinz.

«Clef du système d'alarme de l'OTAN...» «Rapport sur les missions d'espionnage de l'Allemagne de l'Ouest à l'étranger...» «Rapport sur les manœuvres de l'OTAN de 1964 à 1966...» «Plan d'exception du gouvernement de...» «Rapport sur les procédés de chiffre et les codes du ministère des Affaires étrangères...» «Compte rendu du ministre des Affaires étrangères sur la réunion du Conseil des ministres de l'OTAN à Ottawa en 1963...» «Plan de l'OTAN en cas d'alarme à Berlin...»

Le procédé est effectivement simple, ainsi que l'avait affirmé le colonel Runge. Eleonor se sert parfois d'une serviette de cuir à double fond, parfois d'un journal, abandonné sur la table de la cantine où son mari vient la rejoindre pour déjeuner. Sutterlin photographie alors les documents qu'elle vient de subtiliser, et Eleonor les remet en place dès le début de l'après-midi. Absence courte, risques nuls. Deux mille neuf cents documents sont ainsi passés à l'Est, parmi lesquels mille classés «secrets», et cinquante classés «très secrets».

Eleonor n'a pas une seconde le sentiment de trahir... Elle croit participer à la lutte anticommuniste, alors que son époux bien-aimé reçoit, en échange, beaucoup d'argent du KGB. Car il a atteint un excellent niveau. Il est enfin riche, sa compétence reconnue, belle revanche pour le petit photographe qui errait dans les ruines de Berlin après la guerre, en maudissant cette société qui ne lui offrait aucun avenir...

C'est alors, paradoxalement, que le KGB prend peur. En effet les documents sont si importants et si nombreux... que le grand corps d'espionnage soviétique se demande si par hasard ils ne seraient pas faux! Si les grands «psy» et les grands manipulateurs ne seraient pas victimes d'une manœuvre d'intoxication! La mariée est trop belle en quelque sorte, et la maladie des espions, c'est l'espionnite. J'espionne qui m'espionne, et on m'espionne en train d'espionner...

Ordre est donné au colonel Runge de cesser tout contact avec le couple Sutterlin. Runge est furieux, son affaire marche si bien, et il proteste, sûr de la loyauté du couple. En vain. On ne proteste pas au KGB.

Sutterlin, lui, ne voit qu'une chose: sa source de revenus est tarie. L'argent est son mobile, l'argent est sa passion. Il se présente donc à Prokhorov, sans préalable ni contact, ni intermédiaire, lequel le reçoit froidement.

– Vous commettez une erreur grave, Sutterlin. En venant me voir à mon bureau, ici, sans demande préalable, et sans précautions élémentaires... Ne serait-ce que pour cela, le KGB ne reviendra pas sur sa décision. Les ponts sont rompus; nous n'avons plus besoin de vos services, vous ne figurez plus sur la liste de nos agents... Si vous tentez le moindre contact à l'avenir, votre dossier sera communiqué au contre-espionnage de l'Allemagne de l'Ouest. C'est clair?

Tout est toujours clair au KGB, dans ce genre d'affaires. Sombre et clair. Dans ce métier on ne fait pas de cadeaux. Jamais. Un ordre est un ordre, une fin de non-recevoir en est une, et une menace en vaut dix.

Le colonel Runge lui-même en fait les frais d'une manière inattendue...

En octobre 1967... le 10 exactement, le colonel et sa jolie femme Valentina, qui travaille avec lui, avertissent leur supérieur hiérarchique de ce qu'ils considèrent comme une bonne nouvelle...

– Valentina est enceinte, nous allons avoir un deuxième enfant.

Le supérieur hiérarchique répond aussitôt:

– Pas question! Impossible. Que Valentina se fasse avorter!

Il est des interdits qui dépassent les bornes. Valentina veut cet enfant. Un enfant n'a rien à voir avec le KGB. Son ventre lui appartient... Mais le «niet» est sans équivoque.

Le colonel pousse son épouse à obéir.

Quelques jours plus tard donc, Runge vient déclarer à son supérieur que l'opération a eu lieu. Valentina a les traits tirés, elle a subi un choc En compensation de cette obéissance absolue, Runge demande à être envoyé aux États-Unis. Une petite faveur pour un gros sacrifice...

Réponse du supérieur hiérarchique:

– D'accord, Runge, à une seule condition, élémentaire bien entendu: que vous laissiez en Russie votre fils...

Sourire chafouin de l'officier...

– Il est jeune, il a besoin d'une éducation soviétique... Les États-Unis pour un enfant... Vous êtes d'accord, j'en suis certain...

En réalité et comme toujours, un élément de la famille sert d'otage, de garantie de retour... On ne le dit pas, on argumente logiquement.

Cette fois, Runge se révolte. Ce sont des choses qui arrivent, en dépit des grands discours des psychologues du KGB: à force de tirer sur la corde, elle se rompt.

Le 10 octobre 1967, Runge et son épouse Valentina demandent l'asile politique aux autorités américaines de Berlin-Ouest. Deux jours plus tard, après vérification de leurs dires, ils comparaissent devant le chef de la CIA, lequel s'est déplacé spécialement car la proposition est alléchante.

En échange de leur passage immédiat aux États-Unis, de leur liberté, et de leur protection, les époux Runge livreront les réseaux qu'ils contrôlent en Allemagne de l'Ouest. Or, dans ces réseaux, figurent deux des meilleurs agents du KGB.

L'un, Leopold Pieschel, n'est autre que l'élégant et discret maître d'hôtel de l'ambassade de France à Bonn.

L'autre, c'est le couple Sutterlin, qui ne font qu'un par mariage...

Une journée d'octobre, douce et rousse, la nuit tombe doucement sur le jardin de la ravissante villa des Sutterlin. Le maître de maison admire les dahlias et chrysanthèmes que son épouse y a plantés. Il est 17 heures lorsqu'une voiture s'arrête silencieusement devant la grille du jardin. Deux hommes encadrent Sutterlin : les policiers du contre-espionnage de Bonn viennent de s'emparer de l'agent « Walter ».

À la même heure très exactement, Eleonor est arrêtée, dans son bureau du ministère des Affaires étrangères. Le ministre, prévenu à l'avance, n'y croyait pas... Et Eleonor réalise, d'un coup, qu'elle travaillait pour le KGB. Le choc est si terrible que frappée de stupeur la pauvre femme reconnaît les faits, immédiatement. Sa seule défense étant qu'elle croyait renseigner les anticommunistes.

Eleonor n'est pas au bout de ses désenchantements. Elle apprend la vérité vraie, la seule en fait qui compte pour elle, quelques jours plus tard, de la bouche de son avocat.

– J'ai organisé votre défense... ce n'est pas si grave... En premier lieu, toute cette affaire repose uniquement sur le témoignage de Runge. Un témoignage écrit qui n'a qu'une valeur relative devant un tribunal. Runge est en Amérique, la CIA lui a promis protection et ne le laissera jamais venir en Allemagne pour témoigner directement à votre procès... D'autre part, on voit mal ledit tribunal se transporter au grand complet aux États-Unis pour y entendre son témoignage oral... donc il me sera relativement facile de faire valoir que les « aveux » du colonel sont suspects. Il avait évidemment tout intérêt à gonfler votre rôle, pour monnayer au mieux son passage à l'Ouest... De plus... et c'est l'argument le plus important...

Un instant l'avocat hésite devant le regard franc d'Eleonor. Sait-elle ? De toute façon, il faut en passer par là...

– Le plus important c'est que vous êtes une victime...

– Une victime stupide, j'ai cru aider à la réunification allemande en aidant cette association...

– Ce n'est pas ce que je veux dire... Vous êtes réellement une victime... Vous n'avez pas encore été confrontée à votre mari ?

– Non...

– À propos de votre mari, le colonel Runge est formel... Il était auprès de vous en mission...

Eleonor pâlit. Se cramponne à la table. L'avocat embarrassé se réfugie dans son dossier. Faire autant de mal à une femme pour assurer sa défense, c'est dur. Mais de toute façon, elle l'aurait su...

– Dites-moi la vérité, maître, cette idée me hante depuis que je suis en prison... je la refuse, je ne parviens pas y croire, toutes ces années... non, c'est impossible. Dites-moi que c'est impossible !

– Le colonel Runge est précis, madame Sutterlin, j'ai sa déposition écrite, il dit à ce sujet : « Les ordres du KGB pour Sutterlin étaient : "Vous vous rendrez à Bonn, vous simulerez l'amour et vous épouserez Eleonor Heinz." »

Eleonor Heinz se tait. Elle n'est plus que silence.

Le lendemain, à cinq heures du matin, une gardienne la découvre pendue aux barreaux de sa cellule. Elle s'est servie de son pyjama.

Les « psy » du KGB avaient affreusement raison, son seul point faible c'était l'amour. Jusqu'à la mort.

Mais Sutterlin, lui, en apprenant le suicide de sa femme, éprouve un soulagement formidable.

L'horrible monsieur, le don juan du KGB, pourra assurer sa défense plus facilement en l'absence de son épouse. Vivante elle l'aurait accablé. Morte, elle lui permet de paraître moins traître qu'il ne l'est. De dire ce qu'il veut...

Il a de la chance l'espion Sutterlin. Effectivement, le tribunal n'ira pas entendre de vive voix le témoignage de Runge aux États-Unis...

Il a vraiment de la chance, l'espion Sutterlin. Car le KGB, estimant que ses déclarations peuvent se révéler embarrassantes, propose de l'échanger contre un espion occidental travaillant à l'Est...

Mais Sutterlin a appris son métier, et se méfie de la chance. Bien que les deux parties Est-Ouest soient d'accord pour cet échange, il refuse. Il préfère affronter les tribunaux de l'Ouest plutôt que le KGB. Pourtant, le KGB n'a pas grand-chose à lui reprocher... Il a fait son « boulot ». Ce n'est pas sa faute si les grands manitous de l'Est ont eu peur que ce boulot soit trop bien fait. Ce n'est pas sa faute si Valentina Runge voulait un enfant...

Mais on ne sait jamais... Et puis peut-être aussi préfère-t-il vivre à l'Ouest du rideau de fer...

Le 28 novembre 1969, il est condamné à sept ans de prison par le tribunal de Cologne.

Sept ans de mariage, sept ans de prison... qu'une femme en soit morte n'a pas dû beaucoup l'empêcher de dormir.

LE SECRET DE LA FALAISE

La vieille madame veuve Crock est insupportable. Infernale. Elle ne démord pas de son idée.

– C'est ici Scotland Yard, oui ou non ? Oui ? Alors je veux parler à un détective.

Le secrétaire qui lui barre le passage depuis une bonne demi-heure a les nerfs qui lâchent.

– Madame Crock, vous avez déjà parlé à trois détectives...

– Il le faut bien, personne ne m'écoute.

– Mais si, madame, on vous écoute, on ne fait même que ça depuis une semaine...

Madame veuve Crock tape du pied et de son parapluie en même temps, comme si elle inventait une nouvelle version de *Singing in the rain*.

– Bon sang !... Vous n'êtes qu'un sous-fifre... Qu'est-ce que vous pouvez comprendre à un assassinat ?

– Asseyez-vous, madame Crock, je vais voir ce que je peux faire pour vous...

Le pauvre secrétaire détale dans un couloir de Scotland Yard, à la recherche d'un supérieur quelconque. Qu'on lui dise de jeter cette femme à la porte, ou par la fenêtre, qu'un détective s'en occupe, qu'on prévienne les fous, qu'on appelle la police... mais qu'on l'en débarrasse.

Le détective de service à la criminelle lui tape dans le dos :

– Eh ben la voilà l'idée, mon vieux, appelez donc la police...

– Mais...

Nous sommes à Scotland Yard, en 1958. Appeler la police ? C'est une plaisanterie...

– Non, mon vieux. On va coller cette enquiquineuse à un commissariat local. Envoyez-la donc avec ce mot au commissaire Pick de Chesham. Pick s'ennuie, quand il n'est pas à la pêche. Ça l'occupera.

Madame veuve Crock est donc expédiée en bonne et due forme, mais sans mode d'emploi, au commissaire Pick. Avec ce mot :

« Débrouillez cette affaire. Le chef vous la confie. »

Scotland Yard se débarrasse ainsi de l'enquiquineuse. Il faut comprendre : l'immense bâtiment néogothique, ancienne résidence des rois d'Écosse, et qui abrite alors les services de police, traite environ cinq cent mille crimes ou délits par an. Le téléphone du Yard, le 999, sonne vingt-quatre heures sur vingt-quatre. Le C.I.D., Criminal Investigation Department, occupe trois mille inspecteurs. Ils n'ont pas le temps de chômer ni de s'occuper outre mesure d'une vieille folle comme madame Crock. Car elle est folle. Le premier, le deuxième et le troisième inspecteurs qui ont eu, chacun à leur tour, le plaisir de l'écouter sont arrivés à cette même conclusion.

C'est une plaisanterie d'un goût douteux que d'expédier cette pauvre dame au commissaire Pick de Chesham, dont chacun sait qu'il va prendre sa retraite cette année, ne parle plus que de pêche au saumon et de serre d'orchidées.

Crâne chauve, luisant sous la lampe verte du plafonnier de son bureau, le commissaire Pick est grognon.

– Le chef… Sir Robert en personne ? Faites entrer cette madame Crock…

Parapluie et chapeau en avant, madame veuve Crock envahit aussitôt l'univers du commissaire Pick. Et il comprend, le vieux commissaire à qui on ne la fait plus. Ces petits sadiques du Yard se sont débarrassés sur lui d'une affaire minable, derrière laquelle il n'y a probablement que le délire de cette malheureuse veuve. Eh bien tant pis. Puisqu'on veut rire, puisqu'on lui offre, en cadeau de départ, la veuve Crock sur un plateau, il va s'en occuper. Après tout, ils en feraient une tête là-haut dans leur pigeonnier, les superflics du Yard, si elle avait vraiment assassiné son mari, cette dame au chapeau vert…

Car il est vert le chapeau. Vert le parapluie. Verte la rage :

– On se moque de moi, commissaire, c'est la quatrième fois que je donne les détails du crime…

– C'est la dernière, madame Crock… Donc vous auriez empoisonné votre mari, avec des pilules de morphine ? Ça existe les pilules de morphine, madame Crock ?

– Bien entendu…

– Et où vous les procuriez-vous ?

– À la pharmacie…

– Tiens, tiens… avec une ordonnance, je présume ?

– Bien entendu…

– Expliquez-moi ce détail, madame Crock, s'il vous plaît ?

– Vous au moins vous êtes aimable, et vous vous intéressez à mon crime… Ça fait plaisir… Voilà… mon époux, Dieu ait son âme, souffrait d'une maladie incurable. Le docteur lui avait donné des pilules de morphine. Il ne devait en prendre qu'en cas de douleur insupportable… voyez-vous… et je vous avoue que le pauvre homme ignorait à quel moment la douleur était supportable ou ne l'était plus… vous comprenez ?

– Parfaitement…

– Il faut dire qu'il m'agaçait aussi...

– Votre mari ?

– Mais oui... il a prétendu être malade toute sa vie... Une maladie nouvelle tous les matins... Des médicaments de toute sorte dans toute la maison. Un jour c'était le foie, un jour l'estomac, ou la tête, ou le dos... Quarante ans de maladie imaginaire... et avec les progrès de la pharmacie... commissaire, vous imaginez son bonheur. Il achetait des pilules, comme vous des boules de gomme !

– Venons-en au fait. Il vous agaçait depuis quarante ans parce qu'il disait être malade, sans l'être... Pourquoi lui a-t-on délivré de la morphine alors ?

– Parce que cette fois il avait gagné !

– Gagné ? À la loterie ?

– Si l'on veut. Il était vraiment malade. Une vraie maladie incurable. Les os... tout s'en allait en poussière... Il en souffrait affreusement. La morphine était là pour ça...

– Donc vous l'avez empoisonné ?

– C'est cela.

– Racontez-moi le processus...

– Il y a trois mois de cela, c'était la nuit, il se plaignait depuis le matin. Il avait déjà pris je ne sais combien de morphine... J'en ai eu assez, je lui ai donné d'autres pilules. Je me disais : Mary Charlotte... tu fais une bêtise. Tu ignores la dose du jour, il va peut-être mourir, avec ce supplément. Et il est mort effectivement. Au matin, Dieu me pardonne, il était tout froid.

– Ah. Vous avez appelé un médecin ?

– Bien sûr, le docteur Mattews, qui s'occupait de lui.

– Et il a délivré le permis d'inhumer ?

– Cet imbécile a déclaré qu'il s'agissait d'une crise cardiaque.

– Votre mari était cardiaque ?

– Il le disait depuis des années.

– Il se soignait pour cela ?

– Il avalait des tisanes de je-ne-sais-quoi...

Le commissaire Pick réfléchit au cas de la veuve Crock. Le décès de son mari est peut-être normal. S'il ne l'est pas, et qu'elle l'a volontairement abreuvé de morphine, quel était son mobile ?

– Je vous l'ai dit, il m'agaçait. Je me suis dit : Mary Charlotte, il a envie de mourir depuis si longtemps, voilà tant d'années qu'il ne cesse de te répéter que sa mort est imminente... Aide-le une fois pour toutes et qu'on n'en parle plus... Vous voyez ? Je me suis conduite comme une meurtrière.

– C'était peut-être un accident. Le médecin n'a rien relevé d'anormal... Pourquoi vous dénoncer maintenant ?

– Ah, commissaire... que faites-vous du remords ? Ça me tourmente la nuit cette histoire... Je me dis : Mary Charlotte, si tu ne lui avais pas donné ces deux pilules, il serait encore à se plaindre à côté de toi... Tu l'as tué... dénonce-toi.

– Parfait, madame Crock... Je vais ouvrir une enquête.

– Une enquête ? Pour quoi faire ? Je suis l'assassin... arrêtez-moi !

– Ce n'est pas si simple, madame Crock... Je dois entendre tous les témoins de l'affaire.

– Il n'y en a pas... Il n'y a que moi...

– Et le docteur Mattews, son ordonnance, le nombre de pilules, la pharmacie qui les a délivrées... vous comprenez ? Le dossier doit être parfait pour permettre au tribunal de vous condamner...

– Me condamner ? Ah ? mais c'est une autre histoire... On peut aussi me déclarer innocente, j'espère ?

Folle, cette pauvre madame Crock... Mais le commissaire Pick a décidé de relever le défi. Après tout, c'est vrai qu'il s'ennuie. Depuis six mois on ne lui confie presque plus rien d'intéressant. Pas la peine, puisqu'il doit passer la main... Alors l'histoire de cette madame Crock va l'occuper jusqu'à la retraite.

Ça commence par une balade sur la lande, à quelque quarante kilomètres du bourg. Le docteur Mattews habite une ferme isolée. Le vent d'avril souffle si fort qu'il a dû tendre un grillage par-dessus le toit de chaume pour l'empêcher de s'envoler. Les arbres tournent le dos à la mer, arc-boutés vers le sol, pour résister. Devant la ferme, un énorme chien noir, debout à l'extrémité d'une chaîne, bat l'air de ses pattes avant en ouvrant une gueule énorme. Il doit aboyer furieusement, mais le commissaire ne l'entend pas. Le vent emporte ses rugissements vers la mer.

Le docteur Mattews ressemble à sa maison. Une touffe de cheveux gris sur la tête, comme un toit de chaume, le visage buriné à l'image des murs de sa vieille ferme. Il n'est pas si vieux pourtant. La quarantaine.

Il répète en hurlant dans le vent :

– Commissaire Pick ?

– De Chesham... Je peux entrer ? On ne s'entend pas ici.

Le docteur Mattews s'efface, à regret semble-t-il. Il a l'air un peu inquiet.

– C'est à quel sujet ?

– Oh, une simple question, pour une enquête.

– Une enquête ?

Décidément, il est inquiet ce docteur. Et il vit comme un sauvage. Sa ferme est meublée rustiquement, à l'ancienne. Des objets simples, un vieux fauteuil de cuir, une cheminée qui fume et un vieux chat qui crache. Pas aimable du tout.

– Il n'est pas à moi, il est entré là il y a quelques jours, au début de la tempête, et je n'arrive pas à m'en débarrasser.

– Vous vivez seul, docteur Mattews ?

– Oui. Bien entendu...

Pourquoi « bien entendu » ? se demande le commissaire Pick. Il aurait pu répondre « depuis longtemps », ou « malheureusement », ou oui tout court... ou non tout court...

– Dites-moi, docteur, il y a quelque temps, vous avez rédigé un acte de décès concernant monsieur Crock...

– Monsieur Crock ?

– Un de vos malades apparemment. Un entrepreneur de Chesham...

– Ah oui... en effet, effectivement...

– Vous vous souvenez ?

– Euh, oui… bien entendu…

– De quoi est-il mort, ce monsieur Crock ?

– D'une crise cardiaque…

– C'est cela. Eh bien, figurez-vous, docteur… que madame Crock s'accuse aujourd'hui d'avoir empoisonné son mari avec de la morphine… Qu'en pensez-vous ?

Le regard bleu-gris du docteur Mattews semble fuir celui du commissaire. Il cherche une réponse aux quatre coins de la pièce.

– Eh bien, c'est impossible… bien entendu… impossible. J'ai procédé à un examen minutieux. Il s'agissait bel et bien d'une crise cardiaque… voyez-vous. J'en connais les symptômes…

– Cette madame Crock s'accuse pourtant… À votre avis, pourquoi ?

– Je ne sais pas… Elle est… parfois bizarre…

– Le besoin de se faire remarquer ?

– Possible…

– Deux pilules de morphine de plus… n'auraient pas provoqué cette crise cardiaque ?

– Pas à cette dose. Pas du tout. Non. Et les stigmates de la mort n'auraient pas été les mêmes…

– Bien, merci, docteur…

– C'est tout ?

– C'est tout. Au revoir, docteur…

Le commissaire Pick courbe le dos sous la tempête, passe devant le chien muet qui hurle dans le vent, les babines retroussées de fureur. Il ne doit pas voir grand monde celui-là…

Quelques jours plus tard, bien au chaud dans son bureau, devant une tasse de thé, le commissaire écoute le rapport d'un collaborateur chargé de se renseigner sur le docteur Mattews.

– J'ai vu le voisinage, discrètement… Il ne vit pas seul. Il y a une femme dans sa vie. July Popins, vingt-huit ans, plutôt jolie. Il lui fait la cour, mais tout le monde dit qu'elle ne veut pas l'épouser. Cette July a un frère de vingt-deux ans. Le docteur s'en occupe un peu comme s'il s'agissait de son fils. Il lui donne de l'argent assez souvent, le type m'a l'air d'en profiter.

À part ça, rien de spécial. Une gouvernante s'occupe de lui, une vraie pimbêche, rien à en tirer. On dit que c'est un original mais un bon médecin.

– Zut.

Le commissaire Pick râle, comme un gosse à qui on aurait retiré son jouet. Ça tourne court trop vite, cette histoire. Pas moyen de se distraire encore un peu…

– Tu as fouillé son passé ?

– Ah non, commissaire. Vous m'avez demandé une enquête de voisinage. De plus, le bonhomme a l'air normal… J'en dirais pas autant de votre cliente… Elle fait le pied de grue dans l'antichambre depuis ce matin. Complètement givrée la vieille, elle veut savoir quand on l'emmène en prison.

– Fais-la entrer…

Madame veuve Crock, son chapeau et son parapluie verts, pénètrent dans le bureau du commissaire Pick, façon tornade.

– Alors ? Vous l'avez faite cette autopsie ?

– Une autopsie ? Où avez-vous pris qu'on faisait une autopsie comme ça ?

– Quand il y a un crime, on fait une autopsie… Je sais ce que je dis, je l'ai lu encore ce matin dans *The Criminologist*, c'est un journal de Londres ! Sérieux !

Après tout, se dit le commissaire Pick, si la veuve elle-même réclame une autopsie, ça facilite les démarches administratives. Pourquoi pas ? Le docteur Mattews a pu laisser échapper le problème de la morphine…

– Nous allons procéder à une autopsie, madame Crock, je vous tiendrai au courant.

– Je veux signer mes aveux…

– Oui… oui… d'accord… mais après l'autopsie, hein ? C'est la règle…

Madame Crock se retire à regret, avec son parapluie et son chapeau.

– Ne traînez pas… Je suis une criminelle !

La porte refermée sur elle, le commissaire Pick et son collaborateur poussent un soupir de soulagement

– Appelle-moi le toubib… On va régler ça en vitesse.

– Vous poussez pas le bouchon un peu loin, commissaire ? Elle est dingue, ça se voit…

– Être dingue n'empêche pas de tuer. Au contraire, non ?

Argument valable.

Le corps du défunt monsieur Crock est donc exhumé en présence de sa veuve, du commissaire et du médecin légiste. Sont prélevés les éléments nécessaires à une autopsie pour recherche d'empoisonnement. Le défunt est alors remis en terre, et sa veuve en prière marmonne devant les fossoyeurs :

– Si tu avais su que la mort rendait les gens comme ça… Mon pauvre Herbert, tu aurais cessé d'être malade du jour au lendemain…

Vingt-quatre heures plus tard, le rapport du légiste parvient au commissaire Pick.

Pas de trace d'empoisonnement. Le malheureux est effectivement décédé d'une crise cardiaque, ainsi que le démontre l'examen du muscle cardiaque.

Bon, se dit le commissaire Pick. Il va falloir se débarrasser de la dingue.

L'histoire serait finie, en somme. Pas de crime, pas d'assassin…

Pas du tout.

Le commissaire n'a pas le temps d'affronter la terrible veuve Crock qu'une nouvelle étonnante lui parvient. La maison du docteur Mattews est en flammes, les pompiers sont arrivés trop tard pour éteindre complètement l'incendie, attisé par le vent de la lande. Il s'agirait d'un incendie criminel, et il y a un mort.

Le commissaire Pick contemple le désastre au petit matin, dans l'aube venteuse de ce printemps humide. Le chien furieux a disparu, quelqu'un a dû le détacher avant l'incendie. La gouvernante ne dort pas là heureusement. Et le cadavre calciné dans les décombres est méconnaissable. S'agit-il du docteur Mattews ? Un confrère rassemble les indices qui permettront peut-être de le dire.

– Même taille, même corpulence, la boite crânienne me parait convenir. La mâchoire aussi… et on a trouvé ses lunettes à côté de lui. La monture est en métal, elle a résisté au feu.

Les pompiers, eux, ont trouvé les restes d'un bidon d'essence. L'hypothèse de l'incendie criminel doit être retenue. Qui en voulait au docteur Mattews ? Madame Crock ? Pour avoir nié son soi-disant crime... Possible. Mais un suspect se dessine à l'horizon, beaucoup plus intéressant. Le frère de July Popins a disparu. On dit que ce garçon devait de l'argent au docteur Mattews. Qui le dit ?

La gouvernante. Acariâtre :

– Sous prétexte que le docteur était amoureux de sa sœur... il en prenait à son aise avec les économies du docteur... Un vaurien... je vous dis. Et la sœur... c'est de la graine de garce...

Le commissaire Pick lance un avis de recherche sur la personne de Dick Popins, incendiaire présumé. Et fait interpeller sa sœur.

July Popins tremble d'émotion. Une longue natte de cheveux blonds se balance derrière le dossier de sa chaise, chaque fois qu'elle dit :

– Non... Non... pas mon frère...

Le commissaire Pick la trouve assez jolie. Assez pour être naïve ou maligne. Allez savoir avec les femmes.

– Miss Popins, la gouvernante a déclaré que le docteur Mattews avait plus de dix mille livres dans son coffre-fort. Ces dix mille livres ont disparu. Nous n'avons trouvé dans le coffre, refermé sans combinaison, qu'un vieux journal à moitié calciné, qui a peut-être servi à envelopper l'argent. Ce journal est un journal de sport. Votre frère était passionné de sport... pas le docteur Mattews...

– C'est ridicule, Dick n'a pas pu faire ça...

– Miss Popins... Deux témoins l'ont vu hier soir à proximité de la ferme du docteur. La gouvernante affirme qu'il devait mille livres au docteur, et qu'elle les a entendus en parler tous les deux... On a retrouvé un bidon d'essence... Vous ne croyez pas que c'est beaucoup ?

– Dick n'est pas sérieux, il est étourdi, dépensier, et

ne fait pas grand-chose pour gagner sa vie, c'est vrai, mais ce n'est pas un assassin.

– Alors pourquoi a-t-il disparu ?

– Mais je ne sais pas...

– Quels étaient vos rapports avec le docteur Mattews ?

– Que voulez-vous dire ? Quels rapports ?

– Il était amoureux de vous ? Il voulait vous épouser, et vous ne vouliez pas de lui... exact ? Est-ce que vous ne profitiez pas un peu, vous et votre frère... de cette admiration qu'il avait pour vous ?

– Vous pouvez considérer la chose ainsi... si vous ne tenez pas compte du reste...

– Quel reste ?

– Vous connaissez son passé, j'imagine... On n'épouse pas un homme comme lui. En tout cas pas moi.

Le commissaire Pick fait la grimace. Le passé du docteur Mattews... bon sang... il y avait bien pensé, mais c'était au moment de l'enquête sur cette vieille folle...

– Je vous écoute, Miss... J'aimerais entendre votre version du passé du docteur Mattews.

Le collaborateur du commissaire Pick se retire en silence, il a compris ce que voulait dire le regard furibond du commissaire : renseigne-toi et vite !

Miss Popins raconte de son côté.

– Je connais son histoire depuis que je suis enfant. C'est un hasard. Le jour de son procès, j'étais en vacances au pays de Galles, et tout le monde en parlait. Je l'ai même vu sortir du tribunal. On l'avait jugé innocent, mais dans le pays les gens n'étaient pas d'accord. Ils ont hurlé après lui quand il est sorti. Ils le traitaient d'assassin...

– Et vous, qu'en pensiez-vous ?

– J'étais trop petite. Ma tante disait qu'il avait poussé sa femme de la falaise. Beaucoup de gens le disaient.

– Mais vous l'avez retrouvé des années plus tard, cet homme, et il est tombé amoureux de vous. Pourquoi ?

– Je n'y suis pour rien. Quand je suis venue m'installer dans le pays, le docteur Mattews y était déjà depuis neuf ans... Une coïncidence.

– Ah oui... une coïncidence... il s'installe dans une région où on ignore son passé, et vous, vous arrivez... une coïncidence... Combien vous a-t-il offert pour que vous vous taisiez ?

– Mais rien... Vous êtes monstrueux de penser une chose pareille... D'ailleurs, il ne savait même pas que j'étais au courant. J'avais neuf ans, je me souvenais vaguement de l'histoire et de son nom, mais je ne lui en ai jamais parlé ! Jamais !

– Et votre frère ? Comment expliquez-vous qu'il recevait si facilement de l'argent du docteur Mattews ?

– Si vous imaginez que mon frère le faisait chanter, vous vous trompez ! Il savait à propos du docteur Mattews. Et aussi qu'il était amoureux de moi... mais nous étions d'accord là-dessus. Il était gentil. Je n'étais pas attirée par lui, et il le savait. Je suis jeune, je n'ai pas encore choisi ma vie. Le docteur m'aimait bien, alors il aidait mon frère, c'est tout. D'ailleurs, pourquoi voulez-vous que l'on ait fait chanter le docteur Mattews ? Il était innocent, le tribunal l'avait libéré... Il ne craignait rien.

– D'accord, Miss Popins... voyons les choses de cette façon. Où est votre frère alors ?

– Je ne sais pas. Et je suis inquiète. Il n'a jamais disparu ainsi, et la bêtise la plus grave qu'il ait jamais faite c'est d'oublier de payer le garagiste qui lui répare sa moto... C'est un gosse.

Le commissaire Pick a un doute affreux tout à coup...

– Miss Popins, je vais vous demander de m'accompagner pour identifier le cadavre du docteur Mattews, vous voulez bien ?

– Non. J'ai horreur des morts, ils me font peur...

– Miss Popins... et si ce mort, c'était votre frère disparu ?

La pauvre jeune fille doit reconnaître qu'il s'agit bien de son frère. C'est Dick Popins, ce cadavre calciné. Quelques détails le prouvent sans ambiguïté.

Bon sang, se dit le commissaire Pick. Quelle histoire !

Si Scotland Yard savait ça... Je commence par une dingue qui s'accuse faussement d'avoir empoisonné son pauvre mari. Je tombe sur un toubib bizarre, sa maison brûle, et de toute évidence c'est lui qui a fichu le feu, en supprimant probablement un maître chanteur...

Car le commissaire Pick s'accroche à cette idée de chantage. Même si le docteur a été déclaré innocent, il craignait sûrement pour sa réputation dans la région. Vient-on se faire soigner chez un médecin soupçonné d'avoir jadis tué sa femme ?

Le collaborateur du commissaire ramène les renseignements concernant le passé du docteur Mattews. Tout un roman.

– Alors voilà. Il est né en 1902 à Londres. Ses parents sont morts en 1927. Il fait des études de médecine brillantes. Il entre au sanatorium de Newquat comme assistant du médecin-chef de l'établissement. C'est là que l'histoire se complique un peu... Le médecin-chef est âgé, il a une femme plus jeune que lui... Cette femme est alcoolique, et le ménage est un désastre. Un jour, le médecin-chef meurt. La veuve reste alcoolique... Vous me suivez ?

– Il reste le docteur Mattews dans cet établissement, et une jeune veuve alcoolique, c'est ça ?

– En gros. L'établissement est un établissement privé avec un conseil d'administration... dirigé, entre autres, par le frère de la veuve alcoolique... Ce frère, qui n'est pas médecin, demande au docteur Mattews de prendre la direction de l'établissement. Mattews a alors trente ans. Il accepte.

– Et alors ?

– Alors il fait désintoxiquer la jeune veuve, et il l'épouse...

– Une belle histoire, en effet. La suite ?

– Je vous décris le paysage, commissaire. Le sana est à une bonne heure de la ville. Au bon air, comme on dit... Et le chemin le plus court pour y accéder suit une falaise qui surplombe de deux cents mètres la mer d'Iroise... Ça s'est passé un soir de juin. Le docteur Mattews attendait sa femme, elle était partie en ville depuis le matin. Il est allé à sa rencontre, sur le chemin qui borde la falaise... vous me suivez... et là il l'a rencontrée, titubant, ivre comme un Cosaque.

– Elle est tombée toute seule de cette fichue falaise ?

– La thèse de l'accusation était la suivante : Mattews, fou de rage de la voir se remettre à boire, lui a flanqué une gifle magistrale, elle a perdu l'équilibre, et elle est tombée sur les rochers... en bas. Le docteur, lui, raconte qu'il est descendu en courant sur la plage, qu'il a constaté qu'elle était morte, qu'il a voulu chercher du secours, mais s'est affolé complètement. On ne l'aurait pas soupçonné d'ailleurs, si on ne s'était pas rendu compte, le frère surtout, qu'il était l'héritier par testament de sa femme, donc de l'établissement. On ouvre une enquête. On découvre des traces de pas sur le chemin qui domine la falaise : les siennes. Il passe devant un tribunal qui ne retient pas la thèse du crime, et le voilà libéré. Sous les huées de la foule. Là-dessus il vient s'installer à Chesham.

– Et le frangin Popins l'aurait fait chanter.

– Ça tient pas vraiment debout...

– Il en est mort, tout de même. Et Mattews a voulu faire croire que c'était lui, il a laissé ses lunettes, un journal dans le coffre, en se disant : on va accuser le gamin, et moi je disparais, je me refais une nouvelle vie ailleurs...

Au fond, le commissaire Pick n'est pas vraiment satisfait de sa théorie. Il lui faudrait, pour la justifier, la trace de versements d'argent réguliers de la part du docteur.

– Tu as épluché son compte en banque ?

– Bien sûr, commissaire. Il versait tous les mois, depuis dix-sept ans, une somme de vingt livres à un dénommé Swinger...

– Swinger ? Qu'est-ce qu'il vient faire là celui-là, un nom d'emprunt de Dick Popins ?

– Depuis dix-sept ans... commissaire. Depuis la mort de sa femme, ou l'accident, ou le meurtre... à ce moment-là, Dick Popins était au berceau...

Ça continue. Une histoire qui n'en finit pas. Le commissaire Pick a l'impression d'avoir pris le fil d'une pelote de laine par le mauvais bout, et de dérouler tout ça à l'envers. Mais si Scotland Yard savait ça...

Il faut retrouver ce Swinger.

L'enquête est assez rapide. Swinger, marin pêcheur à Newquai, pays de Galles... tiens tiens... même coin que le sanatorium dirigé par le docteur Mattews... Mais le nommé Swinger n'est plus marin. Il a quitté la région pour Londres avec sa femme et ses trois enfants. Il y est devenu chauffeur de taxi. Il a toujours reçu ponctuellement ses vingt livres du docteur Mattews. Chaque mois. Jusqu'à sa mort, indubitablement due à une longue maladie. C'était il y a deux ans. Sa veuve, madame Swinger, est partie pour le Canada il y a huit semaines, avec ses enfants et un homme qu'elle allait épouser en secondes noces.

Le commissaire Pick fronce le nez et se gratte le crâne... Cet homme, ce ne serait pas le docteur Mattews, par hasard ?

Manque de chance, c'eût été trop beau. Ce n'est pas lui. Et les vingt livres sont revenues à l'expéditeur, le mois dernier.

Pourquoi ces vingt livres pendant dix-sept ans ?

Madame Swinger raconte à un policier canadien, qui l'interroge pour le commissaire Pick, une nouvelle histoire.

Et le commissaire Pick la raconte à Scotland Yard. Il ne se prive pas d'ailleurs de remonter, pour ses collègues, toute la pelote à l'envers. Ça leur apprendra à lui confier un écheveau pareil...

– Alors voilà : le marin était sur son bateau en mer d'Iroise, en route pour Pembroak, où il devait déposer un chargement de briques. Il regardait dans ses jumelles, en haut d'une falaise, le manège d'un homme et d'une femme. Et dans ses jumelles il a vu très nettement l'homme pousser la femme. Volontairement. Quelques jours plus tard, notre marin malin, lisant le détail de l'affaire dans les journaux, se rend chez le docteur Mattews, lui explique ce qu'il a vu, et lui propose une rente de vingt livres par mois pour prix de son silence. Afin d'être sûr que le docteur les verserait ponctuellement, il lui fait signer la lettre que voici, la veuve du marin nous l'a rendue.

« Moi, docteur Charles Mattews, médecin-chef du sanatorium de Newquai, reconnais avoir poussé ma femme Barbara, après une lutte prolongée, du haut de la falaise. Je ne pouvais plus la supporter. Signé Charles Mattews... »

Et le commissaire Pick d'ajouter :

– La délicieuse veuve du marin en question s'apprêtait à communiquer sa nouvelle adresse au docteur Mattews, afin qu'il lui adresse comme d'habitude les vingt livres de rente mensuelle.... Elle est tout à fait désolée qu'il ait disparu dans la nature, ce bon docteur Mattews...

Le docteur Mattews est arrêté à Liverpool, au moment où il tente de s'embarquer pour la Nouvelle-Zélande, histoire de se refaire une existence toute neuve.

Il était temps. Dieu sait où aurait fini l'enquête du pauvre commissaire Pick.

Mattews était inquiet de la visite inopinée du commissaire. Il a cru à un piège, d'autant que les vingt livres venaient de lui revenir. Il a appris la mort du marin, témoin de son crime, et s'est inquiété pour sa lettre. En quelles mains allait-elle tomber ?

La visite du commissaire a renforcé cette inquiétude, il s'est persuadé qu'on allait l'arrêter. Il lui fallait disparaître. Son idée était d'incendier la maison. Il a entassé du bois de chauffage, versé de l'essence dessus. Il s'apprêtait à craquer une allumette, après avoir libéré le chien, lorsqu'on a frappé à sa porte. Le jeune Dick Popins venait discuter avec lui des mille livres qu'il lui devait... Et le docteur Mattews se moquait bien de ses mille livres. Il avait plus urgent à faire... Si seulement le jeune idiot n'avait pas crié derrière la porte :

– Qu'est-ce qui se passe là-dedans, ça pue l'essence ! Hé docteur...

Alors le docteur a ouvert. Son plan s'effondrait... mais l'idée lui est venue que non, rien ne s'effondrait, au contraire... Il n'avait qu'à assommer le jeune homme, le traîner au milieu de la pièce, l'habiller de ses vêtements, lui chausser le nez de ses lunettes... et hop!

En prison, le docteur Mattews. Hop! Pour le meurtre de son épouse, il est trop tard. Mais pour celui complètement inutile du jeune Dick... il va payer. Alors qu'il n'avait finalement aucune raison de s'affoler, puisque madame veuve Crock était vraiment dingue...

– Madame Crock... vous devriez consulter un spécialiste... je vous jure que vous n'avez pas empoisonné votre mari...

Beau travail, commissaire Pick... Ils en ont fait une tête au Yard!...

PATIENCE DE FLIC

Lorsque le vieil Horace avait encore une épouse, qu'il n'était pas à la retraite, et qu'il s'échinait tous les jours dans une usine de Chicago à monter des voitures, il n'avait pas le temps de voir vivre les autres. La retraite est venue, le deuil aussi, et l'ennui. Cet ennui terrible et quotidien qui pousse le vieil Horace à faire des choses inhabituelles. Cela n'a rien de bien méchant. Il y aurait bien la télévision mais, en 1959, il faut tout de même être riche, même à Chicago, pour l'avoir. Et puis ce ne sont que des histoires d'Indiens et de cow-boys. La vie, celle des autres, intéresse beaucoup plus le vieil Horace.

Sa bicoque, qui intéresserait sûrement un promoteur immobilier, domine le lac. L'emplacement est idéal, pas la bicoque. Le toit est de tôle rouge, les murs de brique. Et sur ce toit, justement, un vasistas, pour ne pas étouffer par les grandes chaleurs de juillet. Qui sert à monter sur le toit aussi. Depuis quelque temps le vieil Horace a inventé sa propre télévision. Il grimpe par le vasistas, difficilement, car la retraite a épaissi sa taille, il s'installe sur le toit, le dos appuyé contre la cheminée, reprend son souffle, et coiffe son chapeau de paille. Le soleil est ardent ce dimanche et les usines ne fonctionnant pas il transperce le léger brouillard, restant de la pollution de la semaine, avec une vigueur nouvelle. Horace craint le soleil et il a aussi besoin d'ombre pour pouvoir braquer confortablement ses jumelles sur le lac Michigan, ses voiliers qui étincellent comme des papillons blancs sur l'eau sombre, les promeneurs sur la digue, les arbres du parc, les amoureux du dimanche...

C'est cela la télévision du vieil Horace. Aujourd'hui il y a régate, il observe le départ, promène ses jumelles sur le quai : des badauds, rien de particulier. Alors il panoramique d'ouest en est, pour sonder le secret des feuillages du parc.

Horace n'est pas ce que l'on appelle virtuellement un voyeur, mais la vue de deux amoureux serrés l'un contre l'autre lui réchauffe le cœur. Entre deux arbres, justement, voilà qu'il cerne deux silhouettes, dont les ébats paraissent fougueux. Plus que fougueux même. Horace fronce les sourcils, fait le point, et ne quitte plus des yeux le couple. La femme se tortille, dans une robe marron. Elle se débat, dirait-on... Elle n'est pas très jeune de l'avis d'Horace, qui distingue même les chaussures plates et la lourdeur du corps. L'homme, par contre, est mince, grand, il étreint cette femme avec une ardeur bizarre, ce n'est pas naturel, cela ressemble à de la brutalité. C'est en effet de la brutalité pure. Car lorsque l'homme lâche brusquement la femme, elle s'effondre dans l'herbe, et au lieu de se pencher, l'homme s'acharne sauvagement sur elle à coups de pied. Puis il s'enfuit à toutes jambes et disparaît du champ de vision du vieil Horace, dont les cheveux se dressent sur la tête. Il en perd son chapeau, cherche à repérer l'homme à nouveau, l'aperçoit entre les arbres, quelques secondes, fuyant toujours, puis plus rien. Un instant les jumelles reviennent sur le corps de la femme, inerte dans sa robe marron, puis Horace se redresse sur le toit de sa bicoque. Il doit appeler la police, tout de suite, il le faut. En faisant vite elle pourra peut-être coincer l'homme grand, maigre et moustachu... Le parc est étendu, mais il est limité d'un côté par le lac, de l'autre par des grilles et le mur de l'université.

Mais faire vite, pour le vieil Horace, c'est se hâter lentement. Crapahuter sur le toit de tôle rouge, grillé de soleil, à quatre pattes pour ne pas glisser, redescendre par le vasistas, l'échelle est raide et fragile... courir au téléphone accroché dans la cuisine... Lorsque le vieil Horace parvient enfin à expliquer ce qu'il a vu, il est trop tard.

Horace est bien évidemment un témoin essentiel. Il a vu, de ses yeux vu, dans ses jumelles, un homme tuer une femme dans le parc.

Face au détective sergent Michael Kinusaga, il décrit l'assassin.

– Grand, mince, avec une moustache.

La femme a été retrouvée et identifiée rapidement, sans que soit éclairci le mobile du crime. Connaissait-elle l'homme ? Mystère.

Cecilia Bonn, cinquante ans, célibataire sans profession, traversait le parc ce jour-là pour se rendre à une partie de bridge chez des amis, comme chaque dimanche.

Horace a eu l'impression, dans ses jumelles, lorsqu'il a visualisé le couple à la première seconde, qu'ils étaient amoureux.

Amoureux n'est pas le mot. Selon l'autopsie il s'agit d'un viol. Et d'un viol brutal d'une extrême rapidité. Guère plus de trois ou quatre minutes. L'homme s'est attaqué à Cecilia Bonn et l'a étranglée presque au moment de l'acte de violence sexuelle. Autrement dit le vieil Horace a assisté aux deux dernières minutes, il n'a perdu que la première.

Le détective Kinusaga, Américain d'origine japonaise, reste impassible en apparence, alors qu'il raconte tout cela au vieil Horace, témoin précieux pour lui.

Horace, lui, n'en revient pas :

– Tout de même, tuer une femme pour trois minutes de plaisir...

– Cela veut dire que cet homme éprouve des pulsions irrésistibles, une sorte de maniaque, voyez-vous, et j'ai bien peur qu'il recommence si on ne l'arrête pas à temps. Votre témoignage est d'une grande importance, en cas d'arrestation d'un suspect, je vous contacterai.

Le vieil Horace s'est offert un dimanche mouvementé, mieux qu'à la télé. Et son feuilleton n'est peut-être pas fini.

Le détective Kinusaga, lui, voudrait bien réussir son enquête. C'est la première d'importance qu'on lui confie et, en 1959, il est aussi difficile à Chicago d'être un flic japonais que d'être flic allemand en France a la même époque. Les Américains se méfient. La naturalisation n'est pas suffisante, il reste le front haut, le teint ocre, les yeux bridés, et cette impassibilité orientale, le tout mêlé au souvenir de la guerre du Pacifique. Pas facile de faire ses preuves, pour le détective Kinusaga.

Durant trois jours, il étudie et réétudie le rapport d'autopsie, fouille dans les fiches des sadiques répertoriés, sans aucun succès. Grand, maigre avec une moustache, c'est assez vague, surtout vu à la jumelle. Pourtant le vieil Horace a bien précisé qu'il saurait reconnaître l'homme si on le lui présentait. Il est observateur.

Et le détective Kinusaga avait malheureusement raison de prévoir une récidive. Trois jours plus tard il se penche sur le corps d'une jeune étudiante de seize ans, même agression par-derrière par surprise, violence rapide et étranglement. L'homme est un malade sexuel, de toute évidence : une femme de cinquante ans, une adolescente de seize... viol identique pour les deux...

Quelque part dans Chicago, ce malade rôde dans la nuit. Il n'a pas frappé depuis trois semaines. Soudain, là, devant lui, marchant lentement, une grande et jolie femme d'une trentaine d'années. La rue est déserte, l'homme s'en assure rapidement, il accélère le pas, la femme accélère le sien. L'homme se rapproche, il marche plus vite, il est derrière elle, si près qu'elle peut en sentir l'haleine dans son cou. Soudain, un bras autour de son cou, rapide, brutal.

La réaction de la jeune femme est aussi rapide qu'imprévisible pour l'attaquant. De sa poche droite, elle a sorti un petit sifflet, de son coude gauche, parfaitement entraîné, elle paralyse l'homme d'un coup à l'estomac.

Helen est sergent de police. Le sifflet a rameuté ses collègues, et lorsque l'agresseur tente de s'enfuir, elle parachève son travail d'une prise de judo, qui lui fait faire un vol plané parfait au-dessus du trottoir, avec retombée brutale sur le dos.

À la lueur des lampes-torches de la patrouille de police, Dudley Dyllon, grand, maigre avec une moustache, fait pâle figure.

Le vieil Horace est accouru à l'appel du sergent. Il se retrouve dans le bureau du chef de la police de Chicago.

– Cette affaire est d'une importance extrême. L'homme n'avoue pas, votre témoignage est capital. Vous sentez-vous capable d'affronter le suspect ?

– Bien sûr. J'ai dit au détective que je le reconnaîtrais. Il est pas là le détective ?

– J'ai pris l'affaire en main. Alors ?

– Alors, allons-y, foi d'Horace, je reconnaîtrai ce type si c'est lui.

Dudley Dyllon pénètre dans le bureau du chef, menotté, encadré de deux gardes et agressif.

– Qu'est-ce qu'on me veut encore ! On n'a plus le droit de draguer dans la rue sans se faire traiter de criminel ?

Le vieil Horace a de bons yeux. Il regarde Dudley bien en face, il détaille les yeux bleus, un bleu glacial, sans âme, les pommettes enfoncées, le menton en galoche, la calvitie précoce, le rictus agressif sur des dents de loup prêtes à mordre.

Il fait un signe d'assentiment, que l'autre relève aussitôt.

– C'est ça votre fameux témoin visuel ? Le vieil

imbécile qui a reconnu un type grand et maigre avec une moustache ? Et qu'est-ce qu'il reconnaît le vieil imbécile ? Ma moustache ? Le chef de police a aussi une moustache, et il est grand et maigre !

Horace s'indigne :

– Possible mais il a pas votre sale tête, et je la reconnais votre sale tête.

– Y a cent mille types à Chicago qui ont ma tête.

Le chef de la police intervient.

– Ils n'agressent pas les femmes comme vous le faites : vous reconnaissez vous-même aimer la violence.

– Et alors, j'aime ça, c'est vrai, quand je vois une femme quelque part j'ai envie de lui sauter dessus, ça fait partie du plaisir ; ça me regarde, c'est pas pour ça que je la tue !

– Mais vous la brutalisez ?

– C'est plus fort que moi, ça me fouette le sang.

– Combien de fois ?

– J'en sais rien...

– Vous en avez avoué, bien obligé devant les victimes, au moins une trentaine, et avec celles que l'on peut vous imputer, nous sommes aux environs de quatre-vingt-dix...

– C'est possible, et vous pouvez penser ce que vous voulez, mais j'ai pas tué votre bonne femme du parc, et la gamine non plus... d'ailleurs...

Froidement, avec un calme exaspérant pour le vieil Horace, Dudley continue après un sourire supérieur :

– Vous dites quatre-vingt-dix, et vous n'avez que deux mortes ? Vous ne croyez pas, monsieur le chef de la police, que si j'étais le criminel obsédé que vous dites, j'en aurais tué plus que ça ? Quant à cette histoire de vieux retraité sur son toit avec ses jumelles... laissez-moi rire... ce n'est pas un témoin oculaire que vous avez... c'est un vieux tromblon qui veut se rendre intéressant. Il vous en désignera d'autres, des moustaches...

Hélas ! Le vieil Hector est pourtant sûr de lui, et on le croit à la police de Chicago, on est sûr que ce Dudley Dyllon est l'assassin. Mais encore une fois, hélas ! Une certitude sans preuve ne sert à rien devant un tribunal. Pas de preuves matérielles effectivement, pas d'empreintes repérées, en ce qui concerne les deux cas mortels. Quant aux autres cas d'agressions sexuelles, Dyllon en a reconnu fort habilement plusieurs ; il ne pouvait échapper à une trentaine de femmes qui, elles, heureusement, lui avaient échappé...

Alors il va en prison, en attendant d'être jugé pour ces cas précis, et le vieil Horace retourne à sa retraite et à ses jumelles, qui ne cernent plus que le lac qui poudroie, et l'herbe qui verdoie dans le parc.

Quant au détective Kinusaga, il est convoqué par le chef de la police de Chicago.

– Michael, je n'ai pas voulu de vous pour cette confrontation, il ne faut pas m'en vouloir. Ce n'est pas par ségrégation, mais parce que j'ai une idée... et cette idée, il n'y a que vous je pense qui puissiez m'aider à la mettre en train.

– Pourquoi seulement moi, chef ?

– Pour plusieurs raisons. Vous êtes jeune, vous débutez, vous avez besoin de réussir, et de réussir brillamment, ensuite le rôle que je veux vous faire jouer, aucun de mes hommes ne pourrait le tenir. Ils sont trop vieux, ou trop timorés, ou trop connus, ça ne marcherait pas. Mais je vous préviens, ce sera dur...

Le détective, complet gris et cravate club, redresse la position.

– Je vous écoute, chef.

L'idée du chef de la police est machiavélique. Elle joue sur le fait que le détective Kinusaga rêve en effet d'une véritable intégration dans son métier, qu'il est travailleur, obstiné, droit, rusé, calme et prêt à beaucoup de sacrifices pour arriver. Il est marié à une jeune et ravissante Hawaiienne, il a deux enfants, une voiture à crédit, une maison dans un quartier bourgeois, il est américain de volonté.

Et il a la force de caractère nécessaire pour jouer le rôle imaginé par le chef de la police.

– Écoutez-moi bien, Michael. Ce Dyllon, nous ne l'aurons pas, et si je ne vous l'ai pas laissé même une seconde entre les mains, c'est que je veux vous l'offrir sur un plateau... Voici comment. Mais avant tout, vous ne devrez en parler à personne, même pas à votre femme.

Le plan imaginé par le chef de la police démarre dès le lendemain. Il se présente lui-même dans le bureau d'un Chinois de Chicago. Un Chinois caricatural, installé dans un fauteuil qu'il ne quitte jamais, son corps énorme et flasque lui interdisant plus d'un ou deux mouvements de ce genre dans une seule journée. Ce n'est qu'une tête, rase, aux petits yeux éteints, mais au cerveau malin. L'une des têtes pensantes des truands qui vivent sur le port, et l'un des principaux indicateurs de la police de Chicago. Le chef ferme personnellement les yeux sur certaines activités parfaitement illicites de ce Chinois-là. Derrière ce fauteuil-là, ce rideau-là, tout au bout du couloir là-bas, est un tripot enfumé, où se pratique un jeu d'enfer.

Le chef de la police passe distraitement devant le rideau, fait le tour du fauteuil et vient s'asseoir sur le coin du bureau laqué.

– J'ai besoin d'un service.

Le Chinois hoche la tête. Il n'aime pas les services mais il faut bien...

– Je soupçonne un de mes détectives, Michael Kinusaga, de toucher des pots-de-vin par-ci, par-là... Vous allez m'aider à prouver la corruption. Vous connaissez le détective Kinusaga ? Un Japonais...

Le Chinois hoche encore la tête. Il semble que parler le fatiguerait. À moins que prudence chinoise exige... Toujours laisser parler celui qui vient à vous.

– Bien, nous allons procéder ainsi.

Lorsque le chef de la police de Chicago ressort du bureau, le Chinois hoche encore la tête comme un mandarin fatigué. Il pense certainement que, pots-de-vin ou pas, ce flic américain n'aime pas du tout ce flic japonais...

Le lendemain soir, le détective Kinusaga pénètre dans le tripot chinois, revolver à la main et regard mauvais. Trois douzaines d'individus embrumés et alcoolisés se disputent les quelques dollars étalés sur la table.

L'œil acéré du détective compte les joueurs, puis vient les examiner sous le nez, le revolver toujours menaçant. Cela fait, le détective Kinusaga va faire son devoir. Il fonce dans le bureau du Chinois, soulève violemment le rideau, fait claquer son arme à plat sur la jolie laque du bureau, et gronde à la masse inerte et mollasse :

– Cette fois vous allez trop loin... Je vous avais prévenu, pas plus de dix joueurs ! Désolé, mais je ferme votre baraque !

Le Chinois tressaille et lève les bras au ciel, ce qui est insolite, il supplie, gémit, jure qu'il n'a pas compté, que ses hommes seront punis, qu'il ne le fera plus, mais qu'on ne le prive pas de son tripot chéri... source précieuse de renseignements précieux, d'ailleurs... ajoute-t-il faiblement.

Le détective reste inflexible, alors le Chinois énorme et flasque bouge un bras lentement vers le tiroir de son bureau, l'ouvre toujours lentement sous l'œil soupçonneux du policier, et en sort toujours lentement une liasse de dollars qu'il pose délicatement sur la laque, où le vert des billets se reflète joliment. Le détective fait l'étonné, le Chinois rajoute une liasse, puis une autre... Après un instant d'hésitation encore, le policier ramasse les billets, compte rapidement : dix mille dollars...

Le revolver du détective Kinusaga regagne alors son étui.

Dans le plus pur style Bogart, il marmonne :

– Okay. Mais rappelle-toi, pas plus de dix joueurs !

C'est alors que surgit le chef de la police de Chicago.

Le détective pourri est pris sur le fait, flagrant délit.

Ainsi Michael Kinusaga est condamné à six mois de prison, par un tribunal, et déshonoré, ce qui est la pire des choses pour un Japonais. Il est bien entendu expulsé de la police.

En écoutant son mari reconnaître les faits, en entendant le verdict, en public, devant tous les collègues de son mari, la jeune madame Kinusaga s'évanouit.

Tous les rêves qu'elle faisait avec son époux, leurs jeunes enfants à l'école américaine, la maison bourgeoise, la respectabilité, tout s'effondre.

Effectivement la vie devient rapidement intenable pour elle, dans le quartier, où l'on chuchote sur son passage, et à l'école, les enfants ne se privent pas d'insulter les rejetons du policier marron, du traître qui touchait des pots-de-vin. Pourtant, courageusement, la jeune femme attend que passent les six mois d'infamie. Elle ignore quel mari elle retrouvera. Le déshonneur est difficile à vivre pour Michael, encore plus orgueilleux que japonais.

Et elle a raison de s'inquiéter: En prison, Michael le Jap, comme l'appellent les autres prisonniers, n'est plus le même homme. Il semble habité d'une fureur permanente. Comme s'il n'avait plus rien à perdre, il provoque les autres détenus, les gardiens, casse tout dans sa cellule, braille à qui veut l'entendre que la seule vie possible dans ce pays pourri, c'est la vie de gangster, qu'il faut savoir prendre le fric où il est, qu'il formera son propre gang en sortant de prison, et que, cette fois, bien malin qui pourra le confondre. Sa violence est telle parfois qu'il faut le mettre en cellule spéciale, en isolement, et dès qu'il en sort, il se montre plus agressif encore.

Au bout de quelques semaines, le Jap est considéré comme un détenu dangereux, et le directeur de la prison l'affecte au quartier de ses pairs, dans la cellule de Dudley Dyllon, agresseur de quatre-vingt-dix femmes, soupçonné de deux meurtres, et dont la réputation de violence égale celle de l'ancien policier véreux...

Le jeu le plus dangereux commence alors. Tout ce plan compliqué, mis au point par le chef de la police de Chicago, avec la seule complicité du directeur de la prison, était destiné à cela. Enfermer face à face le détective Kinusaga et le meurtrier Dyllon. Un mouton dans la cage du loup.

Le Jap, ayant gagné l'estime de certains détenus par sa révolte permanente, s'efforce alors de gagner celle des autres, en utilisant ses compétences de droit. La plupart des hommes, conseillés par des avocats commis d'office, ne comprennent pas grand-chose à leur défense, et ils se pressent bientôt autour du Jap, devenu spécialiste, pour lui demander, qui une lettre au juge des appels, qui une demande de remise de peine, ou un pamphlet pour la presse, ou des recommandations à leurs avocats. Kinusaga ne se fait jamais prier, il prône la solidarité entre détenus, il se fait le chef de la lutte contre la société du dehors.

Bien entendu, à chaque demande de ce genre, le détenu est obligé de lui faire le récit des circonstances qui ont entraîné son incarcération. Le Jap est rapidement le confident de tout le monde. Le seul à ne pas bouger, c'est Dyllon. Son compagnon de cellule est d'une méfiance redoutable, il est dangereux aussi. Plus d'un prisonnier l'évite ; un étrangleur n'est guère fréquentable, même en prison, surtout un étrangleur de femmes.

Les jours passent, le face à face continue, comme pendant une partie d'échecs, l'un observant l'autre. Les nuits aussi. Que Dyllon ait le moindre doute sur la « sincérité » de son compagnon de cellule, et le Jap pourrait bien se retrouver mort sur sa couchette. Mais si Dyllon est doté d'une froideur et d'un cynisme étonnants, Kinusaga a pour lui la patience et l'impassibilité japonaises. Il a investi son honneur dans cette histoire, il veut rester maître du jeu. Il ne tente même pas d'approche précise, il laisse venir le poisson.

Et un jour, alors que le Jap est occupé à rédiger le brouillon d'une lettre pour un prisonnier qui refuse le divorce à sa femme, Dyllon se découvre enfin. Il se lève de sa couchette, où il passe le plus clair de son temps à regarder le plafond, perdu dans un cauchemar intérieur, et s'approche de son compagnon, en silence, comme un chat. Il se place derrière son dos, et Kinusaga peut même sentir le souffle de sa respiration dans sa nuque. Va-t-il attaquer ? Non, il le regarde écrire. Le Jap tourne alors légèrement la tête, et fixe Dyllon. Regard noir contre regard bleu glacial. Pas un cil ne bouge.

Dyllon parle enfin :

– Hé, Jap ! toi qui sais plein de trucs...

Il hésite tout de même. Parler est dangereux pour lui. Puis il se décide, l'air faussement dégagé. Son menton en galoche, ses pommettes creuses, sa bouche veule, tout dans son visage désagréable reflète l'hypocrisie.

– Si un type a commis un assassinat... et que ce type n'a été vu que par un vieux mec, à quinze cents mètres et avec des jumelles, tu crois qu'il risque quelque chose ?

– Ça dépend de ce que le mec a vu dans ses jumelles.

Kinusaga n'a pas frémi. Il se repenche sur sa lettre, comme si l'histoire de Dyllon ne l'intéressait guère. Pourtant, c'est l'amorce, le meurtrier est au bord du piège.

Dyllon retourne sur sa couchette et fait mine de penser tout haut :

– Qu'est-ce que tu veux qu'un vieux mec voie dans des jumelles ? La dégaine du type en question s'il est grand ou petit, s'il a une moustache ou pas, s'il est gros ou maigre, s'il a un blouson bleu ou jaune, mis à part ça ?

– Qu'est-ce que tu veux que j'en sache ? Ça n'a pas d'importance qu'il ait vu avec des jumelles ou à l'œil nu. La valeur de son témoignage est la même. Ce qui compte c'est ce qu'il a vu. On appelle ça un témoin visuel, et, dans la loi, il en suffit d'un.

Il y a un grand silence du côté de la couchette de Dyllon, et le Jap prend le risque de se retourner au bout d'un moment.

– Ce qu'il faut savoir, c'est si ce type a reconnu ton visage.

Dyllon se redresse comme un serpent devant une mangouste :

– Où tu vas, là... j'ai pas parlé de moi, j'ai parlé d'un type.

Kinusaga hausse les épaules, et se remet à sa lettre comme si de rien n'était. Il sent la méfiance dans son dos : Dyllon se replonge dans la contemplation du plafond.

À chaque visite de son avocat, Dyllon revient du parloir un peu plus sombre. Il semble que le procureur fasse la vie difficile à son défenseur, et que son cas soit passible de la chaise électrique. Dyllon gronde après « son baveux », un bon à rien, qui ne lui explique rien, ne sert à rien, et malgré son arrogance il a manifestement la terreur de la chaise électrique. Le souvenir des condamnés qu'il a vus transférés dans le couloir de la mort, parqués dans des cellules grillagées, face à d'autres cellules grillagées, à d'autres visages de mort future... lui fait faire des cauchemars. Une ultime prudence le retient encore de demander son aide au Jap. Mais le temps passe, et ce dernier commence à parler de sa prochaine libération. Il compte les jours, affiche le calendrier au mur de la cellule, songe à des coups futurs, qu'il évoque sans précision.

Cette libération prochaine semble être le déclic nécessaire. Dyllon, qui le sait parfaitement, demande hypocritement au Jap :

– Tu sors quand ?

– Demain. C'est demain la quille, mec...

Dudley Dyllon serre les dents. Il serre les dents toute la nuit, elles grincent même de façon désagréable, comme s'il était en train de mordre quelque chose... ou quelqu'un.

– Écoute, Jap... Tu peux me sauver la mise.

– Je vois pas comment... je sors demain...

– Justement... j'ai pas besoin de bafouille ou d'avocat, tout ce qu'il me faut c'est un mec sûr, qui sort demain. À condition qu'il la boucle, sinon...

Les deux mains maigres et fortes du meurtrier se referment sur un cou imaginaire, dans un geste sans équivoque...

– T'énerve pas, Dudley... cool... c'est comme tu veux... moi je t'ai rien demandé.

À ce moment précis, Kinusaga joue son va-tout. Il le sait. L'autre aussi joue sa dernière carte. Mais l'ombre de la chaise électrique plane...

– Okay, écoute-moi. C'est super-simple.

Dudley parle à voix basse, dents toujours serrées.

– J'ai rétamé une bonne femme dans le parc de l'Est. En me barrant j'ai emporté son sac, pour lui piquer son fric. Après ça j'ai planqué le sac dans le creux d'un tronc d'arbre, près du bassin aux canards. Je pouvais pas faire autrement, y avait des connards à proximité qui chahutaient... J'ai pas pu le reprendre, les flics ont quadrillé le parc pendant plusieurs jours Ils l'ont pas trouvé, et ils ont rien trouvé d'ailleurs. Seulement j'ai la trouille de la reconstitution, ce pourri de procureur en a parlé, et si jamais ils fouillent encore dans ce coin, ou si quelqu'un le trouve... y a les papiers de la gonzesse, et tout son fourniment.

– Ça tu t'en fous, n'importe qui a pu le mettre là...

– Ouais, sauf qu'il y a sûrement mes empreintes sur le fermoir. Ce putain de fermoir est métallique, j'ai eu du mal à l'ouvrir... Alors écoute-moi, tu vas là-bas en sortant, tu prends le sac, tu fourres des pierres dedans, et tu le balances dans le lac... C'est pas compliqué ?

– C'est tout ?

Le Jap a l'air de trouver la chose si simple...

– T'es d'accord, hein ? T'es d'accord ?

– Okay...

Silence dans la cellule. Dudley Dyllon regarde toujours le plafond, où il est seul à voir quelque chose. De son côté le Jap dort.

À l'heure de la soupe, la roulante s'arrête devant leur porte comme d'habitude, et Michael Kinusaga renverse maladroitement sa gamelle. Il demande aussitôt une autre portion au gardien, qui la lui refuse vertement.

– T'avais qu'à faire gaffe, le Jap, t'as pas besoin de bouffer, tu sors demain, t'auras tout le temps de t'empiffrer de hamburgers américains...

Et il referme le guichet.

Ce qui a pour effet de mettre le Jap dans une colère démente. Il démolit tout dans la cellule, hurle des insultes, si bien qu'il se retrouve dans le couloir dûment encadré par deux gardiens, direction le bureau du chef et le mitard.

Mais avant de partir, le Jap ouvre le judas de la porte et encadre son visage impassible dans l'espace minuscule.

– Hé ! Dyllon...

L'autre se redresse, inquiet.

– Je suis navré, Dyllon, désolé... c'est fichu pour toi. Je suis toujours policier, je suis toujours assermenté, et tu viens d'avouer ton crime devant un policier assermenté, en lui donnant la preuve matérielle qui manquait au dossier... On se reverra à l'audience, Dyllon... Salut !

L'avocat de Dudley Dyllon lui a conseillé de plaider coupable, devant la solidité du dossier, et Dyllon a tout avoué.

Et le détective sergent Michael Kinusaga a été officiellement rétabli dans ses fonctions, le jour même, avec une conférence de presse du chef de la police à Chicago à l'appui.

Sous les flashes des photographes, la jeune madame Kinusaga s'est jetée dans les bras de son honorable époux, en lui chuchotant à l'oreille :

– Tu sais, j'ai compris le premier mois, quand ta solde est arrivée comme si de rien n'était. Comme si tu n'avais pas été limogé... J'ai compris que tu étais incorruptible, et chargé d'une mission difficile, mais je n'ai rien dit, pas même aux enfants... Est-ce que tu auras une récompense ?

Michael Kinusaga, en offrant son sourire à la presse, a marmonné dans le style Bogart :

– Chérie... les récompenses pour un flic... ça s'arrête là.

LE TUEUR DE NOËL

Lundi 23 décembre 1957. Les quatre personnages principaux de cette histoire ne se livrent pas aux mêmes activités, deux jours avant Noël.

Le capitaine Mac Carthy, l'un des meilleurs de la brigade des homicides de Queens Village, cent pour cent de réussites dans ses enquêtes, est fier du policier qu'il est, mais pas de l'homme. Il se traite d'imbécile. Sa petite amie l'a flanqué à la porte, il a un cadeau sur les bras, et se demande pour la vingtième fois au moins en vingt ans de carrière pourquoi diable il ne tombe que sur des femelles impossibles. Le métier sans doute. Pas le temps, manque de délicatesse, oubli des anniversaires, dîner fichu sur un coup de téléphone, nuit de veille, planqué dans une voiture... Ça n'aide pas.

Le docteur Brussel, psychiatre et psychanalyste, est bien mieux dans sa peau. La nature l'a doté d'un calme remarquable, d'une aptitude à la réflexion, d'un sens de l'observation et de l'analyse qui ont fait de lui un homme célèbre. Il collabore souvent avec la police, et a connu dans ce domaine des réussites spectaculaires. Il écrit, donne des conférences, dispose d'un appartement agréable, et se sauve dans quelques jours en vacances pour la Jamaïque. Au soleil.

Madame Nerich, la quarantaine un peu lourde, n'est pas malheureuse non plus. Certes elle est veuve. Mais elle agrémente sa solitude en fréquentant des amis, et l'église régulièrement, elle s'occupe d'œuvres paroissiales, adore rendre service aux gens qu'elle aime bien, et qui le lui rendent bien. C'est une brave femme paisible, dont la vie n'a pas été particulièrement excitante ou aventureuse, mais elle en est contente. Elle est réceptionniste chez un médecin, habite une petite maison de bois d'un étage, où elle vit avec sa sœur et son beau-frère. Ce soir, elle revient d'une petite réception amicale et descend de l'autobus pour terminer le chemin à pied jusque chez elle.

Le quatrième personnage est inconnu. Sa vie, ses mœurs, ses ambitions, son sexe, son nom, son âge, sa profession, tout est inconnu.

Il marche dans une rue de Queens Village. Ce faubourg de New York est construit de petites maisons bourgeoises, bien rangées les unes à côté des autres. Parfois jumelles, parfois uniques. La faible lumière diffusée par d'antiques réverbères traverse mal le branchage des arbres qui bordent la rue et lui font un dais fantomatique. Silence et froid. Il est huit heures du soir.

« Il » marche donc dans cette rue, derrière madame Nerich qui rentre chez elle. Il va la tuer. On ne sait pas pourquoi.

Madame Nerich entend peut-être le bruit des pas derrière elle, sur le trottoir glacé. Elle se presse peut-être un peu. Elle a peut-être peur qu'un homme l'accoste, peut-être se retourne-t-elle un instant. Pas plus, car le crime est rapide.

Un bras lui enserre le cou, et une main armée d'un couteau la frappe rageusement dans la poitrine, l'abdomen, frappe et frappe encore ; le sang coule de plusieurs blessures, et madame Nerich s'effondre sur le trottoir.

Le capitaine Mac Carthy est chargé de l'enquête. Il est expédié sur les lieux du crime, et tenu par son chef de rendre son rapport avant Noël, vu que ledit chef a l'intention de passer Noël en famille, avec sa femme, ses enfants, et son sapin enguirlandé.

Mac Carthy fait donc les constatations d'usage et l'enquête de routine.

Crime sexuel ? Non. Cette femme a été attaquée rageusement, se dit Mac Carthy, vu le nombre de coups frappés au hasard, mais visiblement sans intention de viol.

Par contre, une femme qui marche dans la rue, sortant d'un autobus pour rentrer chez elle, devrait avoir un sac. Elle n'en a pas, le mobile serait donc le vol. Deux heures plus tard, Mac Carthy et ses deux fidèles compagnons de nuit, Cohen et Sweethey, découvrent le sac sur une pelouse, dans la rue même. Il a été jeté par l'assassin, et ne contient pas ou plus d'argent.

Mac Carthy interroge la sœur et le beau-frère de la victime, braves gens en larmes devant leur sapin de Noël.

– On lui avait acheté un châle, en laine de cachemire... dit la sœur, effondrée.

– Avait-elle de l'argent dans son sac ?

– En général une cinquantaine de dollars.

– Voulez-vous vérifier s'il ne manque rien d'autre...

Mac Carthy attend patiemment que le chagrin permette à la sœur de s'exclamer.

– Qu'est-ce que c'est ? Qui a écrit ça sur son sac ?

– L'agresseur, je présume

– C'est une obscénité !

– Nous avons retrouvé la même inscrite sur un mur, à côté du corps.

– Quelle horreur !

C'est une obscénité en effet. La traduction française en est à peu près : « Va te faire... Paul. » Pour les initiés, en anglais : « Fuck off... Paul. »

Mac Carthy, qui fréquente des endroits peu recommandables de par son métier, en a vu d'autres. Mais il admet que sur le sac d'une dame tranquille, c'est assez étonnant. L'inscription a été réalisée avec le bâton de rouge à lèvres de la victime. Un étui doré et bon marché, rugueux, sur lequel il n'espère guère trouver d'empreintes, mais qu'il a conservé soigneusement dans sa poche, dans un mouchoir en papier.

– Il manque quelque chose à part le rouge à lèvres ?

– Oui ! Son permis de conduire.

– C'est tout ?!

– Oui. C'est bizarre...

– Elle l'avait toujours sur elle ? Même en prenant l'autobus ?

– Il lui servait de pièce d'identité, comme à tout le monde.

Mac Carthy présente ses condoléances, remercie, et rejoint Cohen et Sweethey dans la rue qui font le tour du quartier. Une enquête de voisinage est la première des choses à faire, en cas d'agression. Les voisins ont toujours quelque chose à dire. C'est long, fastidieux, on ne tombe pas toujours tout de suite sur les bons, ceux qui ont quelque chose à dire justement, mais il est rare que l'on revienne bredouille.

Cohen revient bredouille, Sweethey a une information.

– Je suis tombé sur deux femmes, dans deux maisons différentes, qui racontent la même chose. Elles se souviennent d'avoir vu, par leur fenêtre, un type rôder dans la rue la semaine dernière, tous les jours.

– Un type... jeune, vieux, grand, petit, gros, maigre ?

– Aucune idée. L'éclairage est mauvais, c'était toujours le soir, le type était habillé de sombre.

– En quoi avait-il l'air de rôder ?

– Il traînait sans but précis. Il faisait les cent pas. Et chaque fois qu'il passait sous un réverbère, il retirait les mains des poches de son manteau, et il les regardait.

– Elles l'ont vu ce soir ?

– Non, elles s'occupaient des sapins, avec leurs enfants.

Noël est partout dans New York, accroché en néons, en guirlandes, en messages lumineux, en Père Noël sur les trottoirs, en couronnes sur les portes.

Mac Carthy se fiche pas mal de Noël. Mais les journalistes pas du tout. Comme ils n'ont rien de précis à se mettre sous la dent, ils baptisent l'assassin le tueur de Noël. Un bon titre. Qui fait de l'effet sur les foules. Qui attire l'œil, et l'attention du chef de Mac Carthy, le 24 décembre au soir.

– Vous parlez d'une trouvaille. Tout le Queens téléphone. Les gens ont peur du sadique de Noël. Grouillez-vous, Mac Carthy, où est votre rapport ?

– Vous l'avez eu, chef.

– Quoi ? Rien d'autre ? Vous piétinez ? Et les empreintes ?

– Rien, chef.

– Et l'autopsie ?

– Une douzaine de coups de couteau portés avec un instrument de petite taille. Un canif ou une lame étroite et longue. Elle a pas eu de chance, un seul était mortel, et c'est probablement le hasard. Sinon elle s'en tirait.

– Je veux des résultats, Mac Carthy, pour le jour de l'An... Trouvez une idée, foncez, vous êtes le meilleur oui ou non ?

– Merci, chef.

Aucune piste. Uniquement des conclusions provisoires. Le crime n'était pas prémédité. Sinon l'assassin se serait armé différemment. Il aurait pris un couteau plus grand. Et ce n'est pas un professionnel non plus, vu les efforts qu'il a dû fournir. Douze coups, c'est beaucoup pour tuer. Un maladroit peut-être. Sans rire. Il y a des criminels maladroits. En général ils ratent leur coup d'ailleurs.

Malheureusement, madame Nerich est bien morte. Et rien dans son passé ne permet de lui imaginer le moindre ennemi, la moindre rancœur. Pas de petit ami. Pas d'amant. Cette femme vivait comme une rivière tranquille.

Ce qui est bizarre c'est le permis de conduire. Pourquoi voler un permis ? Pour s'en servir comme fausse identité ? Il faudrait que l'assassin soit une femme. Or il est très rare qu'une femme assassine de manière aussi sauvage et sanglante.

L'homme a peut-être une petite amie. Mais dans ce cas, il lui suffisait d'assommer, de bousculer et de voler le sac. On ne tue pas pour un permis. Pour cinquante dollars, oui. Même pour moins. Mais un permis...

Mac Carthy passe un réveillon lugubre. Une semaine à piétiner sans avancer, un jour de l'An sans éclat autre qu'une surveillance nocturne du quartier en compagnie de ses deux acolytes, à grignoter des cacahuètes, et à manger des sandwiches.

Et il se fait secouer les puces par son chef. On réclame des résultats en haut lieu. Les hauts lieux réclament toujours des résultats, sans savoir. Ils ne descendent pas dans la rue, eux.

Mac Carthy croise un collègue avec morosité. Il n'a

pas l'habitude de répondre qu'il est au point mort sur une enquête.

L'inspecteur Finey qui travaille avec lui au département de la police a une idée :

– Une obscénité écrite au rouge à lèvres, sur un mur et sur le sac, un permis de conduire, un canif, douze coups nerveux... C'est un puzzle, ton histoire, tu devrais en parler au docteur Brussel...

Mac Carthy ne le connaît pas. Il n'a guère recours d'habitude aux psychiatres ou aux psychologues. Les avocats s'en occupent, c'est leur truc. Les tribunaux aussi. Mais lui, Mac Carthy, il a son flair, sa technique, ses indics, sa mémoire, son intelligence de flic rodée par vingt ans de métier.

Le collègue en convient, mais :

– Si toi tu n'as rien déniché, Brussel peut le faire, crois-moi. C'est un type étonnant. Appelle-le.

Mac Carthy se résigne à demander du secours et obtient le docteur Brussel au téléphone.

Il lui explique son cas et demande un rendez-vous.

– Capitaine, je suis désolé. Je pars demain pour la Jamaïque, je ne serai de retour que dans quinze jours.

Quinze jours de plus, c'est quinze jours d'engueulades. Mac Carthy insiste. Depuis le premier jour, il retourne l'histoire dans sa tête, sans savoir par quel bout la prendre. S'il racontait juste un peu au téléphone, le docteur pourrait peut-être l'orienter. Une petite piste, un morceau du puzzle qui colle à un autre... ce serait déjà ça.

– D'accord, essayons, dit le docteur Brussel.

– Comme ça, au téléphone ? Je peux ?

– Essayons...

Mac Carthy se dit qu'il est « gonflé » ce psychiatre. Mais après tout...

Or la conversation va durer vingt minutes. Et en vingt minutes Mac Carthy va se retrouver devant des déductions étonnantes, une succession de probabilités, certes, issues de l'expérience des statistiques, mais qui vont recouper la réalité d'une manière incroyable.

Il n'y a là rien de divinatoire, aucun miracle, aucune coïncidence. C'est simplement le travail d'un psychiatre exceptionnel, en vingt minutes. Au téléphone. Et Mac Carthy sera bien obligé d'en convenir plus tard. « Ces types sont fantastiques. »

Le docteur Brussel a d'ailleurs écrit un certain nombre d'ouvrages, et notamment une psychanalyse du crime, dont on a pu trouver la traduction en France, il y a quelques années.

Mac Carthy est donc au téléphone ce jour-là avec un type « fantastique ». Il commence par évoquer l'arme du crime, un petit couteau, probablement un canif...

– Un canif... marmonne le docteur Brussel, ça c'est intéressant... Voyons, un canif c'est un objet de gamin. Ce n'est pas d'un canif que se sert un tueur adulte. J'associe un canif avec des jeux de gamins.

– Vous pensez qu'un enfant aurait pu faire ca ?

– C'est possible. Ou bien un adulte qui n'a pas connu de croissance émotionnelle... s'il s'agit bien d'un canif.

– L'instrument était petit. La lame étroite et pas très longue.

Il y a un petit silence, puis le docteur Brussel répète : « Étroite et pas très longue... m'oui... on verra ça plus tard. Des violences sexuelles ? »

– Aucune. Absolument aucune. On pourrait dire que le tueur s'est contenté de la laisser tomber sur le sol et de s'en aller.

– Voilà qui confirme mon idée de quelqu'un de jeune. Il a eu en main une femme sans défense, et n'a pas su quoi en faire.

– Il a volé son permis de conduire, et ça ne lui sert manifestement à rien.

– Ambivalence, capitaine...

Là, Mac Carthy reste coi un moment. Ambivalence. Qu'est-ce que c'est que ce machin ?

– Je dis ambivalence, parce que si vraiment ce permis ne peut servir à rien, il s'agit bien de cela. C'est un trait caractéristique des schizophrènes. C'est-à-dire coexistence, dans l'esprit de celui qui est atteint de cette maladie, de la haine et de l'amour envers la même personne. Je m'explique. Votre permis de conduire vous le portez toujours sur vous. C'est votre identité, votre personne, il est un peu défraîchi, jauni, patiné par le temps et le contact de vos doigts. Il y a votre photo, elle est ancienne, votre date de naissance, c'est un objet familier, très personnel, et en même temps utile. C'est un souvenir précieux. La personne qui a tué madame Nerich la détestait assez pour la tuer, mais elle voulait aussi s'en aller avec quelque chose de précieux lui appartenant, un souvenir précieux.

Mac Carthy annonce alors la couleur, si l'on peut dire, des deux inscriptions obscènes inscrites au rouge à lèvres.

– Pas de doute, capitaine, le mobile n'est pas le vol, on avance, on avance. Vous pouvez oublier vos cinquante dollars s'ils ont existé. Ce n'est pas le vol.

Et Mac Carthy n'a plus que le signalement, qui n'en est pas un pour lui, donné par les deux femmes à propos d'un rôdeur.

– Qui sortait ses mains des poches de son manteau, et les regardait, à la lumière du réverbère… c'est tout. Plus rien.

– Ce n'est pas si mal, capitaine. Vous me laissez réfléchir ?

Les secondes s'écoulent. Mac Carthy entend la respiration du docteur Brussel au téléphone Ce sont des minutes à présent. Il s'ennuie, Mac Carthy, il a l'impression d'être abandonné tout seul à son stupide téléphone de flic, pendant qu'à l'autre bout un autre téléphone intelligent respire.

Au bout de trois minutes, le docteur Brussel consent à répondre aux « allô » timides de Mac Carthy.

– Je réfléchissais, j'étais en train de façonner dans mon esprit une image du tueur. Si vous êtes prêt, je vous la livre.

Mac Carthy est prêt, tout ouïe.

– Physiquement, c'est un gamin maigrichon, d'assez petite taille. Il n'a pas plus de vingt ans. Un mètre cinquante-cinq de haut environ et cinquante kilos. Un petit schizo, chétif, pas beau, mal aimé, coléreux et poltron. Mauvaise circulation du sang. Il a probablement de l'acné, et sur les mains des ennuis de peau, eczéma par exemple. Il habite non loin de la rue du crime, car il ne s'éloigne jamais beaucoup de chez lui. Si sa mère est encore vivante, il la suit partout. Il n'a pas d'amis, il regarde la télévision, lit des bandes dessinées. Il peut fréquenter une école secondaire, où il a du mal à réussir. À moins qu'il soit sur le point d'être recalé. Il peut même avoir laissé tomber ses études, pour s'éloigner des autres. S'il a travaillé, il a occupé des emplois insignifiants, à peine garçon de bureau. Et il a dû quitter ces emplois assez vite. Ou alors on l'aura renvoyé...

Le capitaine Mac Carthy n'en croit pas ses oreilles.

Tout ça ? Avec douze coups de couteau, un tube de rouge, deux inscriptions obscènes, un canif, et une silhouette qui regarde ses mains ?

Le docteur Brussel passe maintenant à la vie de famille du garçon dont il brosse le portrait.

– Il est possible que sa mère se soit remariée récemment. Ce n'est pas un morceau indispensable à la mosaïque, mais ça collerait bien. Notamment cela nous expliquerait pourquoi la crise s'est précipitée. Quoi qu'il en soit, l'homme de la maison est le rival du garçon et, d'une manière ou d'une autre, leurs relations ont atteint un point de crise. Ce gosse aime sa mère et hait cet homme, qu'il soit son père, son beau-père ou tout simplement l'amant de sa mère. Il est probable que cet homme a réussi dans sa profession, ou son métier, qu'il appartient au genre vigoureux, agressif, et qu'il est très autoritaire. Le gamin en est jaloux. Parce que cet homme détient l'amour de sa mère. Et lui n'a pas comme les autres jeunes de son âge ce qu'il faut pour sortir et se trouver une petite amie. Psychosexuellement il n'a pas atteint ce niveau de maturité. Il est encore agrippé à sa mère. Il l'aime, et il la hait à la fois parce qu'elle le laisse tomber, ou le délaisse. Voilà, capitaine... Je dirais pour terminer ce chapitre que le garçon a tué madame Nerich parce qu'elle symbolisait sa mère. On peut dire que ce soir-là cette femme a servi de substitut à la mère.

– Bon... eh bien... évidemment... mais...

– Vous doutez... Vous avez raison. Je vous rappelle que je joue sur la loi des probabilités. Je n'affirme pas que le tueur est tel que je le décris. Je dis qu'il y a des possibilités pour qu'il ressemble à ce portrait...

– Vous pouvez m'en dire plus ?

– Oui... par exemple : disons que, jusqu'à la crise, l'enfant a été lié si étroitement à sa mère, si retranché du monde, que je ne le vois pas comme une forte tête à l'école, ou ailleurs. Je doute même qu'il ait jamais commis un écart de conduite. Il n'en a pas la malice. Vous ne le trouverez pas dans les délinquants juvéniles ou les écoliers à problèmes.

– Et l'inscription ? S'il est asexué à ce point, comment a-t-il pu écrire une chose pareille ?

– Une manière à lui de dire tout simplement : je me fous de vous. C'est encore un gosse émotionnellement, tel que je l'imagine. Quel que soit son âge réel, il n'est pas pubère. Écrire des mots dégoûtants sur ce sac c'est la manière la plus vigoureuse qu'il a trouvée pour dire : « Maman, va au diable ! » Vous comprenez ? Ce n'est qu'une expression grivoise qu'il a entendue à l'école...

– Mais alors où chercher ce gosse, docteur ?

Le pauvre Mac Carthy veut bien tout entendre dans le domaine de la psychologie, de la psychanalyse, mais lui, il cherche un assassin. Où le chercher ? C'est la question essentielle.

– Je vous ai dit qu'il ne s'éloignait jamais beaucoup de chez lui. Il doit habiter pas loin des lieux du crime. Faites aussi le tour des dermatologues du quartier. S'il a beaucoup d'acné, sa mère a pu l'envoyer chez un spécialiste. Cherchez aussi du côté de l'école secondaire locale. Faites-vous une liste des garçons qui ressemblent à ce portrait. Pas de chahuteurs surtout. Des nullités. Il y a autre chose aussi. Je vois assez cet enfant ressentir la nécessité de rendre public ce qu'il a fait. C'est probablement le premier acte important qu'il ait accompli de son propre chef. Il doit se dire en ce moment : « mon garçon, si le paternel se croit fort, regarde-toi... t'as fait plus fort ». Il n'est pas mûr, rappelez-vous cela. Il éprouve un besoin infantile de se faire valoir, sans en comprendre les conséquences pour lui. Par exemple se vanter devant ses amis, s'il en a… ou alors recommencer à écrire sur les murs. Surveillez les environs, cherchez les graffiti révélateurs sur les murs… C'est à peu près tout, capitaine. Souvenez-vous qu'il s'agit d'une mosaïque de probabilités… bonne chance…

– Bonnes vacances, docteur.

La Jamaïque. Le soleil. Et New York en hiver, et le chef au téléphone qui réclame encore et toujours des résultats. Un cheveu, une puce, un clou, n'importe quoi.

– Alors, Mac Carthy, j'écoute ?

– Oui, chef. Le suspect est un adolescent de moins de vingt ans, il ne mesure pas plus d'un mètre cinquante-cinq, cinquante kilos, de l'acné, il est schizo, solitaire, sans copains, pas de vie sexuelle. Il habite pas loin de la rue du crime. Mauvais élève, pas chahuteur mais nul. Il n'a pas pu aller plus loin que garçon de bureau.

– Vous vous foutez de moi, Sherlock Holmes ?

– Docteur Brussel, chef… collaborateur génial du département d'État. Psychiatre officiel. Des tas de médailles, des tas de résultats avec les collègues.

– J'attends un tueur, Mac Carthy, pas un roman…

– Oui, chef.

Et revoilà Mac Carthy dans la rue, avec Cohen et Sweethey. Ils font le tour des écoles, des dermatologues, des médecins du quartier. Ils rasent les murs au sens propre du terme, le nez dessus, à la recherche de graffiti. Ils demandent aux voisins et aux flics de ronde de surveiller ces graffiti s'il en surgit de nouveaux.

Un soir, les deux acolytes, Cohen et Sweethey, arrêtent leur voiture près d'une cabine téléphonique, pour un appel de routine. Dans le Queens, en ce temps-là, les duettistes policiers n'ont pas de radio dans leur voiture. Heureusement. Pour cette fois.

Cohen pénètre dans la cabine pour téléphoner, et ressort :

– Hé Sweethey, viens voir ça…

Sur la surface polie de l'appareil téléphonique,

deux mots écrits avec semble-t-il un crayon rouge, ou un bâton de rouge. Une de ces inscriptions comme on peut en voir des milliers dans les grandes villes et qui n'éveillent la curiosité que de certains amateurs. Pas de la police. Mais celle-là demande une enquête approfondie. Car la cabine est située à quelques blocs de l'endroit du crime. Et dans les caractères, Cohen et Sweethey repèrent quelque chose de familier. Sauf un changement d'importance. L'expression est la même, « Fuck off »... Mais le calligraphe a changé le prénom. Mary. Au lieu de Paul. « Fuck off Mary. »

Mac Carthy se dit : « Mary est le prénom de Madame Nerich. Paul le prénom de l'assassin. Donc Paul a tué Mary. Il vient de l'écrire, parce qu'il a besoin qu'on le sache. Le psychiatre commence à avoir raison, s'il a raison sur toute la ligne on doit trouver un Paul dans le coin qui ressemble à son portrait. »

– Cohen, Sweethey, les gars... on tient le bout du fil. Cherchez-moi un Paul dans les dossiers de l'école secondaire du quartier.

– Y en a trois.

Mac Carthy va examiner les dossiers des trois Paul. Fourchette d'âge correspondant, le premier est membre de l'équipe de base-ball. Bien vu des filles. Bon élève. À écarter.

Le deuxième se rapproche un peu plus du portrait du docteur Brussel. Notes de bien à assez bien. Pas très liant avec ses camarades. Pas très recherché par les filles. Mais il habite loin du lieu du crime, et il est gros et gras. À écarter.

Le troisième Paul. Il habite à six blocs du lieu du crime. À la même distance de la cabine téléphonique. Il est sans odeur, sans saveur, sans intérêt. Quasiment indescriptible, selon le directeur de l'établissement. Impossible de mettre un visage sur ce nom. Le genre de gosse que personne ne remarque. Qui ne laisse pas de traces. Les professeurs le décrivent timide, renfermé. Il n'a que des moyennes médiocres. Ne participe à aucune activité en dehors des cours. Jamais aux discussions organisées en classe. Il ne gêne personne. Il vient à l'école, s'assied, et retourne chez lui.

Mac Carthy le choisit.

La maison de Paul est bien entretenue, dans une rue agréable. La porte s'ouvre sur un jeune garçon, au teint blafard, gâché par de l'acné. Il est petit, mince.

Il s'appelle Paul et regarde nerveusement les deux policiers qui entourent Mac Carthy.

– Mon père est au travail.

Il regarde derrière son épaule et ajoute :

– Ma mère est pas là non plus et moi... je...

Il n'a pas le temps de finir, sa mère apparaît, jolie femme, ronde, la quarantaine. Vue de dos et dans le noir elle pourrait être madame Nerich. L'évoquer en tout cas.

– Qu'est-ce qu'il y a, Paul ? Que veulent ces messieurs ?

Mac Carthy est tout de même bien embarrassé. Comment faire, par où commencer ? Dire bonjour, madame, excusez-moi, votre fils est-il schizophrène, a-t-il un canif, déteste-t-il votre mari ?...

– Nous cherchons des renseignements à propos d'un crime dont vous avez peut-être entendu parler dans votre quartier... une femme, deux jours avant Noël... Madame Mary Nerich a été...

Et il n'a pas le temps de finir. Au nom de Mary Nerich, Paul explose :

– Je voulais pas la tuer... je voulais pas... ça m'a pris... je sais pas pourquoi... je voulais pas... je voulais pas, et j'avais envie...

Il a un canif dans sa chambre. Il reconnaît s'en être servi pour tuer madame Nerich. Et il y a aussi le permis de conduire. Un souvenir...

Il avait un tout petit travail de ramasseur de quilles dans un bowling, le samedi soir. Sa mère n'a pas divorcé, le père est toujours là, mais justement, ils se querellaient sans cesse à propos des résultats scolaires lamentables de Paul. Et, récemment, après une discussion violente, pour la première fois la mère s'est rangée du côté du père. Pour la première fois, car elle le défendait toujours, lui trouvait des excuses. Mais cette fois, elle a dit comme le père :

– Tu n'es qu'un bon à rien. Ton père a raison.

Ce père, ingénieur, sûr de lui et de sa réussite, ne pouvait absolument pas comprendre pourquoi il avait hérité d'un fils aussi médiocre.

De l'âge à l'acné, en passant par la médiocrité du sujet, la protection de la mère qui s'effondre, et le pouvoir paternel... le psychiatre avait raison.

En vingt minutes, un portrait de famille tout à fait ressemblant, et par téléphone.

Mac Carthy l'a dit aux journalistes.

– Je n'y croyais pas. Les psychiatres me faisaient l'effet de découper les mouches en morceaux, après les crimes. De tirer tous les vers du cerveau de leurs patients. Mais celui-là l'a fait sans filet et il a visé juste. Un bon point pour monsieur Freud.

LE SECRET DE LA COCCINELLE

Rosa Gemen, vingt-cinq ans, est une jolie célibataire. Une silhouette sur laquelle les hommes se retournent plus que volontiers, un visage frais, lumineux, et un charme...

Ce matin du 12 septembre 1966, l'été indien s'est installé à Cologne. Rosa sort de chez ses parents, vers huit heures trente, vêtue d'une robe légère, et un laveur de carreaux ne se prive pas de siffler un compliment sur son passage. Rosa sourit, traverse la rue, et gagne l'emplacement de sa voiture, sur le trottoir d'en face. Une Volkswagen, une coccinelle couleur ivoire, cuirs intérieurs rouges, qu'elle brique amoureusement depuis quelques années.

À Cologne, une coccinelle est une voiture banale, surtout dans les années soixante. Mais cette voiture rigolote et robuste a toujours eu ses amoureux, et les a encore, depuis qu'elle n'est plus fabriquée en série.

Rosa sort ses clés de son sac et contourne la voiture pour ouvrir la portière gauche.

Une voisine l'interpelle :

– Salut, Rosa, ça va ce matin ? En forme ?

Elle s'arrête une seconde, étonnée de ne pas recevoir de réponse.

– Hé Rosa ? Qu'est-ce qu'il y a ?

Rosa vient d'ouvrir la portière de sa coccinelle et a eu un geste de recul. Puis elle se penche à l'intérieur du véhicule et recule à nouveau en faisant la grimace, la main sur le nez, dégoûtée.

La voisine, intriguée par ce manège, se rapproche aussi, pour voir ce qui effraie son amie, ne voit rien... mais sent soudain, et se recule à son tour :

– Mon Dieu, quelle horreur, Rosa... Qu'est-ce qui est arrivé à ta voiture ?

– Je ne sais pas, c'est infect...

Rosa fait le tour pour ouvrir l'autre portière et établir un courant d'air.

– Tu as oublié quelque chose à l'intérieur ?

– Non... je ne m'en suis pas servie ce week-end... et c'est ma mère qui a fait les courses... Il n'y a rien à l'intérieur, je viens de regarder.

– Regarde dans le coffre... il y a sûrement quelque chose qui pue là-dedans...

Rosa ouvre le coffre, examine le petit désordre habituel qui y règne, une paire de bottes inodores, un parapluie, des chiffons, un bidon d'huile, un jerricane qui sent seulement l'essence, des vieux journaux... Rien qui explique cette odeur épouvantable qui l'a prise à la gorge en ouvrant la portière. D'ailleurs cette odeur ne vient pas du coffre où on la sent à peine. Elle vient bien de l'intérieur de la voiture.

– Impossible de rouler là-dedans... c'est infernal... je vais être en retard à la pharmacie...

La voisine ouvre son sac de tennis et lui tend un atomiseur de déodorant :

– Tiens, vaporise avec ça, je m'en sers pour les chaussures de tennis après le match, c'est efficace... Tu n'auras qu'à rouler les vitres ouvertes, ça passera... N'aie pas peur de vider la bombe... Je te la laisse, tu en as plus besoin que moi...

Tandis que la voisine s'éloigne, Rosa s'assied de biais dans la voiture, les jambes à l'extérieur, prête à ressortir à la première nausée, car cette odeur est écœurante, une odeur d'ail, un concentré d'ail, dirait-on. Elle bombarde l'intérieur de la voiture de déodorant au citron vert... Le mélange n'est pas une réussite, mais l'odeur est tout de même un peu masquée. Rosa hésite, regarde l'heure, elle pourrait prendre le bus, mais...

Passe un cycliste, qui aperçoit les jolies jambes sportives de Rosa, et siffle d'admiration lui aussi.

Habituellement Rosa sourit avec indifférence à ce genre de compliment canaille. Mais elle est énervée par ce mystère nauséabond. Alors elle se décide. Clac, fait la portière du côté gauche, et clac du droit, vitres ouvertes elle démarre en trombe. Rouler plus vite, pour faire plus vite rentrer de l'air dans la coccinelle transformée en boîte de conserve de jus d'ail. Rosa fonce vers la pharmacie où elle travaille comme préparatrice stagiaire. Mais elle se demande si elle tiendra le coup jusque-là... Elle a des nausées, l'odeur est toujours forte malgré le déodorant, tenace, vireuse, asphyxiante. Et il y a des embouteillages interminables. Elle en pleure, car ses yeux brûlent, comme si le relent d'ail pénétrait directement dans ses yeux, dans ses narines. Le cœur soulevé, à la limite du vomissement, Rosa se décide à s'arrêter dans un garage station-service. Elle sort de la voiture comme un diable de sa boîte, et hèle le garagiste :

– Vous pouvez nettoyer ma voiture, s'il vous plaît ?

L'homme fait signe à un jeune employé blond en combinaison orange :

– Le garçon va s'occuper de ça... mais je vous préviens, on est débordés... Vous pourriez pas repasser ?

Tout en parlant, le garagiste s'est approché, et se pince le nez avec dégoût.

– Qu'est-ce qu'il y a eu là-dedans ?

Le garçon en combinaison fait lui aussi la grimace.

Rosa lève les bras en signe d'incompréhension :

– Je ne sais pas du tout ce qui s'est passé. Il faut surtout nettoyer l'intérieur... Elle était garée pour le week-end, fermée, rien dedans... Je n'y comprends rien, mais c'est intenable, vous pouvez la prendre tout de suite, s'il vous plaît ?

– Maintenant que vous êtes là, dit le garagiste, j'ai intérêt... Elle finirait par empuantir tout mon garage. Allez, Martin, au boulot, débarrasse-nous de cette pourriture avant que les clients n'arrivent.

Martin Zeiger, quinze ans, apprenti, monte dans la coccinelle avec dégoût, tandis que Rosa court vers sa pharmacie, à pied, heureuse de renifler, pour une fois, le gaz carbonique des pots d'échappement.

Au garage, la journée de Martin l'apprenti est longue. Entre le nettoyage de la coccinelle et les odeurs d'essence, de graisse, de pétrole, il est tout barbouillé. En rentrant chez lui, il est très pâle, le visage défait, les yeux rouges. Sa mère s'en inquiète aussitôt :

– Tu es malade ? Qu'est-ce qu'il y a ? Où as-tu mal, tu as de la fièvre ?

– Je sais pas, j'ai envie de vomir, regarde mes bras...

Il retrousse ses manches pour faire voir d'énormes taches rouges qui commencent aux poignets et montent jusqu'aux épaules.

Le médecin de famille les examine une heure plus tard. À la loupe, de biais, en dessous, par-dessus...

– Bizarre... bizarre... vraiment très bizarre, qu'est-ce que tu as tripoté aujourd'hui, Martin ?

– Ben les produits habituels pour laver les voitures, la pompe à essence, comme d'habitude. Ça fait six mois que je suis là-dedans toute la journée, ça n'a jamais rien fait...

– Tu es sûr de n'avoir rien fait d'autre que nettoyer des voitures ?

– Ben oui...

Si Martin ne fait pas allusion à la bizarrerie de la coccinelle, c'est que, puanteur ou pas, il est passé entre ses mains une douzaine de voitures, à laver, aspirer, gratter, astiquer, et qu'il en a plein ses pattes de quinze ans. Et aussi que sa mère s'affole en se demandant s'il a eu la varicelle, la scarlatine, ou la rubéole, elle ne sait plus...

Mais le médecin est inquiet :

– Il faut analyser ça de près, je t'emmène à l'hôpital en dermatologie...

– Vous auriez pas quelque chose pour les nausées ?

– On verra ça à l'hôpital, Martin, je ne veux rien te donner avant de savoir...

À l'autre bout de Cologne, Rosa est rentrée chez elle avant six heures, pour se précipiter dans la salle de bains. Elle en ressort deux minutes plus tard, affolée, en appelant sa mère :

– Regarde, maman... regarde !

Rosa est nue devant la glace de sa chambre, son joli corps sportif à la peau bronzée porte des marques inquiétantes. Les bras et le postérieur sont couverts de cloques énormes, rougeâtres.

– Tu as mal ? Qu'est-ce que c'est ? Qu'est-ce que tu as fait, tu es allée à la piscine à midi ?

– Non... justement, j'étais mal fichue, envie de vomir... et j'ai mal, maman, ça brûle...

La mère de Rosa réagit comme celle de Martin, appelle le médecin de famille, qui trouve ces cloques bizarres lui aussi, et lui aussi dirige la jeune fille vers la clinique dermatologique de l'hôpital de Cologne.

Une clinique de verre et de peinture blanche, à l'atmosphère aseptisée, où, malheureusement, Rosa et Martin n'entrent pas en même temps. Car s'ils se trouvaient au même instant entre les mains des cliniciens, s'ils partageaient le même dortoir cette nuit-là, s'ils se croisaient seulement dans le même couloir, tout irait très vite. La relation serait faite, forcément, mais ce n'est pas le cas. Ils sont entrés à des heures différentes, on les examine séparément, et ce n'est que le lendemain matin que le médecin-chef se rend dans le bureau du directeur de la clinique.

– Je suis inquiet. Je viens d'examiner un jeune garçon, un apprenti, il travaille dans un garage, et j'ai bien l'impression qu'il a été intoxiqué par de l'ypérite !

– De l'ypérite, bon Dieu, c'est grave…

Les deux médecins retournent auprès de Martin pour l'interroger de manière plus pointue.

– Tu es en contact avec des produits chimiques ?

– Je sais pas, moi, je lave des voitures et je sers à la pompe, c'est tout…

– D'accord, mais tu as été intoxiqué, sans doute, par un produit chimique, un gaz que l'on appelle ypérite…

– Je connais pas ce produit-là… Je me sers pas de gaz…

– Je m'en doute bien, l'ypérite est un gaz de combat, il a été utilisé pour la première fois pendant la Première Guerre mondiale et a fait des centaines de milliers de victimes… C'est un gaz asphyxiant, vésicant… c'est-à-dire qu'il atteint l'appareil respiratoire, et provoque aussi des irritations graves… Ce n'est pas le genre de produit qu'on achète chez le droguiste !

– Je sais pas, docteur, moi, je lave les voitures et c'est tout… Je vais mourir ?

– Mais non… tu ne vas pas mourir… mais il faut prévenir la police, et interroger ton patron… c'est urgent, une substance pareille qui traîne en ville, c'est insensé !

La police est donc prévenue par les médecins de la clinique de Cologne, tandis que le laboratoire s'active pour obtenir la confirmation du diagnostic.

Ce que n'a pas dit le médecin au jeune Martin, c'est que ce gaz est un danger terrible. En fait, il a été utilisé pour la première fois, en 1915, par les Allemands eux-mêmes, à Ypres, ce qui lui a donné son nom vulgaire d'ypérite. Il s'agit de sulfure de dichlorétyle S. Il a eu des petits frères depuis, aux noms encore plus compliqués, et fait partie de ce que l'on nomme les gaz toxiques généraux, car ils suffoquent et irritent à la fois, provoquent diarrhées et vomissements. Le pire étant qu'ils sont parfois mutagènes ; c'est-à-dire qu'ils entraînent, on l'a testé par des expériences sur des animaux, des modifications génétiques transmissibles à la descendance… Une belle horreur, en principe interdite dans les combats, mais que certains pays ne craignent pas d'utiliser encore, sans le moindre complexe.

L'ypérite est un gaz plus dense que l'air, qui, s'accumulant dans les abris, les tranchées, les ravins, attaquait l'eau et les aliments.

Les combattants de la Première Guerre mondiale, les gazés, savent bien que le fameux masque qu'on leur distribuait ne suffisait pas à les protéger. Un endroit envahi par l'ypérite doit être assaini le plus vite possible, il faut désinfecter le matériel, le terrain, détruire les aliments, contrôler l'eau...

Le jeune commissaire Scheider qui pénètre dans la clinique de Cologne, le 13 septembre 1966, n'a pas fait la guerre, mais connaît l'ypérite de réputation.

On lui confirme au laboratoire qu'il y a bien deux victimes, intoxiquées par ce même gaz.

– Ils travaillent dans une usine ?

– Non, le garçon dans un garage, la jeune fille dans une pharmacie.

– Une pharmacie ? On peut trouver ça dans une pharmacie ?

– Certainement pas... On ne voit pas quel produit pharmaceutique pourrait se rapprocher de l'ypérite. Et encore moins dans les produits automobiles.

– Est-ce qu'ils se connaissent ?

– Apparemment non... enfin, après tout on ne sait pas...

Le commissaire Scheider s'attendait à une enquête fastidieuse sur un accident du travail, avec les habituels ergotages sur les responsabilités, la manipulation, etc. Cette histoire insolite devient intéressante...

Il va donc interroger les deux malades.

Martin en premier. En dix minutes il arrive au fait principal de la journée du jeune apprenti. La coccinelle qui sentait mauvais.

– Elle sentait mauvais comment ?

– L'ail...

Le médecin-chef sursaute :

– C'est l'odeur caractéristique de l'ypérite, commissaire...

– Bon, eh bien on tient le bon bout. C'était quoi cette voiture ?...

– Une coccinelle, c'est une jeune femme qui l'a apportée pour la faire laver.

– Tu la connais ?

– Non, monsieur, elle est pas revenue la chercher le soir, d'ailleurs.

Le commissaire Scheider se sert aussitôt du téléphone, et le garagiste lui donne le nom de la propriétaire du véhicule, qui est toujours là dans son garage : Rosa Gemen...

Le médecin se frappe la tête :

– C'est l'autre malade... commissaire, c'est elle...

Enfin le lien est établi : la coccinelle de Rosa est l'agent de transmission de l'intoxication. Mais comment et pourquoi ? Un accident ? Où cette voiture aurait-elle pu être contaminée par un gaz toxique ?

Le commissaire Scheider est maintenant au chevet de Rosa. Très affaiblie. La pauvre est allongée sur le ventre pour préserver les cloques des brûlures qui ont atteint son ravissant postérieur. Ses bras emmaillotés de gaze, le visage défait, elle respire mal.

Après avoir envisagé tous les circuits possibles de la coccinelle et écarté le hasard qui aurait pu la conduire dans un endroit où l'on traite ce genre de produit, ils sont rares Dieu merci, le commissaire s'interroge, perplexe. Ce qui l'intrigue surtout, c'est que lorsque le samedi soir Rosa a fermé sa voiture à clé, elle ne sentait pas l'ail, et elle ne l'a rouverte que le lundi matin.

– Il pourrait s'agir d'une tentative criminelle, mademoiselle Gemen... Quelqu'un vous en veut ?

– Non... enfin... après tout si... Miklos... peut-être Miklos.

– Qui est Miklos ?

Le commissaire est étonné, il n'a suggéré cette hypothèse que par principe. À sa connaissance les tentatives criminelles entre civils ne se font pas au gaz de combat...

– Miklos Bakony, c'est un garçon que j'ai connu, intimement.

– Il n'est pas allemand, avec un nom pareil ?

– Hongrois, mais je ne le vois plus.
– Racontez-moi…
– Écoutez, commissaire, c'est une histoire privée, enfin je veux dire que Miklos était amoureux de moi, il voulait m'épouser et j'ai refusé… ça s'arrête là…
– Vous êtes sûre ?
Rosa tousse et semble souffrir à chaque phrase un peu longue qu'elle prononce.
Mais le commissaire, comme la plupart des hommes, trouve Rosa très jolie, le genre de femme à susciter des passions. Lorsqu'il y a passion, il peut y avoir danger. Il lui faut plus de détails sur ce Miklos.
– Quelle a été sa réaction au moment de la rupture ?
– Assez folle, il m'a menacée de me tuer, c'est un passionné… Il avait un revolver ce jour-là. Il est même allé voir mon père en hurlant que c'était de sa faute si je ne voulais pas l'épouser. Mon père l'a fichu dehors. Mais vous savez…
Rosa respire avec de plus en plus de difficultés, et finit par supplier :
– Allez voir mes parents, ils vous expliqueront, je suis trop faible…
Le commissaire Scheider se retire. Mais ne perd pas de temps pour se rendre chez les parents de Rosa. Un amoureux éconduit qui se vengerait au gaz de combat, il n'a jamais vu ça, mais en matière criminelle, il se produit toujours quelque chose que l'on n'a jamais vu, un jour ou l'autre… L'imagination des fous est sans limites…
Devant le père de Rosa, c'est la première question que pose le commissaire :
– Vous le trouviez anormal ce garçon ?
– Moi, oui. Ma fille était plus… comment dirais-je, elle avait aimé ce garçon, disons qu'elle était un peu aveuglée, et prête à pardonner ses extravagances… mais pas moi. C'était pire que des extravagances, commissaire. Imaginez, ce garçon de vingt-sept ans, intelligent je le reconnais, agréable physiquement aussi ; au début nous n'avions pas de raison de nous opposer à leurs relations, mais ma fille ne voulait pas se marier, c'était son droit, elle n'était pas sûre d'elle.

Or voilà que ce garçon se transforme en fou furieux ; d'abord il la menace d'un revolver, ensuite il se met à écrire une sorte de journal intime de leurs relations, et il vient me voir, moi, en me menaçant de le polycopier, et de le répandre dans la ville… J'ai d'ailleurs fait des démarches, à l'époque, pour qu'il soit interné. Ce garçon a des troubles mentaux évidents, seulement voilà… il ne le reconnaît pas, il se croit sain d'esprit, et on ne peut pas faire interner les gens comme ça…

– Je comprends, mais l'ypérite n'est pas à portée de main du premier venu… De plus, je suis passé au garage, j'ai examiné la voiture, et il n'y a aucune trace d'effraction, aucun débris de verre, quelque chose qui ressemblerait à une ampoule brisée par exemple… L'ypérite se transporte forcément dans un emballage hermétique… Je n'ai découvert que quelques taches visqueuses, sur le tapis de sol, côté droit. Le produit sûrement, qui a dû se volatiliser aussitôt… Ce Miklos s'était-il déjà servi de la voiture ?

– Jamais.

– Les clés n'ont jamais disparu ?

– Non. D'ailleurs Miklos ne s'est plus manifesté depuis quelque temps…

– Vous vous servez de la voiture ?

– Ma femme de temps en temps, mais c'est rare ; quant à moi jamais.

– Je vous posais la question car la tentative criminelle pourrait être dirigée aussi contre vous, ou votre femme… Vous voyez une raison ?

– Pas la moindre. Nous menons une vie tranquille, je suis retraité de l'administration… ma femme ne travaille pas…

– Pardon d'insister, mais vous avez fait la guerre ?

– Oui. Comme tout le monde.

– Vous êtes engagé dans un parti quelconque, politique, une association d'anciens combattants ou quelque chose de ce genre ?

– Non. Cette guerre, commissaire, je l'ai faite contre mon gré, les nazis… enfin ce n'étaient pas mes convictions. Et depuis nous nous efforçons d'oublier. Quel rapport de toute façon ?

– La guerre, monsieur Gemen. Le gaz de combat… une vieille rancœur d'un ancien compagnon, je ne sais pas…

– Ne cherchez pas de ce côté, commissaire. Mes compagnons sont tous morts, ou ont disparu en Russie. Je n'ai pas d'ennemis. Je n'en ai jamais eu d'ailleurs.

Le père de Rosa est un homme digne, que le jeune commissaire salue.

C'est un peu l'impasse dans cette enquête. Il faut rencontrer ce Miklos. Il est étudiant, il fait partie d'une association d'étudiants à Marbourg, en Rhénanie. Le convoquer d'abord, pour voir s'il se présente, ce serait déjà un bon point en sa faveur.

Le lendemain, 14 septembre, Miklos Bakony comparaît devant le jeune commissaire Scheider. Un garçon de taille moyenne, au visage souriant, mais au comportement nerveux. D'un physique agréable, yeux verts, cheveux bruns bouclés, il a pourtant le type même du potache attardé dans des études interminables, et sans but bien défini. Il semble tomber des nues :

– Que se passe-t-il ? Je n'ai rien perdu, on ne m'a rien volé… pourquoi cette convocation ?

Le commissaire l'attaque de front.

– Vous êtes ami avec Rosa Gemen… c'est la raison de cette convocation. Vous n'êtes pas au courant évidemment, car les faits datent d'hier, mais votre amie a été victime d'une grave intoxication, étrange… J'interroge la famille et les proches, je cherche une piste…

– Comment ça, une piste ; on l'a empoisonnée, c'est ce que vous voulez dire ?

– En quelque sorte, oui.

– Volontairement ?

– Il semble bien… avec un gaz peu commun, l'ypérite… un gaz de combat… dans sa voiture.

– … Elle… elle est morte ?

– Non… heureusement les médecins sont intervenus assez vite et elle s'est débarrassée de la voiture dans un garage… Il y a d'ailleurs une autre victime… Où étiez-vous hier ?

– À Marbourg, à l'université.

– Et la nuit précédente ?

– À Marbourg…

Le garçon s'agite un peu sur sa chaise, puis attaque :

– D'accord, je vois, vous me soupçonnez parce que Rosa a dû vous dire que je l'ai menacée, après notre rupture. J'ai eu un choc terrible, je le reconnais. J'en suis devenu à moitié fou même… Je déprimais tellement que j'ai dû me doper pour tenir le coup, ça n'arrangeait rien… une vraie catastrophe…

– Quel genre de dope ?

– De la Pervitine ; je ne supporte pas ce genre de médicaments… heureusement je m'en suis aperçu à temps. Je vais beaucoup mieux maintenant… d'ailleurs, je n'ai pas revu Rosa depuis des semaines… J'ai encaissé maintenant. Je ne vous dirais pas que c'est la joie, mais je tiens le coup… Je l'aimais… comme un fou… mais je n'ai rien fait ! De l'ypérite ! C'est insensé…

– Vous connaissez ce genre de gaz ?

– De réputation… On s'en est servi pendant la Première Guerre, c'est tout ce que je sais…

– Vous n'êtes pas né en Allemagne ?

– Non, je suis hongrois d'origine, je suis ici depuis six ans…

– Quel genre d'études faites-vous ici ?

– J'essaie de m'adapter, maths, physique, histoire… langues, je touche un peu à tout, j'ai une bourse…

– Et en Hongrie ?

– Je suis parti de Hongrie pour faire des études ici justement…

– Mais vous êtes parti d'une université pour obtenir une bourse, laquelle ?

– Budapest… je suis né là-bas.

– Merci, monsieur Bakony… vous pouvez rentrer chez vous…

– C'est… c'est tout ?

– Oui. Bien entendu. Je vais simplement, et comme

d'habitude, vérifier que vous étiez à Marbourg les 11 et 12 septembre, c'est tout.

– Ah bon. Eh bien au revoir, commissaire...

Miklos se retire et le commissaire n'est guère plus avancé. Il a l'air sincère ce garçon, il a reconnu lui-même s'être complètement déglingué en se dopant, il avoue sa déprime, sa folie passagère... Les Hongrois sont des passionnés, dit-on, surtout en amour... Un gamin attardé, en quelque sorte, qui vient de subir son premier échec amoureux. D'où peut bien venir ce satané gaz ?...

Le commissaire vérifie l'alibi de Miklos à Marbourg, sans problème. Puis il lui vient une idée, parce qu'il n'en trouve pas d'autres à vrai dire. Une idée de routine toujours : vérifier le passé de Miklos en Hongrie, à l'université de Budapest. Routine pure. Demande classique par télex et réponse quarante-huit heures plus tard.

Et là, le commissaire Scheider fait un bond. De rage. Ce Miklos l'a bien eu avec ses airs d'innocent amoureux, fou de désespoir...

Le télex dit :

« Bakony Miklos, né le 12 juillet 1939 à Budapest. Étudiant en chimie, passionné d'expériences, notamment sur les gaz asphyxiants. À quitté l'université de Budapest, après un accident de laboratoire, probablement involontaire, qui a failli entraîner la mort de plusieurs camarades. »

Pas de poursuites.

Miklos Bakony se retrouve devant le commissaire Scheider. Cette fois, deux policiers sont allés le chercher. C'est lui, bien sûr. Mais comment a-t-il fait ?

Durant des jours et des jours, Miklos nie obstinément. Bien que le commissaire sache maintenant que les études interminables et vagues qu'il poursuit, de la physique à l'histoire en passant par les maths et les langues, croisent aussi la chimie, et qu'à l'université de Marbourg on fait les mêmes expériences de laboratoire qu'à Budapest. De l'ypérite, il y en a. Elle sert à étudier les mutations génétiques sur les animaux, en milieu vivant comme on dit.

Pour un écologiste comme le commissaire Scheider, ce genre de chose est une horreur. Et Miklos n'avoue toujours pas, et le commissaire tient bon, jour après jour. Il sait, il sent, il devine que ce garçon a effectivement des problèmes psychologiques graves, et qu'il va craquer. Il faut qu'il craque... L'usure nerveuse, la longueur de temps sont les seules armes du commissaire, qui par ailleurs n'a aucune preuve matérielle à sa disposition.

Deux semaines d'usure et d'interrogatoires viennent enfin à bout de Miklos.

Comment s'y est-il pris pour introduire l'ypérite dans la voiture fermée à clé ?

– J'ai pris le train de nuit, j'ai mis l'ypérite dans une seringue, avec une très longue aiguille. Dans la nuit de dimanche à lundi, je suis allé à pied de la gare au domicile de Rosa. J'ai repéré la voiture, elle la laisse presque toujours au même endroit. J'ai enfoncé l'aiguille dans la bordure de caoutchouc de la glace avant droite. Je suis reparti à pied jusqu'à la gare, j'ai pris le train suivant pour rentrer à Marbourg. Personne ne s'est aperçu de mon absence. Je regrette. Je demande pardon à Rosa.

C'est curieux, il y a les criminels qui ne regrettent rien, et ceux qui regrettent, mais on se demande ce que ça change. Pour les victimes en tout cas.

Rosa et le jeune Martin souffriront à vie des séquelles de ce gaz de combat.

Comme tant d'autres innocents dans ce monde guerrier.

– Saloperie d'invention, a dit le commissaire Scheider aux journalistes.

Et il a fait une déclaration d'écologiste, plus que de policier. Chacun son combat.

LES COLLECTIONNEURS

Dix heures du matin, dans un commissariat de New York. Les patrouilles de journée sont déjà en route, l'inspecteur Calsoum parcourt rapidement les journaux du matin. Le président Truman vient d'annoncer que les forces américaines entreront en action pour défendre la Corée du Sud de l'envahisseur communiste, sous la conduite du général MacArthur. Ce mois de juillet 1950, pour l'Amérique, est encore un mois de guerre...

Calsoum a servi dans le Pacifique. La guerre, il connaît, et à New York, pour un policier de terrain, la guerre se fait tous les jours. Des bandes de jeunes s'affrontent le couteau à la main, Noirs, Portoricains, Blancs des quartiers pauvres... et pendant ce temps, sur tous les écrans d'Hollywood, Ingrid Bergman joue Jeanne d'Arc, et McCarthy déclenche la chasse aux sorcières en proposant au Sénat une loi anticommuniste, tandis que les Russes font exploser leur première bombe atomique.

Le monde est une drôle de boule.

Le téléphone grésille sur le bureau de Calsoum. Il le décroche pensivement en repliant son journal, et n'entend rien à l'autre bout du fil.

– Commissariat Cinquième Avenue ouest, j'écoute...

Il y a une sorte de chuchotement, et Calsoum s'impatiente :

– J'écoute, bon sang...

Alors la voix chuchotante se décide :

– 2078, Cinquième Avenue...

– Et alors, qui êtes-vous ? Qu'est-ce qu'il y a au 2078 de la Cinquième ?

– Personne n'est sorti depuis un mois.

– Votre nom ?

Silence. Encore un anonyme. C'est fou ce que les anonymes occupent les lignes des commissariats de police. Anonymes pour dénoncer des voisins bruyants, anonymes pour signaler un cadavre dans une impasse, anonymes pour avertir qu'un voleur fracasse une vitrine devant chez eux. Le monde a peur de regarder la vie en face.

– D'accord, dites-moi au moins qui habite au 2078 ? Je vous entends respirer... Allez-y, bon sang.

Un déclic. L'anonyme s'est fondu dans le réseau téléphonique.

Calsoum appelle une patrouille mobile. Homère et Adam, voiture 26, sont les plus proches du 2078 de la Cinquième Avenue.

– On y va, chef. Qui habite là ?

– J'en sais rien, les gars, c'est une devinette.

– Quel genre d'intervention, chef ?

– J'en sais rien non plus, les gars, c'est l'anonyme de service.

Cinq minutes plus tard, Homère et Adam se garent devant le 2078. La Cinquième Avenue est l'une des plus riches du monde, comme chacun sait. Devant les deux policiers, un hôtel particulier de trois étages. Les volets sont clos. Vu le prix du terrain constructible à New York, les gens qui habitent là, sur trois étages seulement, ne sont pas pauvres.

Homère et Adam, deux grands gaillards, également bâtis comme des joueurs de base-ball, également blonds, également originaires du Wisconsin, sont partenaires de patrouille depuis longtemps. Ils jouent les interventions à pile ou face, avec une capsule de bière. Homère a gagné. Il va sonner à la porte du 2078, tandis qu'Adam contacte le chef Calsoum, par radio :

– Une bicoque de luxe, chef, les volets bouclés. Homère sonne mais personne ne répond. On dirait un blockhaus... C'est qui les richards ?

Calsoum lit la fiche que vient de lui tendre un adjoint :

– 2078, trois étages, hôtel particulier, de 1910. Propriétaires Frederic et Christian Barney, sans profession, diplômés de l'université de Columbia. Une note du service d'hygiène, sur plainte des voisins, rien n'a été relevé contre eux, l'enquête a noté seulement que le bâtiment était sans téléphone, sans eau, sans gaz, sans électricité...

– Shit!

La traduction de ce mot en bon français appartient au général Cambronne, et, dans la bouche d'Adam, exprime un étonnement compréhensible.

– Des richards sans téléphone et tout le reste? Ils habitent pas là alors?

– C'est justement ce qu'on vous demande, bande de feignants! Où en est Homère?

Homère n'en est nulle part, sauf quelques constatations.

– La porte a l'air blindée, chef, du sérieux, serrures de sécurité dans le genre compliqué. Les voisins n'ont vu personne depuis des semaines.

– En voyage?

– Il paraît que c'est pas le genre, chef... Deux types habitent là-dedans, des originaux. Qu'est-ce qu'on fait?

– Vous restez là, je vous envoie un serrurier et j'arrive. Que l'un de vous continue l'enquête de voisinage.

La Cinquième Avenue de New York n'est pas devenue la plus chic de la ville par hasard. C'est la plus agréable. Elle borde Central Park sur une bonne partie de sa longueur, un bois immense en plein centre, où l'on fait du cheval l'été, du patin à glace l'hiver, et où tous les amoureux de New York, les enfants, les coureurs de marathon ou les simples promeneurs se retrouvent chaque jour. Le 2078 fait face au parc, où un prédicateur, ce matin de juillet, tente de haranguer une petite foule, en lui parlant de Jéhovah.

L'inspecteur Calsoum étire ses longues jambes hors de la voiture de police et observe le serrurier qui déballe ses instruments. Homère revient de son enquête rapide et fait son rapport:

– Drôles de milliardaires, chef, ils habitent réellement là. Deux frères, la cinquantaine. L'aîné, Christian Barney, est aveugle, il ne sort jamais, les voisins ne savent même pas à quoi il ressemble. Ils ne voient que l'autre, Frederic Barney, il fait les courses lui-même, si on peut appeler ça des courses. Il paraît que ce type ne sort quasiment que la nuit, il fouille les poubelles avant le passage des chiffonniers. On m'a dit qu'il ne fréquentait pas les commerçants, il fait des kilomètres à pied pour se procurer du pain rassis et des déchets de viande. Des fois il se balade avec une voiture à bras, il ramène des tas de saloperies et d'objets bizarres. Il engrange tout ça dans la maison. Rien ne ressort... Ça doit être un drôle de capharnaüm, là-dedans...

– T'as pas repéré l'auteur du coup de téléphone ?

– Non, chef. Les gens d'ici s'en fichent un peu, il paraît qu'il y a des années que ça dure ; y a juste un concierge au 2080 qui m'a dit que les services d'hygiène étaient bons à rien... Qu'on devrait pas tolérer des brocanteurs dans la Cinquième...

Le soleil de juillet fait une jolie auréole dorée sur les arbres du parc mais tape sur la tête du serrurier qui transpire et s'échine devant la porte blindée.

– Impossible d'ouvrir, chef... L'huisserie est encastrée dans la pierre, c'est du blindage de guerre ce truc... J'en ai pas vu des comme ça depuis longtemps, mais c'est du solide. Trois verrous, des barres de sécurité, probablement un double blindage à l'arrière ; même avec un chalumeau, y en a pour la journée ! Qu'est-ce qui se passe là-dedans ? C'est Fort Knox ?

– Peut-être bien.

Calsoum réfléchit. Forcer une porte blindée sur un coup de fil anonyme l'obligerait à demander l'avis du procureur. Investir une propriété privée, c'est toute une affaire aux États-Unis. Il faut une plainte.

Elle arrive sans qu'il l'ait cherchée. Le concierge du 2080, décidément agressif, a rejoint les policiers, ravi de l'aubaine :

– Ça m'étonne pas qu'on vous ait signalé cette honte. On se plaint depuis des années, et rien !

– Les gens ont le droit de faire ce qu'ils veulent, tant que ça se passe chez eux... De quoi vous vous plaignez exactement ?...

– Des saloperies qu'ils enferment là-dedans. Vous savez qu'on a des rats ? Sur la Cinquième Avenue, c'est le comble ! Mais moi, je vous dis qu'il s'est passé quelque chose, c'est vrai qu'on n'a pas vu le dingue avec sa charrette depuis des semaines. Et l'autre est aveugle... Allez savoir ce qui s'est passé là-dedans... Ils ont peut-être crevé dans leurs poubelles, comme des rats !

Calsoum prend contact avec le procureur par radio, obtient l'autorisation d'investir les lieux, et lève la tête. Une fenêtre, c'est le plus simple, il faut une échelle, démonter les volets, casser un carreau et ouvrir de l'intérieur.

Il est onze heures trente, le soleil est encore plus ardent, et le serrurier, en haut de son échelle, peine à démonter le volet du premier étage. Enfin il parvient à desceller un côté, pratique un joli rond découpé dans une vitre, ouvre la fenêtre et redescend :

– À vous, chef... je vous préviens, c'est tout noir à l'intérieur, et ça pue...

Homère est désigné pour l'exploration. Il escalade rapidement l'échelle, enjambe la barre d'appui et disparaît, sa torche à la main, dans l'étrange maison.

Devant la porte blindée, Calsoum et l'officier Adam attendent qu'il vienne leur ouvrir. Mais les minutes passent, et aucun bruit ne signale l'arrivée d'Homère derrière cette maudite porte.

– Bon sang, qu'est-ce qu'il fabrique là-dedans ?

Adam se dévoue :

– Je vais voir, chef ?

– Okay, mais attention, s'il y a un problème, tu me le signales dans deux minutes à la fenêtre.

Adam grimpe à son tour lestement par la fenêtre, et une minute s'écoule, puis deux... L'inspecteur Calsoum et le serrurier commencent à s'inquiéter, lorsqu'un grincement les rassure enfin. Il faut une série de plusieurs grincements avant que l'énorme porte bouge enfin. Le serrurier avait raison, double blindage, double porte...

Finalement, dans la pénombre, la tête d'Homère puis celle d'Adam apparaissent. Ils sont couverts de poussière, hirsutes, et ont les yeux hors de la tête.

Calsoum les considère avec étonnement.

– Qu'est-ce qu'il y a? Vous avez rencontré le diable? ou le Ku Klux Klan?

Il fait un pas en avant, mais Homère s'écrie:

– Attention, chef! Gaffe, c'est plein de pièges là-dedans, j'ai failli me faire avoir... y a pas de lumière.

Homère et Adam guident leur chef dans un étroit couloir où s'entassent des meubles, empilés les uns sur les autres, ne laissant le passage à un homme normal que de biais, ou presque. La carriole à bras dont on leur a parlé occupe l'entrée de ce couloir, qui se rétrécit de plus en plus, au fur et à mesure des entassements. Les lampes-torches des policiers découvrent des pans de murs sales. Homère s'arrête et désigne une bosse sous un tapis. Il soulève le tapis:

– Regardez, chef, un piège à loup, j'ai eu du pot de me méfier... et attendez c'est pas fini, là-bas, vous voyez... il faut monter sur cette porte de buffet, on vient de la poser avec Adam, c'est pour ça qu'il vous a pas fait signe à la fenêtre. Je l'ai rattrapé de justesse... On a eu une de ces trouilles!

Dans le halo de la lampe, avec précaution, les trois hommes avancent jusqu'à la porte de buffet, disposée à plat sur le sol. Calsoum demande:

– Qu'est-ce qu'il y a dessous?

– Le vide, chef... On voit rien, ça doit être profond, une cave peut-être... Adam a failli disparaître là-dedans... Il y a sûrement d'autres pièges. Il faut ouvrir les volets, c'est une maison de dingues.

Calsoum grimpe sur un meuble, en attendant que les deux hommes déblaient un peu le terrain devant lui. Les murs de la maison sont épais, et le silence est absolu à l'intérieur. Il y règne une odeur atroce, étouffante, une atmosphère épaisse, mélange de moisissure et de poussière. Le faisceau de la torche d'Homère éclaire progressivement le salon, au plafond très haut. La pièce paraît immense, mais encombrée d'un tel bric-à-brac qu'on ne peut y circuler, comme dans le hall, qu'en suivant un étroit couloir semé d'embûches. Homère grogne, il ne parvient pas à atteindre les volets. Des meubles empilés devant, presque jusqu'au plafond, dans un équilibre dangereux, l'en empêchent.

Adam ressort pour récupérer un projecteur dans le coffre de la voiture de police et le brancher sur la batterie, puisqu'il n'y a pas d'électricité. Il en profite pour demander du renfort à une autre patrouille, car les curieux se pressent devant le 2078 de la Cinquième Avenue. Depuis le temps que les voisins s'interrogent sur ces deux milliardaires enfermés là-dedans... ils voudraient bien savoir.

Midi. Le soleil est haut dans le ciel de New York, lumineux, une splendide journée d'été. À l'intérieur c'est l'enfer. Le projecteur découvre le salon dans un halo de poussière. Un piano, puis un autre piano, un troisième piano, et Adam pousse à nouveau un juron :

– Shit !... regardez, chef, là, par terre, derrière le piano...

Calsoum s'approche prudemment en se retenant aux meubles et se penche. Un visage lui apparaît. D'une blancheur transparente, à demi noyé sous de longs cheveux gris, les yeux ouverts, fixes, et noirs.

– Ce doit être l'aveugle...

Calsoum promène sa propre torche sur le corps étalé. Un costume grisâtre, informe, râpé, rapiécé de toutes parts. L'homme a dû tomber du tabouret du piano, la position du corps semble logique à partir de cette hypothèse.

Avec dégoût, Calsoum tâte les poches du cadavre et n'en ressort que des objets bizarres et sans valeur. Un tortillon de papier, un chiffon qui a dû servir de mouchoir... des peaux d'orange desséchées, un morceau de métal provenant d'une boîte de conserve, et un croûton de pain minuscule.

Calsoum s'attarde alors sur le visage, presque momifié, et découvre dans les cheveux collés des traces de sang... Près du crâne, dans la poussière, une mare de sang séché.

Homère frissonne.

– Vous croyez qu'il a été tué, chef ?

– Possible, mais il a pu tomber tout simplement du tabouret. Il devait jouer dans le noir, le clavier est ouvert, à moins qu'on l'ait attaqué par-derrière avec un objet quelconque... Il faudrait fouiller, bon sang on ne peut pas faire d'investigations dans ce foutoir... S'il y a des indices on va les piétiner...

– C'est peut-être le frère... Il est peut-être planqué quelque part dans les étages... ou alors il s'est barré...

– Possible, mais on ne bouge pas avant l'arrivée de la deuxième patrouille... Adam, vous prévenez le légiste et l'équipe de la criminelle. Homère, vous interdisez l'entrée à tout le monde, tant qu'on n'a pas réussi à ouvrir ces saletés de volets... et on procède en douceur, on met des gants, on ne déplace rien...

Homère grommelle.

– C'est bien ça le problème, justement, on peut rien déplacer... Le hall d'entrée est piégé sur dix mètres.

Il est quatorze heures. L'un après l'autre les volets bringuebalants ont claqué sur la façade dans un nuage de poussière, et le soleil de juillet envahit un décor hallucinant, qui n'a pas vu la lumière du jour depuis des années.

Il y a là, entassés, des mannequins cassés, des vieilles bicyclettes, des pièces d'automobiles, des cartons, des outils, des ampoules grillées en stock, des montres, des pendules déglinguées, des monceaux de chaussures dépareillées, de vaisselle, de chiffons, de vêtements pourris, des milliers de livres et de journaux, sous lesquels ont disparu des fauteuils délabrés et défoncés. Et au milieu de ce salon poubelle, cinq pianos en enfilade, surmontés de piles de journaux colossales.

Les deux autres étages sont dans le même état, ordures, déchets, fruits d'une récupération de plusieurs années dans les poubelles, des lits défoncés, des pneus, du matériel de cuisine, des tuyaux, des portes de réfrigérateurs, de voitures, de vieilles radios éventrées: une véritable décharge sur la Cinquième Avenue, la plus riche de New York. Mais aucune trace du frère du défunt.

Pour sortir le cadavre, les policiers ont dû pratiquer un passage en déplaçant les vieux meubles, démonter trois pièges, combler le vide du plancher, et la civière recouverte d'une couverture franchir enfin la porte blindée.

Le cadavre passe sous le nez des badauds, que la police fait reculer. Et le concierge du 2080 répand la nouvelle qu'il y a eu meurtre au 2078, et que le fou à la charrette, le milliardaire des poubelles est en fuite.

Le portier d'un immeuble voisin répond aux questions de l'officier Adam :

– J'ai jamais vu sortir l'aveugle. Y a quatre ans que je travaille dans le quartier. Mais j'ai parlé avec son frère. Ils s'éclairaient au pétrole, et il faisait la cuisine sur un réchaud. Encore heureux qu'il y ait jamais eu le feu là-dedans... Ce type était obsédé par la peur de la misère. Il disait qu'ils se nourrissaient économique.

– Qu'est-ce qu'ils faisaient de leurs journées ?

– L'aveugle jouait du piano, le frère Frederic faisait ses courses la nuit, et le reste du temps, il lui faisait la lecture, ou alors il rangeait ses collections... c'est comme ça qu'il disait : « ses collections ». Un soir on a discuté, il revenait avec sa carriole bourrée de journaux, et je lui ai demandé pourquoi il collectionnait les journaux... Alors il m'a répondu comme ça : « Tous les milliardaires font des collections, de tableaux, d'œuvres d'art, de bijoux, moi, j'ai décidé de collectionner sans que cela me coûte un dollar... » Alors je lui ai redemandé pourquoi les journaux, parce que c'était son truc les journaux... plus que le reste. Il m'a répondu que c'était pour son frère, qu'il les lirait quand il aurait retrouvé la vue, pour savoir ce qui s'était passé pendant toutes les années où il ne voyait rien...

– Il était aveugle depuis quand ?

– Plusieurs années, mais le médecin n'est jamais venu. Le frère me disait que l'aveugle préférait une cure d'oranges aux traitements des médecins. Les oranges devaient lui redonner la vue un jour... Mais ce pauvre type n'avait que les raclures, la plupart du temps. Et le whisky aussi... il paraît que ça pouvait le sauver.

– Ils buvaient tous les deux ?

– Pensez-vous... à peine... De temps en temps, Frederic se procurait une petite bouteille ; ils devaient la boire au compte-gouttes, comme un médicament.

Le médecin légiste fait un rapport succinct à l'inspecteur Calsoum.

– Chute, ou violence, difficile à dire, sans l'autopsie. Vous avez des raisons de croire à un meurtre ?

– Tout était bouclé, et l'autre a disparu, il n'y a que lui qui a pu refermer la porte blindée. On n'a pas trouvé de clés, mais vous me direz que dans ce b... un rat ne retrouverait pas ses moustaches. Il va falloir perquisitionner, rechercher s'il y a une famille proche, pour obtenir l'autorisation de le faire...

– Bon courage, Calsoum... Vous devriez peut-être faire appel à l'armée ?

Le légiste ironise, mais Calsoum est terriblement embêté. Ses hommes n'ont pu faire que le minimum, pour dégager le cadavre. Impossible de toucher au reste, sans l'autorisation d'un ou plusieurs héritiers. C'est la loi, tant qu'il n'y a pas preuve d'assassinat, le procureur ne peut rien autoriser de plus.

Deux jours plus tard, les journaux ont propagé la nouvelle, du Bronx à Manhattan. Toutes les polices de l'État recherchent le milliardaire Frederic Barney, en fuite, suspecté d'avoir assassiné son frère aveugle, Christian Barney.

Les deux frères étaient les seuls enfants d'un gynécologue réputé avant-guerre, qui leur a légué une fortune considérable, et pourtant ils menaient tous les deux, depuis des années, une existence sordide et ahurissante. Riches et diplômés tous les deux de l'université de Columbia, pourquoi ont-ils mené cette vie de clochards dans leur propre palais de la Cinquième Avenue ? Frederic a commencé par faire du droit, Christian était ingénieur et passionné de musique.

Ils n'ont pas exercé leur métier plus d'un an. Un journaliste révèle que Christian Barney avait envisagé de donner un récital un jour, loué une salle, et acheté plusieurs pianos dont il n'était pas satisfait. Il repoussait sans cesse la date de son concert, jusqu'au jour où il l'a annulé purement et simplement, en déclarant à l'organisateur qu'il venait d'entendre, pour la première fois, le virtuose polonais Paderewski. Après Paderewski, personne. En tout cas pas lui.

Le changement brutal du mode de vie des deux frères se situe il y a une vingtaine d'années. Plus d'électricité, de gaz et d'eau. Ils voulaient simplifier, et se délivrer du cauchemar des quittances à payer, de l'intrusion des employés releveurs de compteurs et des encaisseurs.

Ils allaient ainsi, à tour de rôle, chercher de l'eau à une fontaine de Central Park, à un kilomètre de chez eux. Un jour, Frederic se mit à sortir seul, et on ne vit plus Christian, devenu aveugle. Comment? Mystère.

Et lentement la démence s'installa, en même temps que le capharnaüm dans leur hôtel particulier, sur l'avenue la plus chic de New York, à quelques pas des grands hôtels, des grands buildings, des boutiques de luxe...

La mort étrange du milliardaire aveugle passionne le public new-yorkais et l'Amérique entière.

L'inspecteur Calsoum ne disposant que d'un vieux portrait de l'assassin supposé reçoit en quelques jours une montagne de renseignements bidons, signalant le passage du milliardaire en fuite à Chicago, Los Angeles, Hawaii...

C'est alors qu'ils arrivent...

Venus de tous les coins du pays, les cousins, les cousines, les héritiers à divers degrés des deux frères Barney. Visages méfiants, visages durs, comme des requins ayant flairé l'odeur du sang, ils ont deviné la bonne affaire... L'un est mort, l'autre assassin en fuite, en quelques tours de décisions juridiques, ils espèrent le magot.

Il y a dans le bureau de Calsoum ce jour-là :

Deux petits vieux rigides, en costume noir, accompagnés de deux matrones opulentes en robes violettes.

Un marchand de voitures d'occasion, en blouson à carreaux et casquette assortie.

Une prostituée à la retraite et repentante, rutilante de faux bijoux, coiffée d'une perruque rousse, et d'un bibi à plumes.

Tous s'observent avec méfiance. Calculant le degré de parenté possible des autres avec fureur.

L'inspecteur Calsoum en est écœuré.

– Mesdames, messieurs... merci de vous être présentés si rapidement... Votre cousin défunt est à votre disposition pour l'inhumation. Je suppose que vous vous en chargez... en l'absence de son frère ?...

Le marchand de voitures d'occasion à carreaux, l'air averti, demande :

– Et le rapport d'autopsie ? Nous avons le droit de savoir comment notre parent a été assassiné !

– Mort naturelle... D'après le légiste, il s'agit d'un décès dû à l'épuisement et aux privations...

La prostituée repentie en chapeau à plumes s'insurge :

– Hé ! Et le coup sur la tête alors, vous l'expliquez comment ?

– Il s'est blessé en tombant. Il est mort peu après sans doute...

C'est au tour des matrones de s'inquiéter avec véhémence :

– Et Frederic ? Où est-il ?

– C'est insensé, que fait la police ?

Calsoum les vouerait bien aux cent mille diables, mais il a besoin d'eux.

– Justement, il est possible que Frederic Barney, mort ou vif, n'ait jamais quitté la maison mais sans votre accord, nous ne pouvons pas entreprendre de déménager tout ce... enfin cette maison est bourrée jusqu'aux combles. D'autre part, nous n'avons pu inspecter les caves, elles sont inaccessibles pour l'instant. Pour perquisitionner, il faut tout enlever.

Tous les héritiers potentiels froncent les sourcils. Silence dans les rangs. Puis l'un des petits vieux rigides lève une main :

– Nous ne pouvons prendre une décision de ce genre aussi vite. Nous devons en parler entre nous.

– D'accord, parlez-en, je vous donne un quart d'heure.

Calsoum se réfugie dans son bureau vitré d'où il peut apercevoir les pinailleurs. Il n'entend pas mais il se doute. Appâtés par les articles de journaux, les gros titres annonçant : « Un milliardaire assassiné, l'autre en fuite »..., ils sont capables de se battre pour une petite cuiller supposée en argent. Même dans un tas d'immondices. On ne sait jamais...

Enfin, le petit vieux frappe à la porte.

Calsoum ouvre :

– Alors ?

– C'est non. Pas de déménagement.

– Et pourquoi ça ?

– Il nous faut d'abord faire l'inventaire des biens.

Un inventaire... ils sont fous.

– Vous êtes fous ? Il y en a pour des mois ! Et ça ne vaut pas le coup ! Vous allez trier une décharge ? Écoutez... je vous propose de déléguer l'un d'entre vous pour surveiller l'opération de déblayage et la perquisition. Il pourra faire une liste de chaque objet de valeur, s'il y en a, et s'il le juge intéressant.

– Pas question, monsieur l'inspecteur, c'est une question de principe, nous voulons un inventaire.

Calsoum est à bout de patience, et encore plus écœuré :

– Ben voyons... vous croyez qu'il y a un magot quelque part sous ce tas d'ordures, c'est ça ? Vous n'avez pas eu accès aux comptes en banque en l'absence de Frederic, principal héritier de son frère... mais je vous préviens... il n'est peut-être pas mort... ou alors il est mort lui aussi dans ce fouillis infernal... et si c'est le cas, je pourrais vous accuser d'avoir entravé l'action de la police... ou alors il est malade, blessé... et alors vous aurez affaire à la justice, pour refus d'assistance à personne en danger ! Qu'est-ce que vous dites de ça ?

Ils en disent que, quoi qu'il en soit, un inventaire...

Et l'inspecteur Calsoum passe outre, avec l'accord du procureur, et malgré les protestations obstinées de la « famille ». Il fait appel à une équipe de déménageurs et entreprend de déblayer, tant bien que mal, cette écurie de la Cinquième Avenue. Des monceaux d'objets sans valeur s'entassent dans les camions, y compris quatorze pianos, deux clavecins en ruine et cinq violons.

Dix-sept tonnes d'oripeaux, de livres, de journaux, de chiffons et de ferraille sont déjà sorties de l'hôtel particulier des frères Barney, et l'inspecteur n'en voit pas le bout. De l'avis des déménageurs, il en reste encore au moins une cinquantaine de tonnes...

Les héritiers potentiels, pendant ce temps, s'activent à la recherche d'avocats, demandent un contrôle des chargements qu'ils n'obtiennent pas... téléphonent aux journaux... bref, vivent ce qu'ils croient être la grande aventure de leur vie mesquine.

Et puis, l'un des déménageurs repère un escalier qui descend à la cave. Il est impraticable, des marches ont été volontairement descellées, et remises en place, pour servir de pièges...

Calsoum fait éclairer la trappe, les déménageurs installent une échelle, on éclaire, un homme descend prudemment, et se retrouve dans une sorte de cellule, vaguement éclairée par une seconde trappe ouverte dans la voûte.

– Inspecteur Calsoum ? Faut que vous descendiez... Y a un cadavre...

L'homme remonte en se pinçant le nez et en toussant.

– C'est pas beau, je vous préviens...

– L'inspecteur Calsoum descend à son tour le long de l'échelle et, à ses pieds, découvre une forme allongée sur le sol, un corps rongé par les rats, mort depuis... bien trop longtemps pour que le spectacle soit descriptible.

Frederic Barney.

Quelques jours plus tard, Calsoum donne une conférence de presse devant une troupe de journalistes impatients.

– L'enquête est close. Nous avons pu déterminer que Frederic Barney est tombé accidentellement dans l'une des trappes qu'il avait pratiquées lui-même pour servir de pièges. La maison en était truffée. Il voulait interdire l'accès de chaque pièce. Il est tombé dans une sorte d'oubliette, et sa mort est survenue un mois avant celle de son frère Christian. Le décès est dû à l'épuisement, et à une lente asphyxie Les blessures causées par la chute n'étaient pas très importantes mais l'ont empêché de sortir du piège Il est probable que son frère aveugle, qui se tenait toujours dans l'un des salons à l'autre bout de la maison, n'a même pas entendu d'appels. La voûte fait un mètre d'épaisseur. Il n'a pas vu revenir son frère, il est resté à sa place devant son piano, sans nourriture, sans assistance, il a tenu un mois, avant de mourir.

Ainsi les deux frères Barney sont morts, chacun dans leur solitude, à quelques mètres l'un de l'autre, cernés de pièges, de rats et d'immondices. Morts l'un après l'autre, sans savoir ce qu'il advenait pour l'un ou pour l'autre...

Aucun magot n'a été découvert officiellement au 2078 de la Cinquième Avenue. Un unique compte bancaire s'honorait d'une cinquantaine de dollars.

En passant sur la Cinquième Avenue à New York, vous ne trouverez plus de 2078. Le service d'hygiène a fait son office.

Paix aux déments, comme aux pauvres. Le royaume des cieux leur est ouvert, dit-on.

TÊTE DE LINOTTE

C'est un lundi de septembre 1980, au bord du lac de Côme, en Lombardie. Non loin de la Suisse. Une matinée superbe, un soleil déjà haut, car il est onze heures et demie du matin, de légères brumes sur les montagnes environnantes, et un dégradé de bleus dans le ciel, en passant du bleu aigue-marine au saphir profond. Un décor de carte postale, que l'on aimerait bien contempler chaque matin, en ouvrant sa fenêtre. Comme monsieur et madame Garibaldi, comme leur fils aîné Oscar, et le petit dernier Giulio.

Les Lombards, peuple germanique, sont installés ici

depuis le VIe siècle. Si l'on examine un type de Lombard, Franco Garibaldi, le père, est un bon exemple. De haute taille, athlétique, brun de peau et de cheveux, les dents blanches, le sourire éclatant donc, un peu loup, et l'œil noir dans le style câlin, ou guerrier. Câlin lorsqu'il croise une jolie femme, guerrier lorsqu'il choisit une arme pour participer à un concours de tir. Franco est un champion. De nombreux trophées, gagnés à travers l'Italie, la Suisse et l'Allemagne, en font foi. Mais comme beaucoup d'amateurs de tir, c'est un calme, un paisible. Il exerce un métier de rond-de-cuir, dans l'administration où il dirige les services de la voirie. Un emploi tranquille et sans risque. Il s'y rend tous les matins, pour s'installer à son bureau, dès neuf heures, après avoir dégusté le capuccino que lui prépare amoureusement son épouse Yosépine.

Yosépine est une jolie femme douce qui n'a inventé ni la poudre ni le fil à couper le beurre, et n'a qu'un dieu : son époux. Franco, devenu « Coco » dans l'intimité, est assuré d'un dévouement total, du capuccino matinal à l'apéritif du soir.

Oscar, le fils aîné, seize ans, ne donne satisfaction à son père qu'en une seule matière. Il semble également doué pour le tir et a déjà remporté des tournois juniors. Pour le reste, tout le reste, c'est moins bien. Le physique d'abord. L'adolescent de seize ans ne présente pas les mêmes caractéristiques que le père. La ressemblance est là, mais en mou... Visage mou épaules molles. Il est gentil, affectueux, en bonne santé, mais il grandit difficilement. On lui donnerait à peine quatorze ans. Son menton lisse et son peu d'empressement auprès des filles désolent un peu son père. Sa médiocrité scolaire a déçu sa mère. Les parents ont sorti le gamin de l'école pour le mettre en apprentissage dans un atelier d'armurerie, puisque c'était là son seul don évident.

Giulio, le dernier, neuf ans, promet davantage. Mais cette histoire le concerne peu. Sa mère l'emmène à l'école le matin, va le rechercher pour le déjeuner de midi. Il travaille bien, et joue avec le chien.

La jolie villa lombarde des Garibaldi, un bien de famille, n'est pas très grande, mais admirablement située.

À onze heures et demie, ce matin-là, comme tous les jours de la semaine, elle est déserte. Seul le chien ronfle au soleil, étalé sur le gravier, les pattes en l'air.

Où sont donc les Garibaldi ? Yosépine est allée au marché, elle va rentrer en ramenant Giulio de l'école. « Coco » est à son bureau qu'il quittera vers midi, et sera là un quart d'heure plus tard. Oscar est à l'atelier d'armurerie, où il est arrivé comme d'habitude avec du retard. Il flâne, il traîne, la ponctualité n'est pas son point fort. En se promenant à l'étage, on pourrait constater que les chambres sont rangées, les couvertures tirées, le ménage fait. Le salon, meublé en design, laque et acier, est impeccable, les trophées du père astiqués, le carrelage luisant. Yosépine est une excellente ménagère. La cuisine est plus étrange. Propre, certes, pas de vaisselle qui traîne, pas de reliefs du petit déjeuner. Un ordre parfait, où l'on remarque une installation bizarre qu'il faut décrire avec précision.

Un fil de lin traverse la cuisine. Il part du haut de la porte à laquelle il est fixé par un clou... puis tourne autour d'un piton enfoncé dans le mur... Puis un deuxième piton, placé de telle sorte que si le fil se détend et se tend, il viendra se placer derrière de deuxième piton. Ensuite le fil passe au-dessus du plan de travail en formica, où sont soigneusement disposés un percolateur électrique, un mixeur et une rôtissoire. En suivant toujours ce fil, au-dessus du plan de travail, on le voit tourner derrière un troisième piton, et plonger sur l'évier en inox, où se trouve fixé un petit étau de serrurier. Là, serré entre les mâchoires de l'étau, un revolver. Et le fil aboutit à la gâchette du revolver. Le soleil inonde gaiement la cuisine, en passant au travers des rideaux de cretonne bleu et blanc. Il fait briller aussi l'acier du canon du revolver, braqué à hauteur de poitrine.

La main criminelle qui a installé ce piège dans la

cuisine des Garibaldi a soigneusement calculé la trajectoire.

Mais le revolver ne vise pas la porte. C'est-à-dire que la première personne qui entrera, en poussant cette porte, ne prendra pas une balle dans la poitrine. Le dispositif est plus astucieux Il faut que cette personne pousse le battant de la porte, afin que le fil se détende simplement. Il faut qu'ensuite ladite personne pivote pour refermer la porte, c'est là que le fil se tendra, viendra se glisser automatiquement derrière le deuxième piton ; son trajet se trouvera alors allongé de quelques centimètres supplémentaires et, devenant trop court, le fil agira sur la gâchette, au moment où la victime fera face de nouveau au revolver, et le coup partira.

C'est ingénieusement simple. Mais qui est visé ?

Le revolver vise trop haut pour atteindre les neuf ans de Giulio, la balle lui passerait au-dessus de la tête. Les trois autres membres de la famille, c'est-à-dire Yosépine, Franco et leur fils Oscar, eux, ne peuvent pas y échapper.

Or voici que grince la porte du jardin. Un pas sur le gravier. Si c'est Franco, le père, on devrait l'entendre dire : « Salut, le chien »... il le dit toujours. Et le chien gratte la porte tandis que son maître met la clé dans la serrure.

Ce n'est pas le cas. C'est donc la mère ? Elle est en général la seconde à rentrer à la maison tenant Giulio par la main. D'habitude Giulio braille une chanson quelconque, ou se roule sur le gravier avec le chien.

Ce n'est pas le cas non plus, on n'entend qu'un seul pas sur le gravier, et le chien ne se manifeste pas.

Admettons qu'il s'agisse d'Oscar, le repère auditif est simple. Avant de se rendre dans la cuisine, il se précipite sur son transistor, pour écouter, pleins pots, un rock nasillard qui écorche les oreilles du chien, et celles de n'importe qui d'ailleurs.

Pas de radio, pas de rock. Le chien a seulement remué la queue, en silence, le pas est rapide, pressé. La poignée de la porte de la cuisine tourne, une tête aux cheveux acajou et bouclés apparaît, un morceau de robe à fleurs froufroutante, c'est la mère, Yosépine, encombrée de sacs de provisions et d'un pack de bouteilles de bière. Elle est pressée : trop chargée elle a choisi de déposer ses paquets avant de prendre Giulio à l'école. L'affaire de cinq minutes... elle a juste le temps.

Sans précipitation donc, mais d'un geste machinal et mille fois répété, elle pivote sur elle-même pour repousser la porte du pied droit et la refermer au nez du chien, toujours à l'affût d'une friandise rapportée du marché.

La porte se referme, et tandis que le nez du chien se plisse d'une déception habituelle, le coup part. Presque à bout portant, et si violent qu'il rejette en arrière Yosépine, touchée au-dessus de l'épaule gauche. La détonation fait vibrer les verres et la vaisselle empilés dans les placards, résonne dans le silence de la maison déserte, et fait bondir le chien au-dehors, et se dresser ses oreilles.

La balle est ressortie à travers l'omoplate pour aller se ficher dans le mur.

Yosépine s'effondre sur le carrelage bleu et scintillant de soleil, où coule lentement un petit filet de sang vermeil.

Le silence s'installe. Puis le chien vient renifler la porte, gratter, grogner, aboyer. Il a conscience du drame, il court dans le jardin en aboyant, et croise un voisin qui, inquiet du bruit de la détonation violente, et de l'agitation du chien, appelle aussitôt police-secours.

L'ambulance arrive très vite, ainsi que le commissaire Anselmi. Un autre type de Lombard, ce commissaire Anselmi. Une ombre silencieuse, discrète, en pantalon gris et blazer bleu, le cheveu gris, la cravate club, long et maigre, il marche souplement sur la pointe des pieds comme s'il ne voulait déranger personne. Élégant, racé, Milanais jusqu'au bout des ongles, malin.

Le commissaire Anselmi courbe sa haute taille sur la civière où Yosépine a repris connaissance Mais le choc l'empêche de parler trop. Elle répète pour la deuxième fois au commissaire, d'une petite voix essoufflée :

– Je ne sais pas... je ne sais pas... qui a voulu me tuer.

Yosépine n'a effectivement aucune idée sur l'identité de l'agresseur. Elle n'a même pas vu le dispositif. Elle n'a vu personne et dans sa vie de petite épouse bourgeoise, il n'existe pas, à sa connaissance, d'ennemi décidé à la tuer. C'est inconcevable.

Le commissaire Anselmi laisse partir la civière et pénètre dans la cuisine à nouveau, pour examiner le bricolage ingénieux et criminel qui vient de blesser Yosépine. Blessée seulement c'est une chance...

Il n'a jamais vu ça, le commissaire Anselmi, et Dieu sait pourtant que dans la vie d'un policier, les astuces des criminels sont stupéfiantes. Une de plus. C'est alors qu'il découvre un élément passé inaperçu. Une enveloppe, probablement tombée à la suite de la déflagration. Elle est visible sous un pan de la nappe qui recouvre la table de la cuisine. C'est une simple enveloppe contenant une feuille de papier, sur laquelle est écrit :

« J'espère que ça a réussi ! Tu nous as assez emmerdé avec ton autorité ! Si c'est réussi, Mort ! Mort ! Mort ! »

L'écriture est contrefaite volontairement, et le texte, éminemment littéraire, a dû être écrit à la va-vite, sans que l'auteur y apporte beaucoup de réflexion.

Le commissaire Anselmi fait le tour de la maison et choisit d'attendre le père de famille au salon. Il ne saurait tarder, le voisin ayant précisé qu'il rentrait vers midi et quart.

Effectivement, vers midi et quart, Franco Garibaldi arrive à la hauteur de sa maison, immédiatement affolé par la présence d'une voiture de police et le commentaire du voisin.

Il fait une entrée brutale dans le salon design, en criant :

– Où est-elle ? Comment va-t-elle ?

La longue silhouette maigre du commissaire se déplie, à partir du canapé trop bas, pour se retrouver face à Franco Garibaldi. Il le regarde tout d'abord sans répondre, quelques secondes. Il aime bien examiner le visage des suspects en silence, lorsqu'il les voit pour la première fois. Pour se faire une idée. Or Franco est un suspect. Forcément, puisqu'il habite cette maison, et que seul un familier de cette maison a pu mettre au point un dispositif de ce genre. Doublement suspect, puisque les trophées alignés sur les étagères du salon trahissent sa passion pour le tir...

– Elle s'en sortira, monsieur Garibaldi.

Et le commissaire observe également la réaction sur le visage du suspect. Il n'y en a qu'une, l'impatience.

– Je veux la voir.

– Entendu, mais parlons d'abord quelques minutes. J'ai des questions à vous poser.

Le commissaire entraîne Franco dans la cuisine. Ouvre la porte, et là aussi observe sa réaction. Stupeur. Il n'est que stupeur.

– Qu'est-ce que c'est que ça... Le voisin m'a dit qu'on a tiré sur ma femme... Je ne m'attendais pas... mais qu'est-ce que c'est ?

Le commissaire Anselmi lui tape sur l'épaule.

– Ne m'en veuillez pas, je voulais voir votre réaction, je suis obligé de penser à tout dans mon métier... or il paraît que l'on vous voit souvent en ville avec une jeune femme, qui n'est pas votre épouse...

Franco Garibaldi, dépassé par les événements, se laisse tomber sur une chaise de formica, s'essuie le front. Est-il furieux ou désemparé ? Difficile à dire. Les deux, probablement.

– Ça, je sais d'où ça vient... C'est complètement stupide, commissaire... ça n'a rien à voir...

– Expliquez-moi ce qui n'a rien à voir avec qui ?

– C'est vrai, depuis quelque temps je fréquente une jeune femme... mais c'est sans importance... une passade, je n'ai aucun projet, surtout pas de me séparer de Yosépine... Un homme a bien le droit de...

Le commissaire caresse le revolver d'un mouchoir léger, se penche, l'examine, puis se redresse brusquement et sous le nez de Franco demande :

– Vous connaissez cette arme ?

Surpris, Franco examine à son tour le revolver :
– Non. Jamais vue.
– Et l'étau ?
– Non plus…
– Vous êtes champion de tir, monsieur Garibaldi…
– Oui, justement… si j'avais voulu tuer ma femme, j'aurais visé plus bas… Regardez la trajectoire du canon…
– Et cette écriture, monsieur Garibaldi ?
Franco Garibaldi ouvre des yeux stupéfaits sur le message. Se gratte la tête, puis se décide :
– On dirait… enfin ça pourrait ressembler à l'écriture du voisin.
– Quel voisin ? Celui qui nous a prévenus ?
– Exactement…
– Quelles raisons aurait-il de vouloir tuer votre femme ?
– Je n'en sais rien… C'est un type bizarre, j'avais interdit à Yosépine de le laisser entrer dans la maison. Il y venait à tout bout de champ… Cela dit, c'est plutôt à moi qu'il devait en vouloir. Il m'énerve ! On peut s'attendre à tout avec lui, il est dingue… complètement dingue !
– Ça se traduit comment ?
– Quand vous l'aurez vu deux minutes, vous comprendrez… Ce type n'est ni chèvre ni bouc, asexué… une espèce de harpie, une concierge en pantalon. Il est toujours au courant de tout, sait tout. À croire qu'il a des yeux derrière la tête… Un fouille-merde…
– Capable de tuer ?
– J'en sais rien, commissaire… avec ce genre de type on ne sait jamais rien de précis… des anguilles. Mais je dirais tout de même que le bricolage n'est pas son fort…
Franco examine encore le système, et répète :
– Pas son fort… ce genre de truc… ou alors il avait la notice.
Le commissaire Anselmi entraîne Franco hors de la cuisine et fait signe à un policier de le conduire à l'hôpital. Penché une seconde à la portière de la voiture, il demande :

– C'est vous qui auriez dû rentrer le premier en principe ?

– Oui. D'habitude je rentre avant ma femme.

– Merci.

Cette façon de poser des questions abruptes est une spécialité du commissaire Anselmi. Il compte beaucoup sur cette technique. Elle ne laisse pas le temps au témoin de réfléchir et, parfois, c'est intéressant. Mais en ce qui concerne Franco, le résultat semble l'innocenter.

Au tour du voisin. Portrait fidèle. Petit, chauve, rond et mou. Il se déplace avec précaution, comme si le sol était miné. Il roule des yeux de veau mâtinés de serpent, dans tous les sens. Peut-être en a-t-il effectivement derrière la tête... Les mains moites se frottent sans arrêt l'une contre l'autre. Les doigts boudinés ne serrent pas la main du commissaire, ils l'effleurent. La voix chuchote, précieuse. Les phrases sortent d'une bouche ronde et rose, ampoulées... susurrantes :

– Ce n'est un secret pour personne... Franco a une maîtresse en ville. Il ne s'en vante pas, mais tout le quartier est au courant...

– Tout le quartier c'est vous, monsieur ?

– Oh je sais... il a dû me traiter de pipelette, ou de Dieu sait quoi d'autre... mais n'empêche... cette femme est l'épouse d'un conseiller municipal, un communiste ! Vous vous rendez compte ?

– De quoi dois-je me rendre compte ?

– Franco fait partie de la démocratie chrétienne !... Et ce n'est pas tout, pour m'exprimer vulgairement, si vous le permettez... le « cocu »... doit le savoir. Je suis sûr qu'il sait ! Seulement il ne dit rien, et savez-vous pourquoi il ne dit rien ?... Je vais vous le dire, moi... Parce que ça l'arrange. Il dirige une entreprise de travaux publics, et Franco, lui, dirige les services de la voirie... Vous me comprenez ?

Le commissaire examine le salon où le reçoit le voisin, des coussins, des coussins et encore des coussins... des tapis et encore des tapis. Des rideaux de soie, des lampes, et trois chats siamois, aux yeux obliques, inquiétants d'immobilité.

– Dites, monsieur, pourquoi, selon vous, monsieur Garibaldi aurait-il voulu tuer sa femme ?

– Ah, je n'ai pas dit ça... je n'ai pas dit ça...

Les doigts boudinés s'agitent, le corps mou s'affale sur les coussins mous.

– Comprenons-nous... commissaire. Franco n'a pas besoin de tuer sa femme. Vous voulez que je vous dise ? Il s'en fiche ! Elle rampe devant lui, que c'en est écœurant... Il est d'une autorité ! Un vrai macho... Et elle est prête à tout avaler... Hier encore, tenez, il lui a fait croire qu'il allait à une séance de travail à la mairie... Pas du tout ! Pas du tout ! C'était du bidon... Il est allé dîner avec sa maîtresse, en ville, à une terrasse.

– Vous l'avez vu, je suppose ?

– Je l'ai vu...

– Vous voyez tout, en somme ?

– Vous savez, commissaire, dans la vie, il faut se méfier... toujours se méfier... La preuve, tout peut arriver...

Les yeux mi-veau mi-serpent font un tour complet dans les orbites. Cet homme est un paranoïaque. Simple. Délire de persécution, curiosité maladive... et probablement hypocondrie. Sur la table basse qui trône au milieu des coussins empilés, une théière, une tasse, et des boîtes de pilules de toutes les couleurs... Un délire de paroles aussi. Lorsqu'il commence une phrase, difficile de l'arrêter.

– Cette femme, bien gentille, adorable... mais stupide, elle avale tout, je vous l'ai dit, il pourrait lui amener une maîtresse à dîner, elle croirait sur sa parole que c'est une amie rencontrée par hasard, et qu'il n'a pas revue depuis des années... mais à propos... j'ai vu l'installation dans la cuisine... et on m'a dit que le coup avait été tiré trop haut... ; ce n'est pas elle qui était visée alors... mais le mari...

Le commissaire profite d'une respiration pour couper le fleuve de paroles :

– Justement ! Si nous en parlions. Qui aurait voulu tuer Franco Garibaldi ? Vous ?

– Comment, qu'est-ce que vous dites, moi ?

– Il vous a flanqué à la porte !

– Ah non... ah non... il ne m'a pas flanqué à la porte, il a dit à sa femme que je l'énervais ! Vous vous rendez compte ! Moi, je l'énerve, mais qu'est-ce que j'ai pu faire pour l'énerver, hein ?

– Vous occuper de ses affaires privées, par exemple, et qui ne vous regardent pas... Pourquoi êtes-vous sûr que c'est lui que l'on visait ?

– Oh c'est simple, très simple, une déduction... issue de l'observation la plus élémentaire... Le matin, madame Garibaldi est chez elle, ou alors elle sort pour aller faire des courses. Dans ce cas, elle prépare le déjeuner, puis vers midi elle va chercher son fils à l'école. Pendant ce temps, le père arrive, le premier pour le déjeuner, et le fils aîné en dernier... À propos du fils d'ailleurs, vous savez qu'il travaille chez un armurier ?

– Je le sais... mais vous en savez sûrement plus ?

– Il est apprenti chez le commendatore Allegranti. C'est une tête de linotte vous savez... un môme... Il ne fait pas son âge... Je ne vois pas pourquoi il aurait voulu tuer sa mère ou son père... Immature complètement cet enfant. Le père a bien du mal avec lui mais il l'aime beaucoup... à cause du tir, toujours les armes à feu... brr... quelle horreur. Ils sont copains là-dessus, ils s'exercent ensemble. Tous les dimanches matin, on est réveillés par des détonations étouffées... Ils ont installé un stand dans leur cave, et ça tire, ça tire... des obsédés... D'ailleurs quand j'ai entendu le coup de feu, ça m'a frappé, ce n'était pas dans la cave, j'ai bondi !

Comment peut faire cette boule ronde et molle pour bondir ? Comme ses chats sans doute...

– Que faisiez-vous ce matin ?

– Un alibi ? C'est ça ? Vous me demandez un alibi à moi... comme si j'étais un criminel supposé, un assassin.

– Vos horaires, et qu'on en finisse !

– C'est simple. J'ai un pédicure qui vient tous les lundis matin... je souffre abominablement de cors sous les ongles. Il est arrivé à neuf heures, il est reparti à onze heures... Et avant cela, j'ai une femme de ménage, elle vient tôt, je n'ai pas bougé d'ici... vous pouvez vérifier... Giancarlo vous dira qu'il a eu du mal, surtout avec le pied gauche, regardez...

Et la boule molle d'exhiber des doigts de pied tout aussi boudinés, ornés de tampons de coton, vernis, roses...

Le commissaire abandonne le voisin. À ses angoisses, ses fantasmes, ses doigts de pied et ses chats. Pas le genre à tuer de cette manière. Mais Oscar... Oscar est plus passionnant à entendre. Oscar est rentré d'ailleurs, plus tôt que d'habitude. Il est là, assis sur le perron, avec son regard de bébé, son air candide, ses lèvres sans moustaches. Seize ans... Qui le croirait, avec ses joues de bébé, rondes et lisses ? Il y coule des larmes. Oscar paraît très affecté par le drame dont sa mère vient d'être victime.

– Comment va maman ? Elle ne va pas mourir, dites ?

– Pas du tout.

– Et papa, où est papa ?

– Il est avec elle...

Le commissaire s'assied sur le perron à côté d'Oscar qui renifle.

– Tu rentres plus tôt que d'habitude, non ?

– Oui, je suis sorti de l'atelier dix minutes avant l'heure de midi. Je voulais acheter un disque, mais le magasin était fermé.

– Et tu es arrivé au travail à quelle heure ?

Oscar a l'air ennuyé. Il rougit un peu, tortille son pied :

– Je suis arrivé en retard. Au moins une heure...

– Pourquoi ?

– Je me suis couché tard... C'est pas de ma faute, j'étais en Suisse, à un tournoi... et j'ai gagné... regardez !

Oscar se lève, entraîne le commissaire dans le hall et lui montre un trophée, magnifique objet d'art comme on dit... représentant un Guillaume Tell en laiton, sur socle de plastique. Il en est fier.

– Ça se passait où, ce tournoi ?

– À Lugano... une rencontre junior, italo-suisse.

– Et tu es rentré quand ?

– Dans la nuit, c'est pour ça que j'étais en retard ce matin... J'avais sommeil, c'est pas de ma faute...

Dans la cuisine, Oscar examine le dispositif, d'un œil intéressé, la moue boudeuse. Le commissaire lui pose les mêmes questions qu'à son père :

– Tu connais cette arme ?

– Non. Je l'ai jamais vue. On n'a pas ça à la maison.

– Et l'étau ?

– Non plus...

– Qu'est-ce que tu penses de l'angle de tir ?

– Je sais pas... Rien, pourquoi ?

– Si tu avais voulu tuer ta mère...

– Ça va pas ? Qu'est-ce que vous racontez ?

– Je répète : si tu avais voulu tuer ta mère, avec ça, est-ce que tu aurais placé le revolver à cette hauteur ?

Oscar renifle, jette un œil apeuré au policier, puis se décide.

– Ben non, c'est trop bas...

– Bon. Qui rentre le premier à la maison pour le déjeuner ?

– Papa...

– Tous les jours ?

– Ouais... tous les jours. Et s'il rentre pas il prévient le matin ou la veille. Ça arrive...

– Tu crois que c'est ton père qu'on a voulu tuer ?

– Je sais pas, moi...

– Réfléchis... Le canon est placé haut, ça ne convient ni à toi ni à ta mère. D'autre part, un dispositif comme ça est forcément destiné au premier qui rentre. Conclusion ?

– Je sais pas, moi... peut-être...

– Et qui voudrait tuer ton père ?

– À part le voisin qui peut pas le blairer... je sais pas.

Le voisin. Encore le voisin. Il est vrai qu'il a une sale tête, mais le délit de sale tête ne doit pas exister. Et le commissaire n'y croit pas.

L'armurier, le commendatore Allegranti, est un officier du génie. Tout petit bonhomme, autoritaire, légèrement gâteux, mais sympathique et un rien rigolo. Il observe attentivement l'arme que lui tend le commissaire.

– Ma foi... si vous demandez si je connais ce type d'armes, je vous répondrai que oui... si j'en ai vendu, je dirai oui aussi... à qui je l'ai vendue, il faudrait que je puisse consulter mes livres... si on me l'a volée... c'est possible, d'après les guillochures sur la crosse, je dirais rapidement que c'est un modèle récent, et que j'ai pu en vendre des centaines... Après réflexion ça me fait sûrement quelques morts sur la conscience, mais que voulez-vous... je me console en me disant qu'il doit y avoir dans le lot plus de malfaiteurs que de braves gens...

– Votre apprenti...

– Oscar ? Le célèbre ? Qu'est-ce qu'il a fait ce sagouin ?

– Pour l'instant rien. À quelle heure est-il arrivé à l'atelier ce matin ?

– Je ne sais pas. Je n'étais pas là, il faut demander ça au contremaître, je veux bien lui téléphoner, mais si je tombe sur sa femme, je raccroche, je vous préviens. On s'est engueulés, elle et moi, pas plus tard qu'avant-hier. À propos d'Oscar justement. Elle s'occupe de la comptabilité, elle voulait que je flanque Oscar à la porte, moi, j'hésitais... Son père est un ami, mais en fait elle a sûrement raison, voilà un gamin qui ne suit pas les cours techniques, qui sèche l'atelier, il est toujours dans la lune, infantile, tête de linotte et jamais à l'heure. On n'en tirera rien de bon. À part sa passion du tir, rien à en faire. Hier j'ai pris la décision, je le lui ai dit d'ailleurs, son père devait venir me voir pour en parler.

– Comment a-t-il réagi ?

– Oscar ? Mal, évidemment. Il a une trouille bleue de son père.

Au téléphone, le contremaître a une réponse fataliste :

– Oscar ? Il est arrivé en retard comme d'habitude... une heure au moins. Et il est reparti en avance évidemment... Ça a dû lui faire une heure de présence en tout.

Oscar a donc quitté l'atelier à onze heures du matin. Or il a prétendu ne l'avoir quitté qu'à midi moins dix, pour aller acheter un disque.

Le contremaître ne l'a même pas empêché de filer. À quoi bon, il était fichu à la porte, ça n'avait plus d'importance...

Mais Oscar est décidément une tête de linotte.

Face au commissaire, à nouveau, cette tête de linotte prend un air apeuré.

– Je vous ai dit que j'allais acheter un disque. C'était fermé...

– À onze heures du matin ?

– Non, il était plus de midi...

– Comment ça se fait, puisque le contremaître t'a vu partir à onze heures ?

– Il était pas onze heures, il était midi moins dix et quand je suis arrivé au magasin...

– Oscar ? Tu étais en Suisse dans la nuit de samedi à dimanche... n'est-ce pas ?

– Oui... je vous l'ai dit, je suis rentré tard...

– Tu ne sais donc pas que chez nous, en Italie, dans cette nuit de samedi à dimanche, nous sommes passés à l'heure d'hiver... Là-bas, en Suisse, rien ne change... et ce matin, tu n'as pas changé ta montre. Fais voir ta montre...

La montre, effectivement, affiche une heure de trop.

C'est ainsi qu'il ne fut guère difficile au commissaire Anselmi de faire avouer la tête de linotte.

Oscar, le petit Oscar, l'enfant attardé, la tête de linotte, avait planté ses pitons le samedi. Le dimanche, il était allé gagner son Guillaume Tell en Suisse, était rentré dans la nuit, était arrivé en retard à l'atelier le lundi. Il en était reparti à l'heure choisie par lui. Avant midi, croyant que sa mère serait à l'école, et que son père allait rentrer le premier comme d'habitude. Il avait donc disposé son fil entre les pitons, orienté le canon, et il avait filé, après avoir griffonné le message de mort. En espérant faire accuser le voisin. Que l'on pouvait accuser de tout ou à peu près...

Seulement voilà, Oscar avait achevé son bricolage à

onze heures et quart en réalité, au lieu de midi. Cette tête de linotte, pour ne pas avoir noté l'heure d'hiver, avait failli assassiner sa mère au lieu de son père.

En fait, il ne voulait assassiner personne selon lui. Seulement blesser son père, avec qui il s'entendait pourtant fort bien. Il voulait tout bêtement l'empêcher d'avoir cette conversation avec son patron. L'empêcher seulement, pas le tuer... Faire diversion en quelque sorte. Mais il reste que selon l'angle du canon de revolver, Franco Garibaldi aurait très certainement pris la balle en plein cœur, ou à quelques millimètres près. L'exactitude d'un piège comme celui-là peut en effet fonctionner sur la hauteur mesurée d'un individu, mais en largeur c'est le hasard qui joue. Tout dépend de la position du corps dans l'espace... un peu à gauche... un poumon... un peu plus à droite, un poumon et un cœur...

Mais l'intelligence d'Oscar n'allait pas jusqu'à tenir compte du hasard.

Des psychiatres se sont évidemment penchés sur cette intelligence puérile, pas plus de dix ans d'âge mental pour un gamin de seize...

Et Oscar s'est trouvé en maison de santé. Il visait juste, il pensait faux. En admettant qu'il lui arrive de penser. Selon le voisin, lorsque l'on demandait à Oscar :

– À quoi tu penses, Oscar ?

– À rien, répondait Oscar.

Et là, il pensait juste, selon le voisin. Cette mauvaise langue.

LE ROI DES LAPINS

Paris, dans les années soixante, en juillet. Un Paris où les vendeurs de journaux hurlent les gros titres, en zigzaguant entre les voitures qui bouchonnent déjà. Un Paris vidé par les vacances. Un Paris où les agents de police ont encore des vélos et font la circulation aux carrefours avec de jolis bâtons blancs.

Rue Ledru-Rollin, près de la gare de Lyon, un gardien de la paix règle la circulation devant un passage clouté. Un petit homme, portant une valise en carton, l'apparence légère, s'approche de l'homme en uniforme :

– Monsieur l'agent, je voudrais vous parler.

Monsieur l'agent a son sifflet entre les dents, le bâton tendu, et les voitures, attentives à son signal, ronflent déjà d'impatience. Il hoche la tête, en faisant signe au piéton de patienter à ses côtés. Mais le piéton insiste en le tirant par la manche. L'agent siffle, les voitures démarrent et, sur le bord du trottoir, il demande au petit homme :

– Qu'est-ce que je peux faire pour vous ?

Mais aussitôt, un gamin turbulent attire son attention en traversant hors des clous, il resiffle, agite le bâton, fait stopper une voiture, et le petit homme s'accroche de nouveau à sa manche, imperturbable :

– Dites, vous ne pourriez pas cesser de gesticuler comme ça ? C'est important ce que j'ai à vous dire.

Décontenancé par l'aplomb du petit homme, le gardien de la paix l'examine avec méfiance. Brun, modestement vêtu, la peau mate, les yeux sombres et brillants, une fine moustache. Le genre « rital » se dit l'agent.

– Et alors ? Vous voyez bien que je ne peux pas laisser tomber la circulation pour vous ! Allez-y, posez votre question, je vous écoute !

– J'ai pas de question à vous poser, monsieur l'agent, j'ai quelque chose à vous dire.

– Eh ben, dites-le !

Le gardien de la paix grogne entre deux coups de sifflet.

Et entre deux autres coups de sifflet, le petit homme articule :

– J'ai tué ma maîtresse.

Le sifflet se tait, les klaxons le remplacent, et le gardien de la paix fixe son interlocuteur, en silence d'abord, puis dit :

– Quoi ? Vous avez tué qui ?
– Ma maîtresse.
– Ah.

Bien que l'efficacité de l'agent de police se ressente de cette déclaration impromptue, il ne perd pas tout à fait le fil des voitures et des piétons, et, au lieu de s'exclamer, sourit légèrement. En se penchant de côté, pour ne pas perdre de vue son passage clouté, il demande malicieusement :

– Et vous l'avez tuée où ça ?
– À Lyon.
– À Lyon, hein ? Et pourquoi Lyon ?
– Parce que c'est là que j'habite.

Toujours sans y croire, l'agent continue son interrogatoire de complaisance :

– Et ça s'est passé quand ?
– Il y a quatre jours.

La précision et la tranquillité de l'information inquiètent tout de même le gardien de la paix. Voyons, que peut-on faire dans ces cas-là ? Le manuel ne l'indique pas. De toute manière il ne peut pas lâcher son carrefour pour ce qu'il suppose être un grain de folie. Mais comme le petit bonhomme et sa valise restent plantés là, au bord du trottoir, il faut bien faire quelque chose.

– Alors comme ça, vous avez tué votre maîtresse ? Elle vous enquiquinait je suppose ?
– Oh non. Mais il fallait que je la tue. C'était un ordre.

Diable… il est vraiment fou ce type. Une fois la circulation calmée, s'il est encore là, il serait peut-être bon de le coller dans une ambulance. En attendant, il vaut mieux le faire parler.

– Un ordre, hein ? Et un ordre de qui ?
– De Michel.
– Et qui est ce Michel ? Le mari, le copain, l'autre amant ?
– C'est un des lapins.

Bon. Il n'est peut-être pas fou à lier, il a l'air assez calme, mais il est tombé dans une bouteille, voire plusieurs. Un ivrogne avec une idée fixe. À ce sujet, c'est-à-dire les ivrognes, l'agent de police sait quoi faire, le règlement le précise. Manier le sujet avec calme, et lui dire :

– Mon ami, je crois que vous devriez aller vous coucher.

– Je suis pas malade, et je suis pas soûl... J'ai tué ma maîtresse.

Un coup de sifflet pour bloquer les voitures et l'agent prend la direction du dialogue :

– Bon. Pourquoi me dire ça à moi ?

– Parce que je ne peux plus m'expliquer avec Michel...

– Le lapin ?

– Michel, oui.

C'est l'heure des trains de banlieue, la cohue du matin à la gare de Lyon se précise, le carrefour se remplit, il est des moments où une décision s'impose, réglementaire bien sûr.

– Bon. Bougez pas de là, je vais appeler un collègue, il va vous emmener au commissariat.

Le petit homme ne bouge pas. Il pose sa valise entre ses deux jambes, laisse pendre ses deux bras le long du corps comme une marionnette fatiguée, et suit l'agent des yeux, lequel a bondi sur le trottoir d'en face, et rameute un collègue.

Le temps d'expliquer en vitesse :

– C'est un genre de dingue, ou alors il est bourré, il dit qu'il a tué une bonne femme à cause d'un lapin... Embarque-le, j'ai pas le temps.

Pietro Pizzani, effectivement Italien, exerçant à Lyon le métier de maçon, décline son identité au commissariat devant un secrétaire. Lequel, gentiment, demande :

– Racontez-moi ça...

Mais Pietro Pizzani refuse. Il n'en dira pas plus. En tout cas, il n'y a aucune raison qu'il se confie à un secrétaire.

– Écoutez, le commissaire n'est pas là...

– Alors je vais attendre. Un crime ça mérite un commissaire.

– À condition que vous ayez vraiment commis un crime, mon vieux...

Le secrétaire est agacé. Tous les mêmes, fous ou pas, ivrognes ou pas, ils veulent tous voir le commissaire, comme si c'était le Bon Dieu.

– Alors ? Ce crime ?

Une heure passe, et Pietro Pizzani s'incruste en refusant toujours de donner le moindre détail, en dehors de l'information capitale pour lui : il a exécuté l'ordre de Michel le lapin.

À bout de patience, le secrétaire, qui a tout essayé, bu trois tasses de café, et rempli un cendrier, menace :

– Si dans deux minutes vous ne filez pas vous coucher, je vous colle en cellule !

– Mais je ne suis pas un ivrogne. Vous pouvez faire l'alcootest.

Après tout, l'idée n'est pas mauvaise. Le secrétaire saute sur l'occasion de confier l'individu quelque temps au médecin de service.

Mais l'alcootest est négatif. L'homme n'a rien bu. Donc il est fou. Mais s'il est fou, il a pu réellement tuer sa maîtresse, en dehors de toute histoire de lapin. Pour en avoir le cœur net, le secrétaire décide de téléphoner à la Police judiciaire de Lyon. Le quartier où habite l'Italien, dit « le Gourdillon », n'étant pas très éloigné des bureaux de la PJ, le chef de la sûreté fait procéder à une vérification.

La matinée s'est écoulée, et c'est donc juste avant de déjeuner qu'un inspecteur de la PJ descend de voiture devant l'une de ces hautes maisons lyonnaises, d'aspect sévère. Il grimpe les six étages de l'escalier et, au dernier, frappe à l'unique porte.

Une petite femme lui ouvre. Assez charmante, la quarantaine, de grands yeux naïfs, une magnifique chevelure noire, serrée en chignon sur la nuque.

Madame Pizzani fait entrer l'inspecteur, en dénouant rapidement son tablier. Mais le living-room est d'une crasse somptueuse. La pièce sert à la fois de salle à manger, de salon, et de chambre à coucher. Un style de taudis hybride, mi-taudis lyonnais, mi-taudis napolitain. C'est-à-dire qu'une sorte d'ordre tente d'ordonner le désordre. Comme le parquet doit être ciré, il l'est, mais par-dessus la poussière, les meubles aussi, ce qui leur donne une couleur indéfinissable, un ton inimitable, une crasse d'époque grisâtre.

L'inspecteur tâte le terrain avec précaution. Madame Pizzani est-elle au courant du comportement étrange de son époux qui a fait, à Paris, d'étranges aveux ?

Elle ne l'est pas. Madame Pizzani sait-elle si son époux avait une maîtresse ?

Elle sait. Une maîtresse tout à fait officielle, normale, comme tout Italien se doit d'en avoir. Comme Mussolini, Napoléon, ou Louis XIV, le maçon napolitain s'est offert une maîtresse en titre. Selon son épouse, ce n'est pas qu'il soit atteint d'une sexualité exigeante et hors du commun. Pas du tout. Au contraire... Pietro se serait bien contenté d'une femme unique pour le réchauffer, sans trop d'efforts. D'ailleurs il aime beaucoup son épouse. Seulement...

– Les lapins ont décidé.

L'inspecteur ouvre de grands yeux. D'une part parce qu'on ne lui a parlé que d'un seul lapin au téléphone et d'autre part parce que la réponse a de quoi intriguer un inspecteur de police judiciaire qui n'a pas souvent affaire à des lapins.

– Des lapins ? Vous pourriez préciser ?

– Nous élevons des lapins. Ce sont eux, les lapins, qui ont décidé que Pietro devait avoir une maîtresse.

– Excusez-moi, mais... vous et votre mari, vous parlez avec des lapins ?

– C'est très compliqué, monsieur... Je ne peux pas vous expliquer... mais j'aime mon mari... vous savez... seulement il est... (Elle chuchote tout à coup.) Il est sorcier... vous comprenez... je ne pouvais pas discuter la décision des lapins... je ne pouvais pas...

De toute évidence, cette femme n'est pas très intelligente, et, de plus, elle semble avoir peur de son sorcier de mari. Très peur même. Car elle ne veut pas en dire plus. L'inspecteur demande à visiter la maison. Madame Pizzani, confiante, le guide dans les autres pièces. Il y a le « laboratoire », dit-elle, et la « chambre des lapins ».

Le « laboratoire » est une pièce surprenante, un lieu exceptionnel, occupant une grande mansarde. La bibliothèque déborde de livres, dont peu sont en état, ou complets, car ils proviennent manifestement d'une patiente collecte au hasard des poubelles. L'inspecteur y devine des fragments de traités d'agronomie, de jurisprudence, de grammaire générale et comparée, d'électronique, de technique de propulsion des avions, de pathologie humaine ou vétérinaire. Des chapitres de romans pornographiques voisinent avec des morceaux d'ouvrages de théologie et de casuistique, de zoologie, de botanique, des comptes rendus de l'Académie des sciences. Le dernier ouvrage sur lequel le regard fasciné de l'inspecteur se pose enfin concerne la thermodynamique. Et la bibliothèque ne s'arrête pas là. Il y a d'autres étagères sur les autres murs, bourrées, débordantes de biographies sur de grands personnages, un prodigieux répertoire des crimes célèbres, glané et découpé dans la presse.

Pietro Pizzani n'a jamais acheté un livre, sans doute, mais il a soigneusement recueilli tout ce qu'il trouvait.

Le répertoire des crimes intéresse bien entendu particulièrement l'inspecteur.

– Il a tout lu ?

– Tous ces livres, il les connaît par cœur, et celui-là aussi ; il pourrait raconter pendant des mois tous les procès, tous les crimes qui sont là-dedans.

Madame Pizzani semble fière de son génial époux. Respectueuse de sa science...

Les rares pans de murs qui ne sont pas encombrés d'archives sont couverts d'œuvres photographiques curieusement disposées et encadrées. Le repaire du Führer à Berchtesgaden voisine avec Saint-Pierre de Rome, Einstein avec Brigitte Bardot, Eva Braun avec Nicky Lauda.

Quel homme étrange que ce petit maçon italien qui collectionne les catalogues de tous les musées du monde, la National Gallery, le Louvre, la pinacothèque de Munich, le musée de l'Ermitage, l'Accademia vénitienne et le musée d'Art moderne de New York.

Quel rapport entre l'art et cette exposition des grands chefs militaires de la dernière guerre, également vénérés, sans ordre ni préférence, disposés dans un désordre géopolitique qui relève du surréalisme ?

Le petit homme est un surréaliste. Peut-être sans le savoir, lui qui mêle les pures beautés dénudées des plus grands photographes aux girls naïves en maillot de bain qui lèvent la jambe sur les calendriers publicitaires. Qui expose Marilyn et sa splendeur épanouie à l'œil glacial d'Eisenhower et aux lunettes de myope de Jean-Paul Sartre. Quant aux encadrements, ils sont hétéroclites et chatoyants, selon une inspiration secrète et obscure. Pourquoi Garibaldi a-t-il écopé de trois ovales concentriques et vert acide alors qu'Eisenhower est doté d'une dentelure bleu pastel ? Pourquoi Bismarck entouré d'un rouge de crayon de couleur, alors que l'assassin anonyme du dernier fait divers a eu droit à une bandelette de papier doré ?

L'inspecteur de la Police judiciaire de Lyon ne prend pas de notes, il lui faudrait un appareil photographique pour rendre compte de ce décor. Et madame Pizzani le suit, confite d'admiration devant le « laboratoire » de son époux, s'arrêtant où l'inspecteur s'arrête, contemplant ce qu'il contemple, sans un mot, sans un commentaire. Elle non plus ne doit rien comprendre à ce musée extraordinaire.

Reste la « chambre des lapins », que l'inspecteur demande à voir.

Difficile à décrire cette chambre des lapins. C'est une chambre, en effet, mais comment faire pour aligner, dans une mansarde, soixante clapiers ? Ils sont décalés, les uns par rapport aux autres, formant de véritables petits tunnels entre les cages, des couloirs, un labyrinthe impressionnant, avec des lapins dedans, dessus, devant, derrière, à côté... partout...

Madame Pizzani raconte à l'inspecteur :

– Pietro a emprunté un jour à un voisin qu'il n'aimait pas du tout un couple de lapins.

– Emprunté ?

Madame Pizzani baisse les yeux.

– Il n'aimait pas ce voisin, il dit qu'il ne supportait pas cet homme, pour des motifs sociaux et esthétiques... Alors il a « emprunté » deux de ses lapins...

La pauvre femme ignore complètement le sens des motifs sociaux et esthétiques invoqués par son mari, elle répète comme un perroquet qui a appris par cœur.

– D'abord on a eu six couples, et puis une vingtaine, et puis quarante... On était obligés de manger du lapin tous les jours. On les nourrit avec des épluchures, je les ramasse dans les poubelles, et puis je vais aussi sur la colline de Fourvière ramasser de l'herbe.

– Mais... vous vouliez en faire quoi, de ces lapins ?

– D'abord mon mari voulait les vendre. Et puis ça a changé.

– C'est-à-dire ?

– Il restait enfermé avec eux des heures entières. On ne pouvait pas le déranger quand il était avec ses lapins. Même moi je ne pouvais pas. Mais je l'entendais murmurer, alors je savais qu'il leur parlait.

– De quoi ?

Effectivement, bonne question, de quoi peut-on parler à des lapins ? De l'actualité internationale ? De physique appliquée ? De droit criminel ? D'art et de littérature ? À en croire sa bibliothèque, Pietro Pizzani est un encyclopédiste...

– Je ne sais pas de quoi il leur parlait.

Mine de rien et sans sourire, l'inspecteur demande :

– Est-ce que les lapins lui répondent ?

– Sûrement, mais je crois qu'il n'y a que lui qui peut les entendre, et les comprendre, moi, je n'ai jamais réussi.

Au centre de ce labyrinthe de lapins de toutes les couleurs, trône une cage plus grande que les autres, circulaire, et posée sur des bornes de ciment. À l'intérieur un lapin énorme. Sautillant, alerte malgré sa taille impressionnante.

Madame Pizzani le présente :

– C'est Michel.
– Et qu'a-t-il de particulier ce Michel ?
Madame Pizzani ne sait pas de quels titres est honoré Michel, ni sa fonction exacte, ni les pouvoirs qu'il a sur son mari, mais ses pouvoirs sont certainement considérables ; seul Pietro pourrait les définir.
L'inspecteur reste un instant perplexe devant l'énorme lapin. Ce lapin supposé avoir imposé une maîtresse à Pietro Pizzani. Supposé lui avoir ensuite ordonné de la tuer...
Histoire de fous, mais qu'il faut essayer d'élucider rapidement. Il est une heure passée, et l'inspecteur aimerait bien déjeuner après avoir fait son rapport.
– Madame Pizzani, est-ce que votre mari est sorti il y a quatre jours ?
– Non... non. C'était dimanche, il est resté à la maison toute la journée.
– Est-ce que quelqu'un est venu chez vous ?
– Oui... Carlotta...
– Carlotta est-elle... la maîtresse de votre mari ?
– Oui, bien sûr. Mais elle n'est pas restée, il l'a raccompagnée à la porte, je les ai entendus.
Madame Pizzani lève ses grands yeux naïfs pour demander :
– Mon mari va bien ?
Réponse difficile, mais, après tout, vu l'état des lieux et l'esprit de la demanderesse...
– Il va bien, madame Pizzani, on vous tiendra au courant.

Le rapport de la Police judiciaire de Lyon mentionne que Pietro Pizzani est un original mais ne semble pas entrer dans la catégorie des assassins. Aucun cadavre chez lui. Au commissariat de la gare de Lyon à Paris, le secrétaire raccroche son téléphone, il est deux heures de l'après-midi, et lui n'a pas eu le temps d'avaler un sandwich. Pris entre une troupe de prostituées, deux voleurs à la tire, et le petit maçon obstiné, il choisit de se débarrasser du maçon obstiné.

– Voilà… Vous pouvez aller dormir tranquille, vous n'avez tué personne.

– Ah vous ne me croyez pas ? C'est trop fort ! Alors allez voir à Rome… J'ai emmené sa tête là-bas, je l'ai jetée dans le Tibre… C'est Michel qui me l'a conseillé.

Le secrétaire se bouche les oreilles. Puis appelle un gardien :

– Mettez-moi ça au frais, il me rend dingue.

Deux heures passent. Le secrétaire a eu son sandwich, les prostituées ont été évacuées sur Saint-Lazare, les voleurs à la tire vont passer devant le juge. Il règne au commissariat un calme relatif lorsque le téléphone sonne sur le bureau du secrétaire.

C'est la Police judiciaire de Lyon.

– Vous avez toujours le dingue aux lapins ?

– Hélas oui…

– On vient de tomber sur un avis de recherche… Une jeune femme, prénom Carlotta, résidant à Rome, a disparu depuis quatre jours, après un voyage à Lyon… La maîtresse de votre dingue, c'est bien Carlotta ?

Cette fois, Pietro Pizzani et son histoire de fous et de lapins ont droit au commissaire.

Le petit homme s'installe sur la chaise, en face du commissaire, sa valise à ses pieds.

– Vous êtes le commissaire ?

– En effet.

Pietro Pizzani a un soupir de satisfaction. Il est enfin à pied d'œuvre. Le commissaire, lui, observe le regard vif, les yeux mobiles du Napolitain. Un regard étrange, dérangeant.

– Alors, vous auriez tué votre maîtresse Carlotta… et où avez-vous caché le cadavre ?

– Ça je ne peux pas le dire.

– Pour quelle raison ?

– Je ne veux pas que l'on ennuie Michel. Mais je l'ai déjà dit, vous pouvez retrouver sa tête à Rome, je suis allé là-bas la jeter dans le Tibre.

– Vous pouvez préciser l'endroit ?

– Bien sûr, je vais vous faire un plan…

Il esquisse un croquis, indique les noms des lieux, précise l'endroit.

Le commissaire transmet à Rome directement. Sans parler des lapins, le télex est déjà assez compliqué.

Pietro Pizzani retrouve sa cellule en attendant que les hommes-grenouilles, là-bas à Rome, explorent le fond du Tibre.

Le commissaire craint bien d'être ridicule et d'avoir mobilisé pour rien ses collègues italiens. Mais... Carlotta est portée disparue depuis quatre jours... et si sa tête se trouvait dans le Tibre ?...

Elle s'y trouve. Identification faite, il s'agit de Carlotta Gallerate, trente-huit ans, une tête ficelée dans un sac alourdi d'une pierre.

Retour de Pietro Pizzani dans le bureau du commissaire :

– Alors ? Où est le corps ?

– Je ne peux pas le dire.

Il fatigue, ce petit homme. Il fatigue... Mais un policier doit forcément s'adapter au tempérament du criminel interrogé, sinon, il taperait dessus avec son encrier, ce qui n'est pas du tout une solution.

– D'accord, Pizzani. Alors racontez-moi comment vous l'avez tuée.

Il raconte, et un sténo prend note de sa déposition, toujours surréaliste.

– Ce jour-là, j'étais assis sur le toit de mon immeuble, et je prenais un bain de pieds dans la gouttière (!). Le soleil déclinait derrière le clocher de Notre-Dame de Fourvière, j'ai décidé alors de rentrer chez moi en passant par la lucarne de la chambre des lapins. Je passai devant la cage de Michel et le saluai. Michel est le plus ancien et le plus gros de mes lapins. C'est le roi de mes lapins en quelque sorte. Et comme tous les lapins, il communique directement avec l'au-delà. Il suffit de pouvoir les comprendre... Vous pensez peut-être que les lapins sont bêtes, mais je vous arrête, car c'est à la fois vrai et faux... les lapins...

Tête du sténo, enregistrant cette déposition en forme de conférence zoologique...

– Les lapins donc... ont une cervelle minuscule, une intelligence quasi inexistante mais, à cause de cela justement, ils sont en relation directe avec l'au-delà. Les hommes n'ont plus cette relation, ils ont coupé le cordon ombilical. Mais les lapins, non. De sorte que lorsqu'ils expriment une volonté, c'est Dieu qui s'exprime. Je regardais Michel, et il a commencé à baisser l'oreille gauche, à cligner de l'œil droit, ce qui signifiait qu'il voulait me parler... Je l'ai donc écouté. Je ne peux pas vous donner dans le détail la teneur de notre conversation, car il faudrait pour cela que je transcrive les battements d'oreilles et les clignements d'œil. C'est une traduction dont il faudra qu'un jour je fasse un lexique... peut-être, bien que je ne croie pas qu'il existe à notre époque des humains capables d'assimiler ce langage... bref... après une longue conversation, j'ai compris que je devais tuer Carlotta. Comme elle devait venir me voir, je l'ai attendue en compagnie de ma femme. Lorsqu'elle est arrivée, je l'ai conduite dans la chambre des lapins. Et là je lui ai fendu le crâne avec une hache. Tous les lapins ont assisté à la chose. Seulement, Michel m'avait recommandé le secret, entre lui et moi. J'ai donc fait semblant de raccompagner Carlotta à la porte, et sur le pas de la porte j'ai crié très fort : « Au revoir, Carlotta », pour que ma femme entende. Le lendemain, j'ai mis la tête dans une petite valise, j'ai pris le train pour Rome, et je suis allé la jeter dans le Tibre...

Fin de la description des circonstances du crime. Reste le mobile. Comment aborder le mobile ? Le commissaire choisit de rester dans le domaine des lapins.

– Dites-moi, pourquoi le roi des lapins vous a-t-il demandé de tuer Carlotta ? Et pourquoi jeter sa tête dans le Tibre ? C'est Michel qui vous l'a demandé ? Où a-t-il dit de mettre le corps ?

– Je ne peux pas le révéler, sauf si vous me promettez de ne pas faire d'ennuis à Michel.

– Je vous fais cette promesse, et nous la consignons dans le procès-verbal... C'est d'accord ?

Pietro Pizzani est d'accord. Il va dire la vérité, puisque Michel, le roi des lapins, est à l'abri.

Du moins peut-il toujours le croire, car pour vérifier ses dires la Police judiciaire de Lyon est bien obligée de démolir, à coups de masse, les supports de ciment de la cage royale de sa majesté Michel le Lapin. Dans la chaleur de juillet, six bornes de ciment, contenant chacune un morceau de Carlotta. Une jambe, un bras, une partie de tronc.

Sous le regard des lapins, sous le regard de Michel le roi, dont on a démoli le trône. Ce trône qu'il avait exigé de Pietro Pizzani le maçon, un trône qui fût digne de lui, c'est-à-dire un trône de chair humaine, et de préférence de chair féminine...

Ainsi en avait décidé le roi des lapins et ordonné également, en sa sagesse, à son vassal Pizzani, de ramener à Rome, où elle était née, la tête de la sacrifiée.

Et à chaque coup de masse, à chaque crime de lèse-majesté, le vieux roi Michel cligne de l'œil droit et baisse l'oreille gauche...

Dieu merci, c'est intraduisible pour le commun des mortels.

LE VALET DE CHAMBRE A BESOIN D'ÉPINGLES

La vérité est pour chacun ce qu'il veut qu'elle soit, la réalité aussi... Vérité et réalité vont-elles ensemble ?

Vaste débat.

Cet homme, par exemple, la trentaine, qui marche gaiement vers son avion, un Beechcraft qui doit coter aux alentours d'un million de francs nouveaux. C'est un jeune châtelain, propriétaire d'importants vignobles dans le Val de Loire. Il est fortuné, jeune, élancé, désinvolte.

Est-il un beau garçon intelligent, affable, au cœur généreux, ou le même beau garçon, égoïste, arrogant, et pétri de conventions bourgeoises ?

Nous avons décidé de suivre l'avis de la presse populaire qui, parlant de lui, le décrit comme un garçon parfaitement sympathique.

Cette option rend la suite de l'histoire d'autant plus cruelle.

Nous sommes dans les années cinquante. L'appareil est un biplan. L'homme, jeune, désinvolte, riche et sympathique, donc, avance d'une démarche souple vers son appareil, saute d'un élan sportif sur l'aile inférieure de son Beechcraft, se cale sur le siège, ajuste sa ceinture, et inspecte l'horizon d'un regard bleu clair.

Il décolle impeccablement. Un jeune homme si parfait ne saurait s'élever dans le ciel en trébuchant. Il est expérimenté, sûr de lui, son avion est parfaitement entretenu, il vient de subir une révision complète. Tout est parfait, tout est prévu, assuré, garanti, les moyens financiers du pilote le lui permettent.

Ce qui rend la suite de l'histoire d'autant plus troublante.

Le ciel lui-même est en accord avec le personnage et la quasi-perfection de l'image qu'il présente ce jour-là. Beau temps, tempête de ciel bleu, comme disent les pilotes.

Ce qui rend l'affaire encore plus étrange.

Du côté du plan de vol, tout est clair, déposé dans les règles, connu de tous. Liaison radio parfaite. Depuis son décollage, le pilote assure tous les contacts d'usage avec les stations survolées et ne signale absolument rien d'anormal. Sa voix est calme.

Ce qui rend la suite d'autant plus surprenante.

Le surprenant, l'étrange et le troublant surviennent au-dessus du Massif central.

C'est là, survolant les anciens volcans de ce massif primaire, rajeuni si l'on peut dire par le contrecoup du plissement alpin, que l'avion tombe à la verticale, comme une masse inerte, dit un journaliste, comme un caillou, dit un autre, en flèche, dit un troisième. L'avion s'écrase au flanc de la montagne, et le pilote est tué sur le coup.

Un accident bizarre.

Quelque part en Touraine, il est non pas un château, mais une gentilhommière, à deux tours carrées couvertes de glycines. Le mauve sur la pierre grise est d'une rare beauté.

La jeune femme qui occupe ce jour-là l'un des salons de cette propriété charmante raccroche le téléphone. L'épouse du jeune pilote qui vient de perdre la vie est également décrite par les journalistes comme ravissante, jeune, et éperdument amoureuse de son brillant époux.

Toute cette perfection, toute cette beauté, tout ce bonheur et cette richesse élégante sont peut-être un peu exagérés par les rapporteurs de l'enquête de l'époque, mais créent un contraste théâtral avec le drame qui vient de survenir. La jeune femme, pâle, a beaucoup pleuré en apprenant la fin tragique de son jeune mari. Ils vivaient là, dans ce paysage enchanteur, dans cette demeure ancestrale, aux murs de pierre rassurants et épais, au milieu des coteaux, de la vigne ondoyante, des grappes mûrissantes et dorées. La famille du défunt possédait le domaine depuis des siècles. Un domaine difficile à gérer. La jeune et ravissante veuve pourra-t-elle assumer seule, désormais, ce lourd patrimoine ?...

Pour l'heure, une équipe d'experts précédée par deux gendarmes et un guide qui connaît chaque sentier, chaque rocher, chaque touffe de bruyère, avance à marche forcée vers les lieux supposés du sinistre. Ils atteignent enfin l'épave du Beechcraft.

Ils ont deux missions : récupérer le corps, bien sûr, et déterminer si possible les causes de cet accident incompréhensible.

Le corps du pilote est bien retrouvé, mais les enquêteurs ne s'y intéressent déjà plus. Il est mort, nul besoin d'autopsie. À quoi bon déterminer s'il a succombé d'une rupture des cervicales ou de la colonne vertébrale, ou d'une ou plusieurs hémorragies internes ? C'est l'avion qui requiert leur attention, car dès les premiers examens de la carcasse, fouillant ce qui reste du cockpit, l'un des experts demeure pétrifié d'étonnement.

– Vous avez vu ?

– Quoi ? demande l'autre, demeuré à l'extérieur, vu l'exiguïté de la cabine écrasée.

– Là, les cadrans, les aiguilles...

L'expert tapote de l'index les éléments du tableau de bord... puis ressort péniblement du cockpit, pour laisser pénétrer son collègue.

– Qu'est-ce qui s'est passé ?

– Vous voyez ce que je vois ?

Tapotement sur les cadrans... c'est incompréhensible.

D'une part les verres de protection sont demeurés intacts, et d'autre part, derrière ces verres intacts, les aiguilles sont complètement tordues, comme si une main malveillante les avait pliées. Tordues véritablement, c'est-à-dire pliées et repliées Il est difficile d'attribuer cette étonnante découverte au crash. Si les verres étaient brisés encore... mais non.

Les deux experts se regardent sans comprendre, ils n'ont jamais vu cela de leur vie, et pourtant ils en ont vu des épaves d'avions. Ils en ont consulté des cadrans de navigation aérienne.

À part ce fait inexplicable, aucun incident technique. Ajouté au fait qu'il n'y a pas eu erreur de navigation, que le pilote était sur sa route normale, qu'il avait assuré tout aussi normalement le dernier contact radio, l'accident reste un mystère qui ne peut qu'être associé à la bizarrerie de ces cadrans et de ces aiguilles tordues.

Il est impossible, logiquement, que le pilote ait décollé avec des cadrans dans cet état. Impossible également, inimaginable en tout cas, que le pilote luimême, en plein vol, ait soudain décidé de retirer les verres de protection, de tordre les aiguilles et de remettre les verres en place…

Drôle d'affaire. Les deux experts prennent des notes, le guide et les gendarmes se chargent du corps du défunt qu'il faut redescendre dans la vallée.

Dans son petit château de Touraine, la jeune veuve, perdue dans sa douleur, confrontée aux problèmes des obsèques, erre ce soir-là dans les salons. Elle se trouve soudain face au valet de chambre, dans une position bizarre. Il est agenouillé au milieu de la pièce, il sanglote bruyamment, et la jeune femme l'entend gémir à plusieurs reprises en se tordant les mains :

– Mon Dieu, mon Dieu… Qu'est-ce que j'ai fait ? Qu'est-ce que j'ai fait ?

Et il s'enfuit en pleurant.

La maîtresse de maison ne comprend pas très bien cette scène. Anéantie par son chagrin, il lui vient vaguement à l'esprit que le domestique a cassé quelque chose… Peu lui importe d'ailleurs, la maison est bouleversée par la mort de son propriétaire, elle n'y prête guère plus d'attention.

– Pourtant, ce domestique à genoux et en prière est responsable de son malheur. Elle ne s'en apercevra que bien plus tard.

Était-il amoureux de sa jeune maîtresse ? Avait-il convoité les précieux vignobles ? Les deux, sans doute.

Les deux experts qui ont constaté sur place l'étrange état des aiguilles des cadrans de navigation s'en sont allés, comme des orfèvres, soumettre leur conclusion à un troisième, un superviseur. L'étrangeté de cet accident les oblige à prendre des précautions et des avis techniques avant de remettre leur rapport.

Le superviseur les regarde comme s'ils descendaient de la planète Mars et non du Massif central.

– Vous plaisantez ? Vous voudriez me faire admettre que les aiguilles se sont tordues toutes seules et en plein vol ? Soyons sérieux.

– Nous sommes certains de nos constatations… Si

cette « bizarrerie », je n'ai pas d'autre terme, s'était produite avant, le pilote aurait eu le temps de se poser et de prévenir par radio.

– Donc elles se sont tordues dans l'accident !

– Vous voyez comme nous que les verres sont intacts !

L'ennui, dans cette histoire, est que l'extraordinaire semble prendre le pas sur la vérité. Ainsi, sans mettre en doute la parole de ces experts, très certainement compétents, on peut regretter qu'ils n'aient pas pris de clichés de ces fameux cadrans avec ces fameuses aiguilles tordues ?

Pourquoi est-il impossible de connaître dans la presse populaire où l'événement est rapporté les noms du guide, de la brigade de gendarmerie, et ceux des experts eux-mêmes ? Il eût été intéressant de retourner voir l'épave de cet avion si mystérieusement écrasé, un jour de beau temps, avec un moteur en pleine forme et un pilote expérimenté.

Les semaines ont passé. La vie dans la gentilhommière de Touraine a repris peu à peu son cours normal. La jeune châtelaine a assisté aux obsèques de son époux, soutenue de près par le valet de chambre, entourée, consolée, servie… Il est l'homme à tout faire de ce petit domaine, et nul pour l'instant ne songe à s'interroger sur son zèle.

Plus tard, il sera dit que la jeune femme s'était aperçue de ce zèle, et l'avait trouvé excessif… plus que le simple respect dû par un domestique dévoué à sa maîtresse, même en cas de malheur. Elle aurait fait abstraction de ce manège, par sagesse. Jusqu'au jour où le valet de chambre dépasse certaines bornes.

Ce jour-là, alors qu'il apporte un plateau de café, qu'il le pose délicatement sur le guéridon à côté du fauteuil de sa maîtresse, voilà qu'il tombe à genoux devant elle.

Cette fois, le domestique se lance dans une déclaration enflammée, fait étalage de sa passion secrète et la jeune femme, gênée mais polie, tente de l'arrêter :

– N'allez pas plus loin… je vous en prie.

Mais le domestique n'entend pas. Il s'enflamme de plus belle.

– Calmez-vous, s'il vous plaît ! C'est indécent !

Comme ses protestations n'ont aucun effet, elle utilise cette fois le ton sec :

– Je vous ordonne de vous taire !

Cette fois, l'homme se relève et disparaît sans un mot. Étant donné qu'il demeure au service de la jeune veuve, il faut en déduire que la jeune femme a dû considérer la chose comme un égarement passager qu'elle était prête à pardonner s'il ne se renouvelait pas.

Quoi qu'il en soit, quelques semaines plus tard survient le quatrième personnage de cette histoire bizarre. Il s'agit d'un ami de la famille. L'éternel ami de la famille, en l'occurrence la quarantaine, célibataire, et probablement amoureux en secret de la jeune veuve, depuis longtemps. Dépassée par une gestion dont elle n'a pas l'habitude, la jeune femme a fait appel à lui pour prendre la direction du domaine.

Elle lui fait donc rencontrer le personnel, les gens du voisinage, les fournisseurs, les clients. Cet homme sera désormais leur seul interlocuteur pour tout ce qui concerne l'exploitation du domaine et les problèmes financiers. En clair, c'est un régisseur.

Parmi le personnel, dans le voisinage, il se trouve immédiatement des petits malins pour déclarer que le régisseur en question ne tardera pas à prendre en charge l'ultime responsabilité du domaine : la maîtresse de maison.

La vie se déroule alors à peu près comme avant, c'est-à-dire par exemple qu'il y a jour de chasse, dans les collines surplombant le domaine. Au lever du soleil, les invités, le régisseur, les chiens, les fusils, toute cette armada, en costumes adéquats, s'apprête à traquer le gibier minuscule de la région. Lièvres, cailles, perdreaux, colombes s'enfuient aux premiers coups de fusil, mais ce jour-là... c'est un hurlement humain qui jaillit des fourrés.

Aucun des participants à la chasse n'en doute une seconde, aucun faisan, aucune vache même, ne pourrait hurler pareillement. Les invités se regardent, se cherchent, se comptent, et il faut bientôt se rendre à l'évidence, le seul manquant à l'appel, c'est le régisseur. Le nouvel arrivant, maître des lieux depuis peu, et déjà considéré comme le futur époux de la jeune et jolie veuve.

Mort. Un chasseur maladroit s'explique toujours maladroitement. Il a tiré, explique-t-il, parce qu'il a eu soudain l'intuition de la présence d'un gibier derrière lui. Une intuition, c'est peu. Un bon chasseur eût attendu de voir le gibier... Ensuite, le chasseur maladroit et assassin précise qu'en se retournant il a compris sa méprise, mais qu'il était trop tard, il avait appuyé sur la gâchette comme poussé par une force irrésistible.

Accident. Intuition, force irrésistible. Comme tout cela manque de clarté et de précision.

Si l'on ajoute ces imprécisions au mystère des aiguilles tordues, on ne peut que se demander dans quelle ambiance de parapsychologie, avec envoûtement et sorcellerie, les rapporteurs de cette histoire voudraient faire tomber le lecteur.

La réalité, en ce qui concerne la jeune châtelaine tourangelle, devient tout à fait déprimante. Elle tentait de retrouver le goût de la vie avec cet homme, et la voilà veuve à nouveau.

Cette succession de stress la rend d'abord malade, ce qui est malheureusement classique. Profondément déprimée, puis se sentant trop seule, trop isolée, sans affection, la jeune femme décide de prendre un chien.

Le chien est le recours en affection. Depuis qu'il s'est approché des premiers humains et de leurs cavernes, pour se nourrir de ses restes, il a fait du chemin. À présent il a une laisse, un collier, une niche, ou un canapé, voire le lit de son maître, un vétérinaire, et parfois même sa tombe dans un cimetière.

La jeune femme a choisi une chienne. Il semble que ce soit un berger allemand, mais les récits à ce sujet ne sont pas très clairs. Une grande chienne en tout cas, affectueuse et tendre, répondant au nom de Princesse.

Princesse et sa maîtresse font de longues promenades dans le domaine, Princesse dort au pied du lit de sa maîtresse, Princesse se couche à ses pieds où qu'elle soit. Princesse est la compagne idéale, toujours prête à exprimer sa tendresse, toujours prête à en recevoir en retour.

Mais les princesses sont comme les autres. S'il passe alentour un mâle de sa catégorie, au bon moment, les amours sont inévitables. Et Princesse est bientôt grosse. Le vétérinaire prévoit une nombreuse portée. Effectivement, le jour de la délivrance, sa maîtresse accueille du ventre de Princesse sept petits princes en bonne et due forme. L'accouchement s'est passé sans difficulté, lorsque soudain la malheureuse chienne pousse des hurlements atroces. Des hurlements de douleur, insoutenables. Elle se roule à terre, cherche à se redresser, à se lécher, à se mordre le ventre ; elle mordrait n'importe quoi, d'ailleurs, tant la douleur est intense. Le vétérinaire parvient à constater que son utérus s'est noué.

– Je n'ai jamais vu une chose pareille. Il arrive que l'utérus se retourne, ce qui provoque des douleurs, mais Dieu merci, jamais si intenses… mais noué… le cas se présente une fois sur un million…

– Vous pouvez la sauver ?

– Elle s'en sortira, je vous le promets.

Tandis que le vétérinaire s'active auprès de Princesse, le jardinier du domaine, qui avait assisté à la naissance des chiots, repart s'occuper de ses massifs de rhododendrons.

Il revient au bout de quelques minutes, le visage décomposé.

– Madame… venez voir…

– Quoi ?

– Je vous en prie, je n'ose pas l'apporter jusque-là, venez voir vous-même…

La jeune femme suit le jardinier jusqu'à un massif proche, et le jardinier lui montre une chose étrange. En soi elle n'a rien d'étrange, il faut le préciser, c'est une chambre à air de bicyclette. Ce qui a provoqué l'effroi du jardinier, c'est la façon dont elle est nouée.

Un nœud dans ce boyau de caoutchouc, semblable,

dit un journaliste, à celui qui s'était formé dans l'utérus du pauvre animal.

Semblable... Il se trouvera certainement des spécialistes pour discuter de la ressemblance entre un nœud de chambre à air et celui d'un utérus.

Mais le jardinier, lui, est persuadé de la relation :

– Princesse a été envoûtée, madame... envoûtée...

Madame doute, tout de même. Un envoûtement à base de chambre à air de bicyclette, destiné à une chienne de compagnie, c'est un peu énorme, a priori.

Mais le jardinier a vraiment peur. Il veut convaincre sa maîtresse. Il l'entraîne :

– Venez voir, madame, il faut que vous voyiez ça... Moi ? j'en peux plus de rien dire... il faut que vous voyiez ça...

Le jardinier traverse la pelouse à grandes enjambées, tirant sa maîtresse derrière lui. Il grimpe quatre à quatre les étages qui mènent à l'appartement du valet de chambre.

– Je sais qu'il ne veut pas qu'on entre chez lui, mais justement, madame, cette fois, il faut que vous entriez là-dedans.

La porte est fermée. Le jardinier l'enfonce de trois coups d'épaule.

Devant la châtelaine du joli domaine tourangeau, fait de tant de douceur de vivre, d'air pur et de vin léger comme un caprice, s'offre alors un spectacle écœurant.

Le valet de chambre, terrifié, s'est réfugié au fond de sa chambre, cloué sur place, surpris en plein machiavélisme.

Sur un mur, la photo du régisseur, lardée de centaines de coups d'épingle...

Sur la table, une maquette d'avion, celle d'un biplan Beechcraft, transformée en véritable pelote d'épingles.

Et le jardinier, prudent, demeure sur le pas de la porte, il n'ose pas pénétrer dans l'antre de l'envoûteur.

Car il a envoûté, c'est lui l'assassin, qui aurait fait tomber l'avion en tordant ses aiguilles, c'est lui qui aurait obligé le chasseur maladroit à appuyer sur la gâchette, comme «poussé par une force irrésistible»... lui qui aurait noué une chambre à air de bicyclette, pour que se torde l'utérus de Princesse

Par jalousie, pour priver sa maîtresse adorée de tout amour autre que le sien...

L'envoûtement n'est pas reconnu par la science, il ne l'est pas non plus par la justice. Ce qui explique que malgré l'intime conviction de ceux qui approchèrent ces objets, qui furent témoins de l'accident d'avion, et de la mort du régisseur... malgré le trouble de la châtelaine devant cette succession de faits étranges, le valet de chambre envoûteur ne fut pas inquiété.

Il découle de cela que les auteurs ont conservé l'anonymat pour les personnages de cette histoire, et notamment, celui de l'envoûteur.

Certains journalistes purent cependant avancer le fait que cet homme vivait actuellement dans notre belle capitale et qu'il y exerçait son métier de valet de chambre dans un grand hôtel.

A-t-il toujours besoin d'épingles?

À LA SAINT-VALENTIN

Sur une route de Californie, un petit garçon court, court, et les voitures passent, passent. Aux États-Unis comme partout ailleurs dans le monde, les voitures ne s'arrêtent pas sur une autoroute. Même devant un petit garçon qui court, tout petit, si petit qu'il n'atteint même pas la barrière métallique de sécurité. Derrière lui un autre enfant court, plus grand, il dépasse un peu plus de la barrière de sécurité, et il crie en courant:

– Timmy, reviens! Timmy, où tu vas? Arrête-toi, Timmy.

Heureusement, des jambes de onze ans peuvent rattraper des petits mollets de quatre ans. La station-service est un bon endroit pour coincer Timmy, effrayé par les gros camions et qui ne sait plus quelle énorme roue contourner pour retrouver sa route.

Un instant, le pompiste examine les deux gamins.

– T'as un problème, gamin ?

– Non, m'sieur.

– C'est ton petit frère qui traîne entre les camions comme ça ?

– Ben oui, y s'sauve tout le temps.

Le plus grand prend le plus petit par la main, qui se met à pleurer.

– Je veux pas rentrer à la maison.

– Allez viens, Timmy... fais pas l'imbécile, j'en ai marre, moi, de te courir derrière.

Le pompiste a autre chose à faire, et il n'entend pas la petite voix de Timmy tremblotante, il ne voit pas son petit visage aux yeux agrandis soudain, tendu vers l'autre visage, celui du grand frère.

– Patrick... je veux voir papa et maman... emmène-moi voir papa et maman...

Timmy s'accroche au jean de son frère, secoue la boucle de sa ceinture, tend les bras vers lui, grimpe après lui comme un petit singe affolé, en répétant : « Je veux voir papa et maman »...

– D'accord, Timmy. D'accord, je vais me faire engueuler, mais on y va. Je sais pas où, mais j'ai une idée... viens.

Patrick a un petit visage osseux, aux pommettes saillantes, sa tignasse lisse et sombre lui fait une auréole de cheveux flottants. Il est costaud pour ses onze ans. D'un seul élan il enlève le petit Timmy, le hisse sur ses épaules, et tous les deux continuent à marcher, le long de l'autoroute, en direction de la grande ville. C'est encore loin, il fait chaud, mais juché sur les épaules de Patrick, Timmy sèche ses larmes, essuie ses joues rouges, et s'agrippe à la tignasse de son porteur, rassuré.

À l'entrée de la ville, le premier poste de police a pour planton le gros Bobby Charles, et son superbe blouson de cuir. Le cuir craque lorsque l'énorme policier se penche sur les deux gamins, épuisés, qui lèvent le nez en l'air pour lui parler. C'est Patrick qui parle le premier :

– Voilà, c'est Timmy qui voudrait voir son père et sa mère.

Perplexe, l'agent Bobby Charles regarde alternativement les deux tignasses, également brunes, les deux bouts de nez, puis se décide à questionner :

– Tu dis qu'il voudrait voir ses parents, hein ? Et ils sont où ses parents ?

– Ben je sais pas, m'sieur, faut lui demander.

Le gros Bobby fait craquer à nouveau le beau blouson de cuir, car il doit se pencher plus bas pour demander à Timmy :

– Alors, kid, ils sont où, tes parents ?

– Je sais pas.

Timmy se frotte le nez, se gratte la tête, il a l'air si confiant et si perdu à la fois, que le gros Bobby baisse instinctivement le ton de sa grosse voix pour dire :

– Tu les as perdus ? C'est ça ?

Aussitôt Timmy se met à pleurnicher, ce que l'agent prend pour une réponse. Mais Patrick intervient :

– C'est pas ça, monsieur, c'est eux qui l'ont laissé tomber. Enfin abandonné je veux dire.

Bobby Charles a près de vingt ans de service dans cette ville, mais il n'a jamais dépassé le stade de planton ou de chauffeur du sergent. Il est donc encore plus perplexe. L'information a du mal à franchir son cerveau plus habitué aux matches de base-ball, aux petits dealers et aux tire-couteaux. De vrais enfants, avec un vrai problème, c'est grave. Un abandon d'enfant c'est extrêmement grave, et sur la voie publique, cela ressemble bigrement à une urgence.

Il prend donc chaque enfant par la main, fait demi-tour, et pénètre dans le poste de police, en disant :

– Ça, il faut en parler au sergent.

Le sergent est la référence de Bobby Charles, bien que le nez du sergent soit rarement accueillant en ce qui le concerne. Le sergent Pinter a le nez mince, c'est un pète-sec moustachu, efficace, qui souhaiterait une police athlétique, au cerveau ordinateur, ce que n'est évidemment pas le gros Bobby :

– Qu'est-ce que c'est encore ?

Il n'a pas levé les yeux du rapport de la patrouille du matin, mais il entend renifler. La vue du planton, un gosse pendant au bout de chaque main, l'attendrit cependant. Le sergent Pinter a trois enfants. Dans cette décennie des années quatre-vingt, ce n'est pas facile de les élever, surtout en Californie, où l'on croirait que tout est permis sous le soleil. Un petit Timmy aux grands yeux bleus pleins de larmes, sous une tignasse noir d'encre, et haut comme le mollet du gros Bobby, a de quoi attendrir le sergent Pinter.

– Eh bien, eh bien, ne pleure pas, qu'est-ce que c'est, Bobby ?

– Voilà... euh... c'est le plus grand, là, qui amène le petit, qui voudrait revoir ses parents. Il paraît qu'il est abandonné.

Le sergent Pinter vient plier ses longues jambes maigres à hauteur de Timmy.

– Abandonné ? T'es sûr, tu t'es pas plutôt perdu au supermarché ?

– Non, je suis pas perdu, je veux voir papa et maman.

– Bon, ne pleure pas, on va les retrouver tes parents. Y a combien de temps que tu es abandonné ?

– Hier.

Mais Patrick intervient aussitôt :

– C'est pas ça, monsieur, il dit toujours hier. Tout ce qui s'est passé avant c'est hier... Hier je lui ai demandé quand il avait goûté, il m'a répondu hier...

Le sergent Pinter se redresse, lui aussi a besoin d'ingurgiter les informations.

– Hier ? Tu étais déjà avec lui hier ? C'est ton frère alors ?

– Ben oui, c'est mon frère.

– Bon. Résumons, tu es grand, toi, tu peux répondre clairement. Vos parents vous ont abandonnés donc...

– Non... ses parents à lui...

– Ah... parce que ce ne sont pas les mêmes ?

– Ben non. On a le même papa, mais lui il dit qu'il a des parents en plus, et il arrête pas de pleurer pour les voir.

– Donc...

Le sergent Pinter n'y comprend goutte, et l'agent Bobby Charles s'en étonne. D'habitude le sergent Pinter comprend vite.

– Ne nous énervons pas. Depuis quand ce gosse est-il abandonné par ses parents en plus ? Longtemps ?

Patrick fait la moue, et compte sur ses doigts.

– Je sais plus...

– Six mois, un an ?

– Oh non, m'sieur, pas plus de deux semaines... On a déjà eu deux dimanches.

– Bon. C'est déjà un point. Et les parents, ils sont où ?

– Ça je sais pas, monsieur. C'est Timmy qui dit comme ça qu'il était dans une rue, il jouait, et puis une voiture s'est arrêtée à côté de lui, et un monsieur lui a dit de monter avec lui. Le monsieur a dit que son papa l'envoyait le chercher. Alors Timmy est monté dans la voiture.

Le sergent Pinter commence à prendre l'histoire très au sérieux. Une voiture, un homme qui emmène un enfant de quatre ans, en racontant que son père l'a envoyé le chercher, histoire connue.

– Bon sang, ce serait un kidnapping... Il était comment ce monsieur, Timmy ?

– Un grand monsieur.

Le détail n'est pas d'une précision fantastique, mais à quatre ans, Timmy se débrouille pourtant pas mal, car il raconte tout d'une traite.

– Le monsieur m'a emmené dans une maison en bois, il a dit qu'on allait faire une course. Y avait deux autres garçons et une fille.

– Tu les connais ces enfants-là ?

Timmy lève le nez vers Patrick :

– Ben y avait lui.

Le sergent Pinter se rend compte soudain qu'il mène son enquête à vif d'une manière totalement illogique. Qu'est-ce que c'est que cette histoire de frère qui n'en est pas un, de famille en plus, et qu'est-ce que Patrick a à dire là-dessus ?

– J'étais avec mon frère et ma sœur.

– Donc tu as un frère et une sœur. Bien. Qu'est-ce que vous faisiez dans cette maison de bois ?

– Ben c'est chez nous, c'est le chalet de week-end.

– Nous progressons. Le petit Timmy arrive donc chez toi, et que se passe-t-il ?

– Ben il pleurait. Il disait qu'il voulait voir son père et sa mère, ma sœur faisait le dîner, elle l'a consolé, nous on faisait nos devoirs mon frère et moi.

L'erreur du sergent Pinter, à ce moment de l'histoire, est de ne pas laisser continuer Patrick. Il comprendrait plus vite, mais aiguillonné par le soupçon de kidnapping, il s'adresse à nouveau au petit Timmy.

– Qu'est-ce qu'il t'a dit le grand monsieur quand il t'a emmené là ?

– Que j'ai plus de papa et de maman, ils veulent plus de moi, alors il va me garder, et il va être mon papa.

Nouvelle interrogation subite dans l'esprit pourtant vif du sergent Pinter.

– Dis-moi, Timmy, le monsieur qui t'a emmené chez Patrick... Il t'a fait du mal ?

– Non. Il m'a donné un hamburger, et puis des frites, et puis une glace. Il a dit que mon papa avait plus d'argent pour me donner à manger.

– Et il t'a laissé à la porte de chez Patrick, c'est ça ?

– On est rentrés dans la maison de bois, et la sœur de Patrick elle m'a raconté des histoires, elle voulait pas que je pleure.

Le sergent Pinter s'adresse à Patrick d'un air soupçonneux :

– Cet homme t'a dit que les parents du petit l'avaient abandonné, c'est ça ?

– Ben oui, papa l'a dit.

– Comment ça, papa ? C'est ton père, cet homme ?

– Ben oui, monsieur...

C'est ici que le sergent Pinter ne comprend plus. Quant à l'agent Bobby Charles, il se frotte le crâne obstinément. Jamais ses neurones de brave flic californien n'ont eu affaire à une équation pareille.

Patrick n'a pas onze ans, et à onze ans, on ne dispose pas de la logique des adultes. On raconte une histoire dans un ordre de priorité. La priorité, pour Patrick, était que le petit Timmy pleurait depuis quinze jours, en réclamant son papa et sa maman. Patrick a bon cœur, il s'attendrit sur la misère des autres.

– Vous savez, monsieur, je vais me faire engueuler, parce que papa a dit que Timmy était notre petit frère, maintenant. C'est vrai que ses parents veulent plus de lui, ils l'ont donné à papa parce qu'ils ont plus de sous pour lui donner à manger; seulement Timmy il préfère pas manger et revoir ses parents. Il veut même pas avaler ses corn-flakes le matin. Aujourd'hui il a même pas bu son verre de lait; quand je me suis aperçu qu'il s'était sauvé, j'ai couru pour le rattraper, et il était déjà loin, je l'ai coincé à la station-service. Je me suis dit qu'il recommencerait et comme il sait pas où c'est...

– Où est quoi? Ben, où c'est ses parents... Et toi non plus?

– Ben non...

– Et ton père ne t'a rien dit à ce sujet?

– Ben non. Juste qu'il fallait que Timmy s'habitue, qu'il devienne notre frère, que c'était comme ça.

– Et tu l'as cru?

– Ben oui, monsieur...

– Il est gentil ton père?

– Oh oui, monsieur.

Le sergent Pinter tournicote sa moustache un instant. Voyons... Kidnapping? Ou vente d'enfant... Ça existe...

– Dis-moi, Patrick, est-ce que Timmy avait ses jouets avec lui, des affaires personnelles, ses vêtements...?

– Non, monsieur. Papa l'a emmené comme ça. Après on lui a acheté des habits, et des jouets et tout, mais il pleurait quand même.

Timmy pleure quand même, et encore. Réfugié dans les mollets de l'énorme Bobby Charles, il se gratte la tête avec une telle énergie que le brave policier se penche avec circonspection en demandant:

– Il a des poux?

Le sergent Pinter examine à son tour le crâne de Timmy, moustache froncée:

– Il n'a pas de poux, mais c'est bizarre, ses cheveux sont blonds à la racine...

Comme s'il s'agissait de la chose la plus naturelle du monde, Patrick explique :

– Oh ça... c'est papa qui l'a fait teindre.

– Et pourquoi ? demande le sergent Pinter, revenu à son diagnostic de kidnapping.

– Parce qu'il aime bien qu'on ait les cheveux noirs.

Le sergent Pinter décide d'aller voir à quoi ressemble cet homme qui aime les enfants aux cheveux noirs. Il est temps. Cette histoire ressemble à une histoire de fous, mais derrière les histoires de fous se cachent parfois des horreurs du genre prostitution d'enfants, et Dieu sait quels sévices. Avant de monter dans la voiture de ronde avec l'agent Bobby Charles, il s'assure cependant que Patrick n'a rien d'autre à dire avant d'affronter le père.

– Patrick, écoute-moi bien, si tu as dit la vérité...

– Je l'ai dite, monsieur...

– Eh bien si tu l'as dite, ton père a fait quelque chose de grave. Tu comprends ça ? Si Timmy a vraiment des parents ailleurs, il ne devrait pas être avec vous, c'est la loi, tu comprends ?

– Je sais pas ce que c'est, monsieur, la loi. Mais mon père va m'engueuler, c'est sûr...

– On lui dira que tu n'as pas rattrapé Timmy, et que c'est nous qui l'avons trouvé, d'accord ?

– D'accord, monsieur. Mais si papa est pas là j'aimerais mieux que vous parliez avec ma sœur et mon frère, comme ça je me ferai pas engueuler.

– Quel âge ont-ils ?

– Ma sœur, seize ans, c'est l'aînée, et mon frère quatorze.

Le sergent Pinter installe son petit monde dans la voiture :

– C'est où chez toi ?

Patrick indique la direction de l'autoroute :

– C'est tout droit, je sais la route, mais je sais pas dire l'adresse, y a pas d'autres maisons à côté.

Sur l'autoroute, Timmy s'endort un peu, fatigué par le trajet qu'ils ont fait à pied une heure auparavant. Et le sergent Pinter poursuit son interrogatoire avec Patrick.

– Qu'est-ce qu'elle fait ta maman ?
– Elle est morte.
– Ah... il y a longtemps ?
– Oh ben oui, papa nous a dit que c'était trois mois après qu'ils se sont mariés.
– Et il s'est marié quand ton papa ?
– Quand il est revenu de la guerre du Viêt-nam.
– Mais ça fait presque vingt ans ! Tu n'étais pas né, et ta sœur non plus... alors ce n'était pas votre mère ?
– Ben si, puisque c'était la femme de papa.

Réponse logique et attendrissante, mais qui ne fait que compliquer l'équation.

Avec prudence, pour ne pas troubler Patrick, le sergent Pinter insiste :

– D'accord, c'était la femme de ton papa, mais pour que tu naisses, toi, et ta sœur, et ton autre frère, il a bien fallu une maman ? Qui est-ce ?
– Ça, je sais pas, monsieur, on a été adoptés.
– Tous ?
– Oui, monsieur.

Trois miles environ après la sortie de la ville, la voiture de police s'arrête près d'une ravissante maison basse de style californien, devant laquelle un jet d'eau tournoie dans un bassin. Des fleurs, du gazon touffu tout autour, une charmante oasis dans le désert aride. Un peu plus loin, entourée de cyprès, une piscine. L'ensemble dégage une atmosphère de sérénité, de luxe. Les policiers ne s'attendaient pas à cela. Ils pénètrent dans un hall dallé, qui s'ouvre sur un patio, où sèchent des tee-shirts jaunes portant tous le même nom : « Shields. » Le nom que Patrick a donné au sergent Pinter. Mais des Shields il en existe beaucoup. Le sergent Pinter n'avait pas fait la relation avec un certain Shields...

– Ils sont à vous ces tee-shirts ?
– Oui, monsieur, mon frère et moi on fait partie de l'équipe de basket.

Le sergent Pinter échange un regard avec son agent. Même Bobby Charles connaît le nom de « ce » Shields, si c'est lui...

Mais comment diable ce Shields-là, une des plus grosses fortunes de la région, serait-il mêlé à cette sombre histoire de kidnapping ? Ce ne doit pas être un kidnapping. Il y a sûrement une autre explication. Un homme comme Shields… c'est impossible. Ou alors il s'agit d'un autre Shields ?

– Qu'est-ce qu'il fait ton papa, Patrick ?

– Des affaires, monsieur, mais je sais pas ce que c'est les affaires, il faut demander à ma sœur.

À ce moment, une porte s'ouvre, et une jeune fille apparaît, brune, grande, sportive, vêtue d'un short et d'un tee-shirt, souriante.

– Ah, vous voilà tous les deux, mais où étiez-vous passés ?

Découvrant les policiers en uniforme, son visage devient grave.

– Qu'est-ce qu'il y a ? Que s'est-il passé ?

– Qui êtes-vous ? demande le sergent Pinter.

– Kay Shields… que se passe-t-il ?

– Votre père est ici ?

– Pas à cette heure de la journée, monsieur, il est à son bureau.

– Que fait-il ?

– Il dirige une chaîne de motels.

Cette fois, le sergent Pinter ne peut plus douter. Il s'agit de monsieur Shields, connu dans la région, les motels, les restaurants, une fortune confortable. Quelle histoire !

Apparaît alors le frère de Patrick et de Kay, Dustin. Il ressemble aux deux autres, grand, athlétique, souriant… des adolescents bien dans leur peau, heureux de vivre. Kay l'aînée a pris le petit Timmy dans ses bras, et l'embrasse avec affection, en le grondant doucement :

– Tu t'es sauvé sur la route, hein ? Je t'avais défendu de sortir du jardin, tu sais qu'il y a beaucoup de voitures, et si tu te fais écraser ? Tu veux faire de la peine à papa, et à nous tous… Timmy, mon chéri…

Une scène de famille attendrissante… dont le sergent Pinter et l'agent Bobby Charles sont les témoins médusés.

Le sergent commence même à se demander s'il n'est pas victime d'une farce… Ces gosses ont pu raconter n'importe quoi… allez donc savoir avec ces diables d'aujourd'hui... mais tout de même, il y a cette histoire de teinture de cheveux... et Timmy qui pleure...

Kay Shields, parfaitement à l'aise, confirme au sergent que Timmy a bien été abandonné par ses parents. Mais elle ignore où ils vivent, et qui ils sont. Quant à ses deux frères et elle-même, ils ont été adoptés.

– Dans les règles ? demande le sergent Pinter. Je veux dire : légalement ?

– Je suppose, monsieur, mais à vrai dire nous ne savons rien, nous n'avons jamais posé la question à papa.

– Quand avez-vous été adoptés ?

– Moi, je devais avoir trois ans... Dustin... quatre ans je crois... comme Patrick et Timmy.

– Vous vous souvenez de votre famille ?

– Si peu... c'est très vague. Dustin c'est pareil... et toi, Patrick ?

– Moi, je me souviens de l'école...

Le sergent Pinter se tourne alors vers Patrick. Il est effectivement plus logique qu'il se souvienne un peu plus que les autres. Il a onze ans, il n'a pas encore tout oublié de son ancienne vie.

– Dis-moi, Patrick, elle était où cette école ?

– Une petite ville qui s'appelle Market. Je me souviens parce que Market, c'est comme le marché, le super-market où on va des fois avec papa.

Alors le sergent Pinter choisit un fauteuil, avise un téléphone, le désigne à Bobby Charles :

– Appelle-moi la police de Market.

L'agent Bobby Charles ne réagit pas immédiatement, il semble fasciné par quelque chose.

Il s'approche du sergent et lui glisse à l'oreille :

– Excusez, sergent, mais je peux faire une constatation ?

Le sergent Pinter se méfie des constatations du gros Bobby, les enquêtes ne sont pas son fort, d'habitude.

– Vas-y toujours...

– Ben voilà... les trois... là, Kay, Dustin et Patrick, ils se ressemblent... un air de famille... vous voyez... les yeux, le nez, et les pommettes surtout... mais le petit, il a pas du tout la même tête...

Le sergent Pinter examine les trois adolescents. Même peau mate, mêmes cheveux épais et noirs naturellement, c'est visible, le type mexicain en fait, alors que le petit Timmy a le teint clair, et le cheveu blond sous la teinture.

Kay, l'aînée, semble deviner l'interrogation du sergent.

– Je ne sais pas si papa a eu raison, mais il nous a expliqué qu'il préférait qu'il n'y ait pas de différence entre Timmy et nous, pour qu'il s'adapte mieux... vous comprenez... il est très sensible... nerveux... il a besoin qu'on l'aime beaucoup.

L'agent Bobby Charles demande la police de Market. Jusqu'ici les enfants sont restés calmes, nullement effrayés, pas même inquiets, persuadés que les policiers ne sont là que pour la fugue de Timmy, Timmy... leur petit frère, qu'ils aiment déjà, depuis quinze jours...

En attendant son collègue au téléphone, le sergent demande à Kay :

– Quand Timmy est-il arrivé chez vous exactement ?

– Le jour de la Saint-Valentin, monsieur...

Au bout du fil, le sergent Bardge, de la police de Market, écoute son collègue Pinter. Il se souvient rapidement d'une affaire qui n'est toujours pas close.

– Il y a sept ans, le fils d'un Mexicain, employé dans une conserverie locale, a été enlevé. Pas de rançon demandée, rien, et les parents n'ont jamais perdu espoir. Ils cherchent encore, ils observent la télévision, les photos dans les journaux, ils ont fait le tour du comté, mis des photos partout... c'était...

La date fait sursauter le sergent Pinter.

– Merci, Bardge, je crois qu'on tient le fil, je vous tiendrai au courant. Il s'agit de vol d'enfants ; je demande des renforts, j'interroge ce type, et je vous rappelle. Attendez avant d'alerter les parents, mais d'ici peu, je vous confirme.

Les enfants ont compris. Du moins les trois grands. Enfants volés ? On parle d'eux ?

Kay, Patrick et Dustin se serrent les uns contre les autres, ils entendent le sergent Pinter demander du renfort, deux hommes pour garder la villa, deux autres pour s'assurer de la présence de monsieur Shields à son bureau, et la consigne de ne pas intervenir avant l'arrivée du sergent Pinter.

Kay, surtout, est affolée.

– Qu'est-ce que vous allez faire à papa ?

– Lui parler, Kay... ne t'inquiète pas. Parle-moi plutôt de cette femme qui est morte, votre « mère »... avant que vous soyez nés...

– Elle était belle. Papa me l'a dit un jour. Elle était mexicaine, il l'adorait, mais je n'en sais pas plus. C'est quelque chose de très douloureux pour lui, vous savez ; il revenait de la guerre, ils se sont mariés, et trois mois après elle est morte. Elle est notre maman morte, c'est tout ce que nous savons d'elle...

Leur maman morte. L'agent Bobby Charles en a les larmes aux yeux. Les histoires d'amour le font toujours craquer. Il ne les rencontre qu'à la télévision, dans les feuilletons, mais cette fois-ci il en a une vraie sous les yeux.

Le sergent Pinter, lui, doit faire son métier de flic, histoire d'amour ou pas. Il cherche le mobile.

– Dis-moi, Kay, est-ce que tu sais pourquoi ton papa vous a... disons, adoptés, tous les quatre ?

– En souvenir de maman. Avant qu'elle meure, ils s'étaient juré d'avoir des tas d'enfants tous les deux...

Des tas d'enfants. Tous volés, le jour de la Saint-Valentin, une Saint-Valentin pour Kay, une pour Dustin, une pour Patrick, une pour le petit Timmy.

Ce jour-là, « papa » n'avait pas trouvé de petit Mexicain aux cheveux noirs comme sa femme, au teint mat comme sa femme, aux grands yeux noirs comme sa femme. Alors il avait teint les cheveux blonds de Timmy.

Shields était-il fou ?

D'amour c'est évident. De désespoir et d'amour.

Table

Composition réalisée par INTERLIGNE

IMPRIMÉ EN FRANCE PAR BRODARD ET TAUPIN
Usine de La Flèche (Sarthe).
LIBRAIRIE GÉNÉRALE FRANÇAISE - 43, quai de Grenelle - 75015 Paris.
ISBN : 2-253-05822-X

30/7331/9